汪曾祺文集

小说 Ⅱ

晚饭花
故里三陈
露水
辜家豆腐店的女儿
受戒
大淖记事

汪曾祺——著
林贤治——编选

SPM 南方传媒 | 花城出版社
中国·广州

图书在版编目（C I P）数据

汪曾祺文集. 小说. II / 汪曾祺著 ; 林贤治编选
. -- 广州 : 花城出版社, 2024.1
ISBN 978-7-5360-9653-0

Ⅰ. ①汪… Ⅱ. ①汪… ②林… Ⅲ. ①汪曾祺（
1920-1997）—文集②小说集—中国—当代 Ⅳ. ①I217.2

中国国家版本馆CIP数据核字(2023)第001417号

出 版 人：张　懿
丛书策划：肖延兵
责任编辑：黎　萍　许阳莎
责任校对：李道学
技术编辑：凌春梅
装帧设计：李炜平

书　　名　汪曾祺文集 . 小说 . Ⅱ
WANG ZENGQI WENJI. XIAOSHUO. Ⅱ
出版发行　花城出版社
（广州市环市东路水荫路 11 号）
经　　销　全国新华书店
印　　刷　广州市岭美文化科技有限公司
（广州市荔湾区花地大道南海南工商贸易区 A 幢）
开　　本　880 毫米 × 1230 毫米　32 开
印　　张　63.5　24 插页
字　　数　1,403,000 字
版　　次　2024 年 1 月第 1 版　2024 年 1 月第 1 次印刷
定　　价　298.00 元（全六册）

如发现印装质量问题，请直接与印刷厂联系调换。
购书热线：020－37604658　37602954
花城出版社网站：http://www.fcph.com.cn

1973 年，在拉萨

1958 年，在张家口农业科学研究所下放劳动，右为汪曾祺

1

2

1. 1961 年，与老师沈从文（右）在北京中山公园
2. 1961 年，全家福，摄于北京中山公园

受　戒

汪曾祺

明海出家已经四年了。

他是十三岁来的。

这个地方的地名有点怪，叫庵赵庄。赵，是因为庄上大都姓赵。叫做庄，可是人家住得很分散，这里两三家，那里两三家。一出门，远远可以看到，走起来得走一会，因为没有大路，都是弯弯曲曲的田埂。庵，是因为有一个庵。庵叫菩提庵，可是大家叫讹了，叫成荸荠庵。连庵里的和尚也这样叫。"宝刹何处？"——"荸荠庵。"庵本来是住尼姑的。"和尚庙"、"尼姑庵"嘛。可是荸荠庵住的是和尚。也许因为荸荠庵不大，大者为庙，小者为庵。

明海在家叫小明子。他是从小就确定要出家的。他的家乡不叫"出家"，叫"当和尚"。他的家乡出和尚。就像有的地方出劁猪的，有的地方出织席子的，有的地方出箍桶的，有的地方出弹棉花的，有的地方出画匠，有的地方出婊子，他的家乡出和尚。人家弟兄多，就派一个出去当和尚。当和尚也要通过关系，也有帮。这地方的和尚有的走得很远。有到杭州灵隐寺的、上海静安寺的、镇江金山寺的、扬州天宁寺的。一般的就在本县的寺庙。明海家田少，老大、老二、老三，就足够种的了。他是老四。他七岁那年，他当和尚的舅舅回家，他爹、他娘就和舅舅商议，决定叫他当和尚。他当时在旁边，觉得这实在是在情在理，没有理由反对。当和尚有很多好处。一是可以吃现成饭。哪个庙里都是管饭的。二是可以攒钱。只要学会了放瑜伽焰口，拜梁皇忏，可以按例分到辛苦钱。积攒起来，将来还俗娶亲也可以；不想还俗，买几亩田也可以。当和尚也不容易，一要面如朗月，二要声如钟磬，三要聪明记性好。他舅舅给他相了相面，叫他前走几步，后走几步，又叫他喊了一声赶牛打场的号

· 41 ·

1

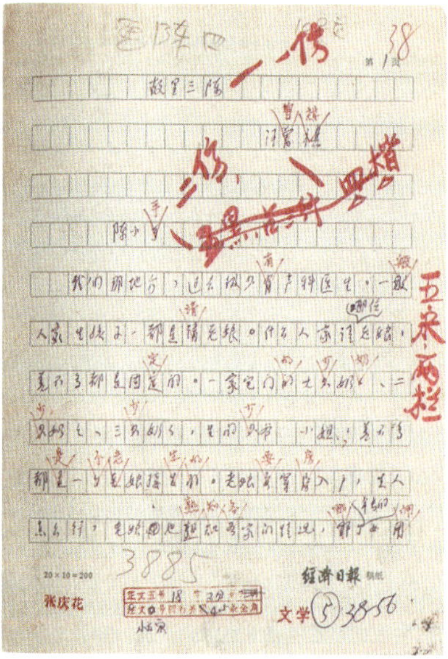

2

1. 1980 年，《受戒》初刊本书影

2. 1983 年，《故里三陈》手稿

目录

晚饭花[1]

※

晚饭花就是野茉莉。因为是在黄昏时开花，晚饭前后开得最为闹哄，故又名晚饭花。

野茉莉，处处有之，极易繁衍。高二三尺，枝叶纷披，肥者可荫五六尺。花如茉莉而长大，其色多种易变。子如豆，深黑有细纹。中有瓤，白色，可作粉，故又名粉豆花。曝干作蔬，与马兰头相类。根大者如拳、黑硬，俚医以治吐血。

——吴其濬：《植物名实图考》

珠子灯

这里的风俗，有钱人家的小姐出嫁的第二年，娘家要送灯。送灯的用意是祈求多子。元宵节前几天，街上常常可以看到送灯的队伍。几个女佣人，穿了干净的衣服，头梳得光光的，戴着双喜字大红绒花，一人手里提着一盏灯；前面有几个吹鼓手吹着细乐。远远听到送灯的箫笛，很多人家的门就开了。姑娘、媳妇走出来，倚门而看，且指指点点，悄悄评论。这也是一年的元宵节景。

一堂灯一般是六盏。四盏较小，大都是染成红色或白色而画了

① 初刊于《十月》一九八二年第一期，初收于《晚饭花集》。

红花的羊角琉璃泡子。一盏是麒麟送子：一个染色的琉璃角片扎成的娃娃骑在一匹麒麟上。还有一盏是珠子灯：绿色的玻璃珠子穿扎成的很大的宫灯。灯体是八扇玻璃，漆着红色的各体寿字，其余部分都是珠子，顶盖上伸出八个珠子的凤头，凤嘴里衔着珠子的小幡，下缀珠子的流苏。这盏灯分量相当的重，送来的时候，得两个人用一根扁担抬着。这是一盏主灯，挂在房间的正中。旁边是麒麟送子，琉璃泡子挂在四角。

到了“灯节”的晚上，这些灯里就插了红蜡烛，点亮了。从十三“上灯”到十八“落灯”，接连点几个晚上。平常这些灯是不点的。

屋里点了灯，气氛就很不一样了。这些灯都不怎么亮（点灯的目的原不是为了照明），但很柔和。尤其是那盏珠子灯，洒下一片淡绿的光。绿光中珠幡的影子轻轻地摇曳，如梦如水，显得异常安静。元宵的灯光扩散着吉祥、幸福和朦胧暧昧的希望。

孙家的大小姐孙淑芸嫁给了王家的二少爷王常生。她屋里就挂了这样六盏灯。不过这六盏灯只点过一次。

王常生在南京读书，秘密地加入了革命党，思想很新。订婚以后，他请媒人捎话过去：请孙小姐把脚放了。孙小姐的脚当真放得很好，看起来就不像裹过的。

孙小姐是个才女。孙家对女儿的教育很特别，教女儿读诗词。除了《长恨歌》、《琵琶行》，孙小姐能背全本《西厢记》。嫁过来以后，她也看王常生带回来的黄遵宪的《日本国志》和林译小说《迦茵小传》、《茶花女遗事》……

两口子琴瑟和谐，感情很好。

不料王常生在南京得了重病，抬回来不到半个月，就死了。

王常生临死对夫人留下遗言："不要守节。"

但是说了也无用。孙王二家都是书香门第，从无再婚之女。改嫁，这种念头就不曾在孙小姐的思想里出现过。这是绝不可能的事。

从此，孙小姐就一个人过日子。这六盏灯也再没有点过了。

她变得有点古怪了，她屋里的东西都不许人动。王常生活着的时候是什么样子，永远是什么样子，不许挪动一点。王常生用过的手表、座钟、文具，还有他养的一盆雨花石，都放在原来的位置。孙小姐原是个爱洁成癖的人，屋里的桌子椅子、茶壶茶杯，每天都要用清水洗三遍。自从王常生死后，除了过年之前，她亲自监督着一个从娘家陪嫁过来的女佣人大洗一天之外，平常不许擦拭。里屋炕几上有一套茶具：一个白瓷的茶盘，一把茶壶，四个茶杯。茶杯倒扣着，上面落了细细的尘土。茶壶是荸荠形的扁圆的，茶壶的鼓肚子下面落不着尘土，茶盘里就清清楚楚留下一个干净的圆印子。

她病了，说不清是什么病。除了逢年过节起来几天，其余的时间都在床上躺着，整天地躺着。除了那个女佣人，没有人上她屋里去。

她就这么躺着，也不看书，也很少说话，屋里一点声音没有。她躺着，听着天上的风筝响，斑鸠在远远的树上叫着双声，"鹁鸪鸪——咕，鹁鸪鸪——咕"，听着麻雀在檐前打闹，听着一个大蜻蜓振动着透明的翅膀，听着老鼠咬啮着木器，还不时听到一串滴滴答答的声音，那是珠子灯的某一处流苏散了线，珠子落在地上了。

女佣人在扫地时，常常扫到一二十颗散碎的珠子。

她这样躺了十年。

她死了。

她的房门锁了起来。

从锁着的房间里，时常还听见散线的玻璃珠子滴滴答答落在地板上的声音。

晚饭花

李小龙的家在李家巷。

这是一条南北向的巷子，相当宽，可以并排走两辆黄包车。但是不长，巷子里只有几户人家。

西边的北口一家姓陈。这家好像特别的潮湿，门口总飘出一股湿布的气味，人的身上也带着这种气味。他家有好几棵大石榴，比房檐还高，开花的时候，一院子都是红通通的。结的石榴很大，垂在树枝上，一直到过年下雪时才剪下来。

陈家往南，直到巷子的南口，都是李家的房子。

东边，靠北是一个油坊的堆栈，粉白的照壁上黑漆八个大字："双窨香油，照庄发客"。

靠南一家姓夏。这家进门就是锅灶，往里是一个不小的院子。这家特别重视过中秋。每年的中秋节，附近的孩子就上他们家去玩，去看院子里还在开着的荷花，几盆大桂花，缸里养的鱼；看他家在院子里摆好了的矮脚的方桌，放了毛豆、芋头、月饼、酒壶，准备一家赏月。

在油坊堆栈和夏家之间，是王玉英的家。

王家人很少，一共三口。王玉英的父亲在县政府当录事，每天一早便提着一个蓝布笔袋，一个铜墨盒去上班。王玉英的弟弟上小学。王玉英整天一个人在家。她老是在她家的门道里做针线。

王玉英家进门有一个狭长的门道。三面是墙：一面是油坊堆栈的墙，一面是夏家的墙，一面是她家房子的山墙。南墙尽头有一个小房门，里面才是她家的房屋。从外面是看不见她家的房屋的。这是一个长方形的天井，一年四季，照不进太阳。夏天很凉快，上面是高高的蓝天，正面的山墙脚下密密地长了一排晚饭花。王玉英就坐在这个狭长的天井里，坐在晚饭花前面做针线。

李小龙每天放学，都经过王玉英家的门外。他都看见王玉英（他看了陈家的石榴，又看了“双窨香油，照庄发客”，还会看看夏家的花木）。晚饭花开得很旺盛，它们使劲地往外开，发疯一样，喊叫着，把自己开在傍晚的空气里。浓绿的，多得不得了的绿叶子；殷红的，胭脂一样的，多得不得了的红花；非常热闹，但又很凄清。没有一点声音。在浓绿浓绿的叶子和乱乱纷纷的红花之前，坐着一个王玉英。

这是李小龙的黄昏。要是没有王玉英，黄昏就不成其为黄昏了。

李小龙很喜欢看王玉英，因为王玉英好看。王玉英长得很黑，但是两只眼睛很亮，牙很白。王玉英有一个很好看的身子。

红花、绿叶、黑黑的脸、明亮的眼睛、白的牙，这是李小龙天天看的一张画。

王玉英一边做针线，一边等着她的父亲。她已经闷好饭了，等父亲一进门就好炒菜。

王玉英已经许了人家。她的未婚夫是钱老五。大家都叫他钱老五。不叫他的名字，而叫钱老五，有轻视之意。老人们说他“不学好”。人很聪明，会画两笔画，也能刻刻图章，但做事没有长性。教两天小学，又到报馆里当两天记者。他手头并不宽裕，却打扮得像个阔少爷，穿着细毛料子的衣裳，梳着油光光的分头，还戴了一副金丝眼镜。他交了许多“三朋四友”，风流浪荡，不务正业。都传说他和一个寡妇相好，有时就住在那个寡妇家里，还花寡妇的钱。

这些事也传到了王玉英的耳朵里。连李小龙也都听说了嘛，王玉英还能不知道？不过王玉英倒不怎么难过。她有点半信半疑。而且她相信她嫁过去，他就会改好的。她看见过钱老五，她很喜欢他的人才。

钱老五不跟他的哥哥住。他有一所小房，在臭河边。他成天不在家，门老是锁着。

李小龙知道钱老五在哪里住。他放学每天经过。他有时扒在门缝上往里看：里面有三间房，一个小院子，有几棵树。

王玉英也知道钱老五的住处。她路过时，看看两边没有人，也曾经扒在门缝上往里看过。

有一天，一顶花轿把王玉英抬走了。

从此，这条巷子里就看不见王玉英了。

晚饭花还在开着。

李小龙放学回家，路过臭河边，看见王玉英在钱老五家门前的河边淘米。只看见一个背影。她头上戴着红花。

李小龙觉得王玉英不该出嫁，不该嫁给钱老五。他很气愤。

这世界上再也没有原来的王玉英了。

三姊妹出嫁

秦老吉是个挑担子卖馄饨的。他的馄饨担子是全城独一份，他的馄饨也是全城独一份。

这副担子非常特别。一头是一个木柜，上面有七八个扁扁的抽屉；一头是安放在木柜里的烧松柴的小缸灶，上面支一口紫铜浅锅。铜锅分两格，一格是骨头汤，一格是下馄饨的清水。扁担不是套在两头的柜子上，而是打的时候就安在柜子上，和两个柜子成一体。扁担不是直的，是弯的，像一个罗锅桥。这副担子是楠木的，雕着花，细巧玲珑，很好看。这好像是《东京梦华录》时期的东西，李嵩笔下画出来的玩意儿。秦老吉老远地来了，他挑的不像是馄饨担子，倒好像挑着一件什么文物。这副担子不知道传了多少代了，因为材料结实，做工精细，到现在还很完好。

别人卖的馄饨只有一种，葱花水打猪肉馅。他的馄饨除了猪肉馅的，还有鸡肉馅的、螃蟹馅的，最讲究的是荠菜冬笋肉末馅的，——这种肉馅不是用刀刃而是用刀背剁的！作料也特别齐全，除了酱油、醋，还有花椒油、辣椒油、虾皮、紫菜、葱末、蒜泥、韭花、芹菜和本地人一般不吃的芫荽。馄饨分别放在几个抽屉里，作料敞放在外面，任凭顾客各按口味调配。

他的器皿用具也特别精洁——他有一个拌馅用的深口大盘，是雍正青花！

笃——笃笃，秦老吉敲着竹梆，走来了。找一个柳荫，把担子歇下，竹梆敲出一串花点，立刻就围满了人。

秦老吉就用这副担子，把三个女儿养大了。

秦老吉的老婆死得早，给他留下三个女儿。大凤、二凤和小凤。三个女儿，一个比一个小一岁，梯子蹬似的。三个丫头一个模样，像一个模子脱出来的。三个姑娘，像三张画。有人跟秦老吉说："应该叫你老婆再生一个的，好凑成一套四扇屏儿！"

姊妹三个，从小没娘，彼此提挈，感情很好。一家人都很勤快。一进门，清清爽爽，干净得像明矾澄过的清水。谁家娶了邋遢婆娘，丈夫气急了，就说："你到秦老吉家看看去！"三姊妹各有所长，分工负责。大裁大剪，单夹皮棉——秦老吉冬天穿一件山羊皮的背心，是大姐的；锅前灶后，热水烧汤，是二姐的；小妹妹小，又娇，两个姐姐惯着她，不叫她做重活，她就成天地挑花绣朵。她把两个姐姐绣得全身都是花。围裙上、鞋尖上、手帕上、包头布上，都是花。这些花里有一样必不可少的东西，是凤。

姊妹三个都大了。一个十八，一个十七，一个十六。该嫁了。这三只凤要飞到哪棵梧桐树上去呢？

三姊妹都有了人家了。大姐许了一个皮匠，二姐许了一个剃头的，小妹许的是一个卖糖的。

皮匠的脸上有几颗麻子，一街人都叫他麻皮匠。他在东街的"乾陞和"茶食店廊檐下摆一副皮匠担子。"乾陞和"的门面很宽大，除了一个柜台，两边竖着的两块碎白石底子堆刻黑漆大字的木牌——一块写着"应时糕点"，一块写着"满汉饽饽"。这之外，没有什么东西，放一副皮匠担子一点不碍事。麻皮匠每天一早，"乾陞和"才开了门，就拿起一把长柄的笤帚把店堂打扫干净，然后就在"满汉饽饽"下面支起担子，开始绱鞋。他是个手脚很快的人。走起路来腿快，绱起鞋来手快。只见他把锥子在头发里"光"两下，一锥子扎过鞋帮鞋底，把两根用猪鬃引着的蜡线对穿过去，噌——噌，两把就绱了一针。流利合拍，均匀紧凑。他绱鞋的时候，常有人歪着头看。绱鞋，本来没有看头，但是麻皮匠绱鞋就能吸引人。大概什么事做得很精熟，就很美了。因为手快，麻皮匠一天能比别的皮匠多绱好几双鞋。不但快，绱得也好。针脚细密，楦得也到家，穿在脚上，不易走样。因此，他生意很好。也因此，落下“麻皮匠”这样一个称号。人家做好了鞋，叫佣人或孩子送去绱，总要叮嘱一句：“送到麻皮匠那里去。”这街上还有几个别的皮匠。怕送错了。他脸上的那几颗麻子就成了他的标志。他姓什么呢？好像是姓马。

二姑娘的婆家姓时。老公公名叫时福海。他开了一爿剃头店，字号也就是“时福海记”。剃头的本属于“下九流”，他的店铺每年贴的春联却是：“头等事业，顶上生涯”。自从满清推翻，建立民国，人们剪了辫子，他的店铺主要是剃光头，以“水热刀快”为号召。时福海像所有的老剃头待诏一样，还擅长向阳取耳（掏耳朵），捶背拿筋。剃完头，用两只拳头给顾客哔哔剥剥地捶背（捶出各种节奏和清浊阴阳的脆响），噔噔地揪肩胛后的“懒筋”——捶、揪之后，真是“浑身通泰”。他还专会治“落枕”。睡落了枕，歪着脖子走进去，时福海把你的脑袋搁在他躬起的大腿上，两手扶着下颚，轻试两下，“咔叭”——就扳正了！老年间，剃头匠是半个跌打医生。

这地方不知怎么会有这么一个传统，剃头的多半也是吹鼓手（不是所有的剃头匠都是吹鼓手，也不是所有的吹鼓手都是剃头匠）。时福海就也是一个吹鼓手。他吹唢呐，两腮鼓起两个圆圆的鼓包，憋得满脸通红。他还会“进曲”。好像一城的吹鼓手里只有他会，或只有他擅长于这个玩意儿。人家办丧事，“六七”开吊，在“初献”、“亚献”之后，有“进曲”这个项目。赞礼的礼生喝道“进——曲！”时福海就拿了一面荸荠鼓，由两个鼓手双笛伴奏，唱一段曲子。曲词比昆曲还要古，内容是“神仙道化”，感叹人生无常，有《薤露》、《蒿里》遗意，很可能是元代的散曲。时福海自己也不知道唱的是什么，但还是唱得感慨唏嘘，自己心里都酸溜溜的。

时代变迁，时福海的这一套有点吃不开了。剃光头的人少了，“水热刀快”不那么有号召力了。卫生部门天天宣传挖鼻孔、挖耳朵不卫生。懂得享受捶背揪懒筋的乐趣的人也不多了。时福海忽然变成一个举动迟钝的老头。

时福海有两个儿子。下等人不避父讳，大儿子叫大福子，小儿子叫小福子。

大福子很能赶潮流。他把逐渐暗淡下去的“时福海记”重新装修了一下，门窗柱壁，油漆一新，全都是奶油色，添了三面四尺高、二尺宽的大玻璃镜子。三面大镜之间挂了两个狭长的镜框，里面嵌了磁青砑银的蜡笺对联，请一个擅长书法的医生汪厚基浓墨写了一副对子：

不教白发催人老

更喜春风满面生

他还置办了“夜巴黎”的香水，“司丹康”的发蜡。顶棚上安了一面白布制成的“风扇”，有滑车牵引，叫小福子坐着，一下一下地拉“风扇”的绳子，使理发的人觉得“清风徐来”，十分爽快。这样，“时福海记”就又兴旺起来了。

大福子也学了吹鼓手。笙箫管笛，无不精通。

这地方不知怎么会流传“倒扳桨”、“跌断桥”、“剪靛花”之类的《霓裳续谱》、《白雪遗音》时期的小曲。平常人不唱，唱的多是理发的、搓澡的、修脚的、裁缝、做豆腐的年轻子弟。他们晚上常常聚在“时福海记”唱，大福子弹琵琶。“时福海记”外面站了好些人在听。

二凤要嫁的就是大福子。

三姑娘许的这家苦一点，姓吴，小人叫吴颐福，是个遗腹子。家里只有两个人，一个老母亲，是个踮脚，走起路来一踮一踮的。母子二人，相依为命。妈妈很慈祥，儿子很孝顺。吴颐福是个很聪明的人，十五岁上就开始卖糖。卖糖和卖糖可不一样。他卖的不是普通的芝麻糖、花生糖，他卖的是“样糖”。他跟一个师叔学会了一宗手艺：能把白糖化了，倒在模子里，做成大小不等的福禄寿三星、财神爷、麒麟送子。高的二尺，矮的五寸，衣纹生动，须眉清楚；还能把糖里加了色，不用模子，随手吹出各种瓜果，桃、梨、苹果、佛手，跟真的一样，最好看的是南瓜：金黄的瓜，碧绿的蒂子，还开着一朵淡黄的瓜花。这种糖，人家买去，都是当摆设，不吃。——吃起来有什么意思呢，还不是都是糖的甜味！卖得最多的是糖兔子。白糖加麦芽糖熬了，切成梭子形的一块一块，两头用剪刀剪开，一头窝进腹下，是脚；一头便是耳朵。耳朵下捏一下，便是兔子脸，两边嵌进两粒马料豆，一个兔子就成了！马料豆有绿豆大，一头是通红的，一头是漆黑的。这种豆药店里卖，平常配药很少用它，好像是天生就为了做糖兔的眼睛用的！这种糖兔子很便宜，一般的孩子都买得起。也吃了，也玩了。

师叔死后，这门手艺成了绝活儿，全城只有吴颐福一个人会，因此，他的生意是不错的。

他做的这些艺术品都放在擦得晶亮的玻璃橱子里，在肩上挑着。他的糖担子好像一个小型的展览会，歇在哪里，都有人看。

麻皮匠、大福子、吴颐福，都住得离秦老吉家不远。大姑娘、二姑娘、三姑娘几乎每天都能看到她们的女婿。姐儿仨有时在一起互相嘲戏。三姑娘小凤是个镴嘴子[①]，咭咭呱呱，对大姐姐说：

"十个麻子九个俏，不是麻子没人要！"

大姐啐了她一口。

她又对二姐姐说：

"姑娘姑娘真不丑，一嫁嫁个吹鼓手。吃冷饭，喝冷酒，坐人家大门口！"[②]

二姐也啐了她一口。

两个姐姐容不得小凤如此放肆，就一齐反唇相讥：

"敲锣卖糖，各干各行！"

小妹妹不干了，用拳头捶两个姐姐：

"卖糖怎么啦！卖糖怎么啦！"

秦老吉正在外面拌馅儿，听见女儿打闹，就厉声训斥道：

"靠本事吃饭，比谁也不低。麻油拌芥菜，各有心中爱，谁也

① 镴嘴子是一种鸟，喙大而硬。此地说嘴尖舌巧的姑娘为镴嘴子，其实镴嘴子哑着的时候多，不善鸣叫。

② 这是当地童谣。"吃冷饭，喝冷酒"也有说成"吃人家饭，喝人家酒"的。

不许笑话谁！”

三姊妹听了，都吐了舌头。

姐儿仨同一天出门子，都是腊月二十三。一顶花轿接连送了三个人。时辰倒是错开了。头一个是小凤，日落酉时。第二个是大凤，戌时。最后才是二凤。因为大福子要吹唢呐送小姨子，又要吹唢呐送大姨子。轮到他拜堂时已是亥时。给他吹唢呐的是他的爸爸时福海。时福海吹了一气，又坐到喜堂去受礼。

三天回门。三个姑爷，三个女儿都到了。秦老吉办了一桌酒，除了鸡鸭鱼肉，他特意包了加料三鲜馅的绉纱馄饨，让姑爷尝尝他的手艺。鲜美清香，自不必说。

三个女儿的婆家，都住得不远，两三步就能回来看看父亲。炊煮扫除，浆洗缝补，一如往日。有点小灾小病，头疼脑热，三个女儿抢着来伺候，比没出门时还殷勤。秦老吉心满意足，毫无遗憾。他只是有点发愁：他一朝撒手，谁来传下他的这副馄饨担子呢？

笃——笃笃，秦老吉还是挑着担子卖馄饨。

真格的，谁来继承他的这副古典的，南宋时期的，楠木的馄饨担子呢？

一九八一年九月十日

皮凤三楦房子[1]

※

皮凤三是清代评书《清风闸》里的人物。《清风闸》现在好像没有人说了，在当时，乾隆年间，在扬州一带，可是曾经风行过一时的。这是一部很奇特的书。既不是朴刀棒杖、长枪大马，也不是倚翠偷期、烟粉灵怪。《珍珠塔》、《玉蜻蜓》、《绿牡丹》、《八窍珠》，统统不是。它说的是一个市井无赖的故事。这部书虽有几个大关目，但都无关紧要。主要是一个一个的小故事。这些故事也不太连贯。其间也没有多少“扣子”，或北方评书艺人所谓“拴马桩”——即新文学家所谓“悬念”。然而人们还是津津有味地一回一回接着听下去。龚午亭是个擅说《清风闸》的说书先生，时人为之语曰：“要听龚午亭，吃饭莫打停”。为什么它能那样吸引人呢？大概是因为通过这些故事，淋漓尽致地刻画了扬州一带的世态人情，说出一些人们心中想说的话。

这个无赖即皮凤三，行五，而癞，故又名皮五癞子。这个人说好也好，说坏也坏。他也仗义疏财，打抱不平。对于倚财仗势欺负人的人，尤其是欺负到他头上来的人，他常常用一些很促狭的办法整得该人（按：“该人”一词见之于政工干部在外调材料之类后面所加的附注中，他们如认为被调查的人本身有问题，就提笔写道：“该人”如何如何，“所提供情况，仅供参考”云云）狼狈不堪，

① 初刊于《上海文学》一九八二年第三期，初收于《晚饭花集》。

哭笑不得。“促狭”一词原来倒是全国各地皆有的。《红楼梦》第二十六回就有这个词。但后来在北方似乎失传了。在吴语和苏北官话里是还存在的。其意思很难翻译。刁、赖、阴、损、缺德……庶几近之。此外还有使人意想不到的含意。他有时也为了自己，使一些无辜的或并不太坏的人蒙受一点不大的损失，“楦房子”即是一例。皮凤三家的房子太紧了，他声言要把房子楦一楦，左右四邻都没有意见。心想：房子不是鞋，怎么个楦法呢？办法很简单：他把他的三面墙向邻居家扩展了一尺。因为事前已经打了招呼，邻居只好没得话说。

对皮凤三其人不宜评价过高。他的所作所为，即使是打抱不平，也都不能触动那个社会的本质。他的促狭只能施之于市民中的暴发户。对于真正的达官巨贾，是连一个指头也不敢碰的。

为什么在那个时代（那个时代即扬州八怪产生的时代）会产生《清风闸》这样的评书和皮凤三这样的人物？产生这样的评书、这样的人物的社会背景是什么？喔，这样的问题过于严肃，还是留给文学史家去研究吧。如今却说一个人因为一件事，在原来的外号之外又得了一个皮凤三这样的外号的故事。

此人名叫高大头。这当然是个外号。他当然是有个大名的。大名也不难查考，他家的户口本上“户主”一栏里就写着。但是他的大名很少有人叫。在他有挂号信的时候，邮递员会在老远的地方就扬声高叫：“高××，拿图章！”但是他这些年似乎很少收到挂号信。在换购粮本的时候，他的老婆去领，街道办事处的负责人喊了几声“高××”，他老婆也不应声，直到该负责人怒喝了一声“高大头！”他老婆才恍然大悟，连忙答应：“有！有！有！”就是在

“文化大革命”被批斗的时候，他挂的牌子上写的也是：

三开分子
高 大 头

“高大头”三字上照式用红笔打了叉子，因为排版不便，故从略。

（谨按：在人的姓名上打叉，是个由来已久的古法。封建时代，刑人的布告上，照例要在犯人的姓名上用红笔打叉，以示此人即将于人世中注销。这办法似已失传有年矣，不知怎么被造反派考查出来，沿用了。其实，这倒是货真价实的“四旧”。至于把人的姓名中的字倒过来写，横过来写，以为这就可以产生一种诅咒的力量、可以置人于死地，于残忍中带有游戏成分，这手段可以上推到巫术时代，其来历可求之于马道婆。总而言之，“文化大革命”的许多恶作剧都是变态心理学所不得不研究的材料。）

“高大头”不只是说姓高而头大，意思要更丰富一些，是说此人姓高，人很高大，而又有一个大头。他生得很魁梧，虎背熊腰。他的脑袋和身材很厮称。通体看来，并不显得特别的大。只有单看脑袋，才觉得大得有点异乎常人。这个脑袋长得很好。既不是四方四楞，像一个老式的装茶叶的锡罐；也不是圆圆乎乎的像一个冬瓜，而是上额宽广，下颚微狭，有一点像一只倒放着的鸭梨。这样的脑袋和体格，如果陪同外宾，一同步入宴会厅，拍下一张照片，是会很有气派的。但详考高大头的一生，似乎没有和外宾干过一次杯。他只是整天坐在门前的马扎子上，用一把木锉锉着一只胶鞋的磨歪了的后跟，用毛笔饱蘸了白色的粘胶涂在上面，选一块大小厚薄合适的胶皮贴上去，用他的厚厚实实的手掌按紧，连头也不大抬。只当有什么值得注意的人从他面前二三尺远的地方走过，他才从眼镜框上面看一眼。他家在南市口，是个热闹去处，但往来的大都是熟人。卖青菜的、卖麻团的、箍桶的、拉板车的、吹糖人的……他从他们的吆唤声、说话声、脚步声、喘气声，甚至从他们身上的气味，就能辨别出来，无须抬头一看。他的隔着一条巷子的紧邻针灸医生朱雪桥下班回家，他老远就听见他的苍老的咳嗽声，于是放下手里的活计，等着跟他打个招呼。朱雪桥走过，仍旧做活。一天就是这样，动作从容不迫，神色安静平和。他戴着一副黑框窄片的花镜，有点像个教授，不像个修鞋的手艺人。但是这个小县城里来了什么生人，他是立刻就会发现的，不会放过。而且只要那样看一眼，大体上就能判断这是省里来的，还是地区来的，是粮食部门的，还是水产部门的，是作家，还是来作专题报道的新闻记者。他那从眼镜框上面露出来的眼睛是彬彬有礼的，含蓄的，不露声色的，但又是机警的，而且相当的锋利。

高大头是个修鞋的，是个平头百姓，并无一官半职，虽有点走资本主义道路，却不当权，“文化大革命”怎么会触及到他，会把他也拿来挂牌、游街、批斗呢？答曰：因为他是牛鬼蛇神，故在横扫之列。此“文化大革命”之所以为“大”也。

小地方的人有一种传奇癖，爱听异闻。对一个生活经历稍为复杂一点的人，他们往往对他的历史添油加醋，任意夸张，说得神乎其神。这种捕风捉影的事，茶余酒后，巷议街谈，倒也无伤大雅。就是本人听到，也不暇去一一订正。有喜欢吹牛说大话的，还可能随声附和，补充细节，自高身价。一到运动，严肃地进行审查，可就惹了麻烦，跳进黄河也洗不清了。高大头就是这样。

高大头的简历如下：小时在家学铜匠。后到外地学开汽车，当了多年司机。解放前夕，因亲戚介绍，在一家营造厂“跑外”——当采购员。三五反后，营造厂停办，他又到专区一个师范学校当了几年总务。以后，即回乡从事补鞋。他走的地方多，认识的人多，在走出五里坝就要修家书的本地人看来，的确很不简单。

但是本地很多人相信他进过黄埔军校，当过土匪，坐过日本人的牢，坐过国民党的牢，也坐过新四军的牢。

事出有因，查无实据。黄埔军校早就不存在，他那样的年龄不可能进去过，而且他从来也没有到过广东。所以有此“疑点”，是因为他年轻时为了好玩，曾跟一个朋友借了一身军服照过一张照片，还佩了一柄“军人魂”的短剑。他大概曾经跟人吹过，说这种剑只有军校毕业生才有。这张照片早已不存在，但确有不止一个人见过，写有旁证材料。说他当过土匪，是因为他学铜匠的时候，有一师父会修枪。过去地方商会所办“保卫团”有枪坏了，曾拿给他去修过。于是就传成他会造枪，说他给乡下的土匪造过枪。于是就联系到高大头：他师父给土匪造枪，他师父就是土匪；他是土匪的徒弟，所以也是土匪。这种逻辑，颇为谨严。至于坐牢，倒是确有其事。他是司机，难免夹带一点私货，跑跑单帮。抗日战争时期从敌占区运到国统区；解放战争时期从国统区运到解放区。的确有两次被伪军和国民党军队查抄出来，关押了几天。关押的目的是敲竹杠。他花了一笔钱，托了朋友，也就保释出来了。所运的私货无非是日用所需，洋广杂货。其中也有违禁物资，如西药、煤油。但是很多人说他运的是枪枝弹药。就算是枪枝弹药吧：抗日战争时期，国共还在合作，由日本人那里偷运给国民党军队，不是坏事；解放战争时期由国民党军队那里偷运给新四军，这岂不是好事？然而不，这都是反革命行为。他确也被新四军扣留审查过几天，那是因为不清楚他的来历。后来已有新四军当时的负责人写了证明，说这是出于误会。以上诸问题，本不难澄清，但是有关部门一直未作明确结论，作为悬案挂在那里。他之所以被专区的师范解职，就是因为：历史复杂。

“文化大革命”，旧案重提，他被揪了出来。地方上的造反派为之成立了专案。专案组的组长是当时造反派的头头，后来的财政局长谭凌霄，专案组成员之一是后来的房产管理处主任高宗汉。因为有此因缘，就逼得高大头终于不得不把他的房子楦一楦。此是后话。

“文化大革命”山呼海啸，席卷全国。高大头算个什么呢，真是沧海之一粟。不过他在本地却是出足了风头，因为案情复杂而且严重。南市口离县革会不远，县革会门前有一面大照壁。照壁上贴得满满一壁关于高大头的大字报，还有漫画插图。谭凌霄原来在文化馆工作，高宗汉原是电影院的美工，他们都能写会画，把高大头画得很像。他的形象特征很好掌握，一个鸭梨形的比身体还要大的头。在批斗他的时候，喊的口号也特别热闹：

“打倒反动军官高大头！”

“打倒土匪高大头！”

“打倒军火商高大头！”

“打倒三开分子高大头！”

剃头、画脸、游街、抄家、挨打、罚跪，应有尽有，不必细说。

高大头是个曾经沧海的人，“文化大革命”虽然是史无前例，他却以一种古已有之的态度对待之：逆来顺受。批斗、游街，随叫随到。低头的角度很低，时间很长。挨打挨踢，面无愠色。他身体结实，这些都经受得住。检查材料交了一大摞，写得很详细，很工整。时间、地点、经过、证明人，清清楚楚。一次一次，不厌其烦。但是这种检查越看越叫人生气。

谭凌霄亲自出马，带人外调。登了泰山，上了黄山，吃过西湖醋鱼、南京板鸭、苏州的三虾面，乘兴而去，兴尽而归，材料虽有，价值不大。（全国用于外调的钱，一共有多少？）

他们于是又回过头来把希望寄托在高大头本人身上，希望他自己说出一些谁也不知道的罪行，三番两次，交待政策：“坦白从宽，抗拒从严”，“态度很重要。态度好，可以从轻；态度不好，问题性质就会升级！”苦口婆心，仁至义尽。高大头唯唯，然而交待材料仍然是那些车轱辘话。对于“反动军官”、“土匪”、“军火商”，字面上决不硬顶，事实上寸步不让。于是谭凌霄给了他一嘴巴子，骂道：“你真是一块滚刀肉！”

只有对于“三开分子”，高大头却无法否认。

“三开分子”别处似不曾听说过，可以算得是这个小县的土特产。何谓“三开”？就是在敌伪时期、国民党时期、共产党时期都吃得开。这个界限可很难划定。当过维持会长、国大代表、政协委员，这可以说是“三开”。这些，高大头都够不上。但是他在上述三个时期都活下来了，有一口饭吃，有时还吃得不错，且能娶妻生子，成家立业，要说是“吃得开”，也未尝不可。

轰轰轰轰，“文化大革命”过去了。

高大头还是高大头。“三开分子”算个什么名目呢？什么文件上也未见过。因此也就谈不上什么改正落实。抄家的时候，他把所有的箱笼橱柜都打开，任凭搜查。除了他的那些修鞋用具之外，还有他当司机时用过的扳子、钳子、螺丝刀，他在营造厂跑外时留下的一卷皮尺……这些都不值一顾。有两块桃源石的图章，高宗汉以为是玉的，上面还有龟纽，说这是“四旧”，没收了（高大头当时想：真是没有见过世面，这值不了几个钱）。因此，除了皮肉吃了一点苦，高大头在这场开玩笑似的浩劫中没有多大损失。他没有什么抱怨，对谁也不记仇。

倒是谭凌霄、高宗汉因为白整了高大头几年，没有整出个名堂来，觉得很不甘心。世界上竟有这等怪事：挨整的已经觉得无所谓，整人的人倒耿耿于怀，总想跟挨整的人过不去，好像挨整的对不起他。

然而高大头从此得了教训，他很少跟人来往了，他不串门访友，也不愿说他那些天南地北的山海经。他整天只是埋头做活。

高大头高大魁伟，然而心灵手巧，多能鄙事。他会修汽车，修收音机、照相机，修表，当然主要是修鞋。他会修球鞋、胶鞋。他收的钱比谁家都贵，但是大家都愿多花几个钱送到他那里去修，因为他修得又结实又好看。他有一台火补的“机器”，补好后放在模子里加热一压，鞋底的纹印和新的一样。在刚兴塑料鞋时，全城只有他一家会修塑料凉鞋，于是门庭若市（最初修塑料鞋，他都是拿到后面去修，怕别人看到学去）。就是在“文化大革命”期间，在他不挨批斗的日子，生意也很好（“文化大革命”期间人们好像特别费鞋，因为又要游行，又要开会，又要跳忠字舞）。他还会补自行车胎、板车胎，甚至汽车外胎。因此，他的收入很可观。三中全会以后，允许单干，他带着一儿一女，一同做活，生意兴隆，真是很吃得开了。

他现在常在一起谈谈的，只有一个朱雪桥。

一来，他们是邻居。

二来，“文化大革命”期间，他们经常同台挨斗，同病相怜。

朱雪桥的罪名是美国特务。

朱雪桥是个针灸医生，为人老实本分，足迹未出县城一步，他怎么会成了美国特务呢？原来他有个哥哥朱雨桥，在美国，也是给人扎针，听说混得很不错。解放后，兄弟俩一直不通音信。但这总是个海外关系。这个县城里有海外关系的不多，凤毛麟角，很是珍贵。原来在档案里定的是“特嫌”，到了“文化大革命”，就直截了当，定成了美国特务。

这样，他们就时常一同挨斗。在接到批斗通知后，挂了牌子一同出门，斗完之后又挟了牌子一同回来。到了巷口，点一点头：“明天见！”——“会上见！”各自回家。

朱雪桥胆子小，原来很害怕，以为可能要枪毙。高大头暗中给他递话：“你是特务吗？——不是。不是你怕什么？沉住气，没事。光棍不吃眼前亏，注意态度。”朱雪桥于是仿效高大头，软磨穷泡，少挨了不少打。朱雪桥写的检查稿子，还偷偷送给高大头看过。高大头用铅笔轻轻做了记号，朱雪桥心领神会，都照改了。高大头每回挨斗，回来总要吃点好的。他前脚挂了牌子出门，他老婆后脚就绕过几条街去买肉。肉炖得了，高大头就叫女儿乘天黑人乱，给朱雪桥送一碗过去。朱雪桥起初不受，说："这，这，这不行！"高大头知道他害怕，就走过去说："吃吧！不吃好一点顶不住！"于是朱雪桥就吃了。他们有时斗罢归来，分手的时候，还偷偷用手指圈成一个圈儿，比划一下，表示今天晚上可以喝两盅。

中国有不少人的友谊是在一同挨斗中结成的，这可称为"文革"佳话。

三来，他们两家的房子都非常紧，这就容易产生一种同类意识。

两家的房子原来都不算窄，是在挨斗的同时被挤小了的。

朱雪桥家原来住得相当宽敞，有三大间，旁边还有一间堆放杂物的厢房。朱雨桥在的时候，两家住；朱雨桥走了，朱雪桥一家三代六口人住着。朱雪桥不但在家里可以有地方给人扎针治病，还有个小天井，可以养十几盆菊花。——高大头养菊花就是受了朱雪桥的影响，他的菊花秧子大都是从朱雪桥那里分来的。

谭凌霄和高宗汉带着一伙造反派到朱雪桥家去抄家。叫高大头也一同去，因为他身体好，力气大，作为劳力，可以帮着搬东西。朱家的"四旧"不少。霁红胆瓶，摔了；康熙青花全套餐具，砸了；铜器锡器，踹扁了；硬木家具，劈了；朱雪桥的父母睡的一张红木宁式大床，是传了几代的东西，谭凌霄说："抬走！"堂屋板壁上有四幅徐子兼画的猴。徐子兼是邻县的一位画家，已故，画花鸟，宗法华新罗，笔致秀润飘逸，尤长画猴。他画猴有定价，两块大洋一只。这四幅屏上的大大小小的猴真不老少。一个造反派跳上去扯了下来就要撕。高大头在旁插了一句嘴，说："别撕。'金猴奋起千钧棒'，猴是革命的。"谭凌霄一想，说："对！卷起来，先放到我那里保存！"他属猴，对猴有感情。

抄家完毕，谭凌霄说："你家的房子这样多？不行！"于是下令叫朱雪桥全家搬到厢房里住，当街另外开门出入。这三间封起来。在正屋与厢屋之间砌起了一堵墙，隔开。

高大头家原来是个连家店，前面是铺面，或者也可以叫做车间，后面是住家。抄家的时候（前文已表，他家是没有多少东西可抄的），高宗汉说："你家的房子也太宽，不行！"于是在他的住家前面也砌了一堵墙，只给他留下一间铺面。

这样，高、朱两家的房屋面积都是一样大小了：九平米。

朱家六口人，这九平米怎么住法呢？白天还好办。朱雪桥上班，——他原来是私人开业，后来加入联合诊所，联合诊所撤销后，他进了卫生局所属的城镇医院，算是"国家干部"了。两个孩子（一儿一女）上学。家里只剩下朱雪桥的父亲母亲和他的老婆。到了晚上，三代人，九平米，怎么个睡法呢？高大头给他出了个主意，打了一张三层床。由下往上数：老两口睡下层，朱雪桥夫妇睡中层，两个孩子睡在最上层。一人翻身，全家震动。两个孩子倒很高兴，觉得爬上爬下，非常好玩。只是有时夜里要滚下来，这一跤可摔得不轻。小弟弟有时还要尿床，这个热闹可就大了！

高大头怎么办呢？他总得有个家呀。他有老婆，女儿也大了，到了快找对象的时候了，女人总有些女人的事情，不能大敞四开，什么都展览着呀。于是他找了点纤维板，打了半截板壁，把这九平米隔成了两半，两个狭条，各占四米半。后面是他老婆和女儿的卧房；前面白天是车间，到了晚上，临时搭铺，父子二人抵足而眠。后面一半外面看不见。前面的四米半可真是热闹。一架火补烘烤机器就占了三分之一。其余地方还要放工具、材料。他把能利用的空间都利用了。他敲敲靠巷子一边的山墙，还结实，于是把它抽掉一些砖头，挖成一格一格的，成了四层壁橱。酱油瓶子、醋瓶子、油瓶子、酒瓶子，扳子、钳子、粘胶罐子、钢锉、木锉，书籍（高大头文化不低，前已说过，他的字写得很工整）、报纸（高大头关心世界、国家大事，随时研究政策，订得一份省报，看后保存，以备查检，逐月逐年，一张不缺），全都放在“橱”里。层次分明，有条不紊。他修好的鞋没处放，就在板壁上钉了许多钉子，全都挂起来。面朝里，底朝外，鞋底上都贴着白纸条，写明鞋主姓名和取鞋日期。这样倒好，好找，省得一双一双去翻。他还养菊花（朱雪桥已经无此雅兴）。没有地方放，他就养了四盆悬崖菊，把它们全部在房檐口挂起来。这四个盆子很大。来修鞋的人走到门口都要迟疑一下，向上看看。高大头总要解释：“不碍事，挂得很结实，砸不了脑袋！”这四盆悬崖菊披披纷纷地倒挂下来，好看得很。高大头就在菊花影中运锉补鞋，自得其乐。

“四人帮”倒了之后，高大头和朱雪桥迭次向房产管理处和财政局写报告，请求解决他们的住房困难。这个县的房管处是财政局的下属单位，是一码事。也就是说，向高宗汉和谭凌霄写报告（至于谭、高二人怎么由造反派变成局长和主任，又怎样安然度过清查运动，一直掌权，以与本文无关，不表）。他们还迭次请求面见谭局长和高主任。高大头还给谭局长家修过收音机、照相机，都是白尽义务，分文不取。高主任很客气地接待他们，说："你们的困难我是知道的，这是'文化大革命'的后遗症嘛，一定，一定设法解决。"谭凌霄对高宗汉说："这两个家伙，不能给他们房子！"

中美建交。

朱雪桥忽然接到他哥哥朱雨桥的信，说他很想回乡探望双亲大人。信中除了详述他到美的经过，现在的生活，倾诉了思亲怀旧之情，文白夹杂，不今不古。之外，附带还问了问他花了五十块大洋请徐子兼画的四幅画，今犹在否。

朱雪桥把这封信交给了奚县长。

奚县长"文化大革命"前就是县长。"文化大革命"中被谭凌霄等一伙造反派打倒了。"四人帮"垮台后，经过选举，是副县长。不过大家还叫他奚县长。他主管文教卫生，兼管民政统战。朱雪桥接到朱雨桥的信，这件事，从哪方面说起来，都正该他管。

第一件事，应该表示欢迎。这是国家政策。

第二件事，应该赶紧解决朱雪桥的住房问题。朱雨桥回来，这九平米，怎么住？难道在三层床上再加一层吗？

事有凑巧，朱家原来的三间祖屋，在被没收后，由一个下放干部住着。恰好在朱雪桥接到朱雨桥来信前不久，这位下放干部病故了，家属回乡，这三间房还空着。这事好解决。奚县长亲自带了朱雪桥去找谭凌霄，叫他把那三间房还给朱家。谭凌霄当时没有话说，叫高宗汉填写了一张住房证发给了朱雪桥。朱雪桥随奚县长到县人民政府，又研究了一下怎样接待朱雨桥的问题。奚县长嘱咐他对"文化大革命"的情况尽量不要多谈，还批了条子，让他到水产公司去订购一点鲜鱼活虾，到蔬菜公司订购一点菱藕，到糖烟酒公司订几瓶原装洋河大曲。朱雪桥对县领导的工作这样深入细致，深表感谢。

不想他到了旧居门口，却发现门上新加了一把锁。

原来谭凌霄在发给朱雪桥住房证之后，立刻叫房管处签发了另一份住房证，派人送到湖东公社，交给公社书记的儿子，叫他先把门锁起来。一所房子同时发两张居住证，他这是存心叫两家闹纠纷，叫朱雪桥搬不进去。

朱雪桥不能撬人家的锁。

怎么办呢？高大头给他出了个主意，从隔开厢房与正屋的墙上打一个洞，先把东西搬进去再说。高大头身强力壮，心灵手巧，呼朋引类，七手八脚，不大一会，就办成了。

朱雨桥来信，行期在即。

奚县长了解了朱雪桥在墙上打了一个洞，说：“这成个什么样子！”于是打电话给财政局、房管处，请他们给朱家修一个门，并把朱家原来的三间正屋修理一下。谭凌霄、高宗汉“相应不理”。

县官不如现管，奚县长毫无办法。

奚县长打电话给卫生局，卫生局没有人工材料。

最后只得打电话给城镇医院。城镇医院倒有一点钱，雇工置料，给朱雪桥把房子修了。

徐子兼画的四幅画也还回来了。这四幅画在谭凌霄家里。朱雪桥拿着县人民政府的信，指名索要，谭凌霄抵赖不得，只好从柜子里拿出来给他。朱家的宁式大床其实也在谭凌霄家里，朱雪桥听从了高大头的意见，暂时不提。

朱雨桥回来，地方上盛大接待。朱雨桥吃了家乡的卡缝鳊、翘嘴白、槟榔芋、雪花藕、炝活虾、野鸭烧咸菜；给双亲大人磕了头，看看他的祖传旧屋，端详了徐子兼的画猴，满意得不得了。热闹了几天，告别各界领导。临去依依，一再握手。弟兄二人，洒泪而别，自不必说。

地方上为朱雨桥举行的几次宴会，谭局长一概称病不赴。高主任因为还不够格，也未奉陪。谭凌霄骂了一句国骂，说："海外关系倒踱起来了！"

谭凌霄当然知道朱雪桥在墙上打洞，先发制人，造成既成事实，这主意是高大头出的。朱雪桥是个老实人，想不出这种招儿。徐子兼的画在他手里，也是高大头告发的。这四幅画他平常不大拿出来挂。有一天"晒伏"，他摊在地上。那天正好高大头来送修好了的收音机。这小子眼睛很贼，瞅见过。除了他，没有别人！批给朱家三间房子，丢了四张画，事情不大，但是他谭凌霄没有栽过这个跟头。这使他丢了面子，在本城群众面前矮了一截。这些草民，一定会在他背后指手划脚，嘁嘁喳喳地议论的。谭凌霄非常窝火，在心里恨道："好小子，你就等着我的吧！"他引用了一句慈禧太后的话："谁要是叫我不痛快，我就叫谁不痛快一辈子！"

高大头知道事情不大妙，但是他还是据理力争，几次找房管处要房子。高宗汉接见了他。这回态度变了，干脆说："没有！"高大头还是软软和和地说："没有房子，给我一块地皮也行，我自己盖。"——"你自己盖？你有钱？是你说过：你有八千块钱存款，只要给你一块地皮，盖一所一万块钱的房子，不费事？你说过这话没有？"高大头是曾经夸过这个海口，不知是哪个嘴快的给传到高宗汉耳朵里去了，但是他还是陪着笑脸，说："那是酒后狂言。"

高宗汉板着脸说："有本事你就盖。地皮没有。就这九平米。你就在这九平米上盖！只要你不多占一分地，你怎么盖都行。盖一座摩天大楼我也不管，随便！就这个话！往后你还别老找我来啰嗦！你有意见？你有本事告我去！告我和谭局长去！我还有事，你请便！"

高大头这一天半宵都没有睡着觉，一支接一支地抽烟，抽了多半盒"大运河"。

与此同时，谭凌霄利用盖集体宿舍的名义给自己盖了一所私人住宅。

谭凌霄盖住宅的时候，高大头天天到邮局去买报纸，《人民日报》、《文汇报》、《解放日报》、《新华日报》，能买到的都买了来，戴着他的黑边窄片老花镜一张一张地看，用红铅笔划道、剪贴、研究。

谭凌霄的住宅盖成了。且不说他这所住宅有多大，单说房前的庭院：有一架葡萄、一丛竹子、几块太湖石，还修了一座阶梯式的花台，放得下百多盆菊花。这在本城县一级领导里是少有的。

这一天，谭局长备了三桌酒，邀请熟朋友来聚聚。一来是暖暖他的新居，二来是酬谢这些朋友帮忙出力，提供材料。杯筷已经摆好，凉菜尚未上桌，谭局长正陪同客人在庭前欣赏他的名种菊花，高大头敲门，一头闯了进来。谭凌霄问："你来干什么？"高大头拿出一卷皮尺，说："对不起，我量量你们家的房子。"说罢就动起手来。谭凌霄一时不知如何是好，客人也都莫名其妙。高大头非常麻溜利索，眨眼的工夫就量完了。前文交待，他在营造厂干过，干这种事情，是个内行。他收了皮尺，还负手站在一边，陪主人客人一同看了一会菊花。这菊花才真叫菊花！一盆墨菊，乌黑的，花头有高大头的脑袋大！一盆狮子头，花瓣旋拧着，像一团发亮的金黄色的云彩！一盆十丈珠帘，花瓣垂下有一尺多长！高大头知道，这都是从公园里搬来的。这几盆菊花，原来放在公园的暖房里，旁边插着牌子，写着："非卖品"。等闲人只能隔着玻璃看看。高大头自从菊花开始放瓣的时候，天天去看，太眼熟了。

高大头看完菊花，道了一声"谢谢，饱了眼福"，转身自去。

谭局长这顿饭可没吃好。他心里很不踏实：高大头这小子，量了我的房子，不会有什么好事！

高大头当晚借了朱雪桥家的堂屋，把谭凌霄假借名义，修盖私人住宅的情况，写了一封群众来信。信中详细描叙了谭宅的尺寸、规格，并和本县许多住房困难的人家作了对比。连夜抄得，天亮付邮，寄给省报。

过了几天，省报下来了一个记者。

记者住在招待所。

他本来是来了解本县今年秋收分配情况的，没想到，才打开旅行包，洗了脸，就有人来找他。这些人反映的都是一件事：谭局长修盖私人住宅，没有那回事，这是房管局分配给他的宿舍；高大头是个三开分子，品质恶劣，专门造谣中伤，破坏领导威信。接二连三，络绎不绝（这些人都是谭凌霄在"文化大革命"中的老战友）。记者在编辑部本知道有这样一封群众来信，不过他的任务不是了解此事。这样一来，倒引起了他的注意。他找了本县的几个通讯员和一些群众做了调查，他们都说有这回事。他请高大头到招待所来谈谈，高大头带来了他的那封信的底稿和一张谭凌霄住宅平面图。

记者把这件事用“本报记者”名义写了一篇报道，带回了报社。

也活该谭凌霄倒楣，他赶到坎上了，现在正是大抓不正之风的时候。报社决定用这篇稿子。打了清样，寄到本县县委，征求他们的意见，是否同意发表。县委书记看了清样，正在考虑，奚县长正在旁边，说：“这件事你要是压下来，将来问题深化了，你也会被牵扯进去，这是一；如果不同意发表这篇报道，那将来本县的消息要见省报，可就困难了，这是二。”县委书记击案说：“好！同意！”奚县长抓起笔就写了一封复信：

“此稿报道情况完全属实，同意发表。这对我们整顿党政作风，很有帮助，特此表示感谢。”

报道在省报发表后，全城轰动。很多居民买了鞭炮到大街上来放，好像过年一样。

高大头当真在他的九平米的地基上盖起了一所新房子（在修建新房时，他借住了朱雪桥原来住的厢房）。这座房子一共三十六平米。他盖了个两楼一底。底层还是九米。上面一层却有十二米。他把上层的楼板向下层的檐外伸出了一截，突出在街面上。紧挨上层，他又向南伸展，盖了一间过街楼，那一头接到朱雪桥家厢房房顶。这间过街楼相当高，楼下可过车辆行人，不碍交通。过街楼有十五平米。这样，高大头家四口人，每人就有九平米，很宽绰了。高大头的儿子就是要结婚，也完全有地方。这两楼一底是高大头自己设计的。他干过营造厂嘛。来来往往的人看了高大头的这所十分别致的房子，都说：“这家伙真是个皮凤三，他硬把九平方米楦成了三十六平方米，神了！”

谭凌霄、高宗汉忽然在同一天被撤了职。这消息可靠。据财政局的人说，他们自己已接到通知，只是还没有公开宣布。他们这两天已经不到机关上班了。因为要是再去，别人叫他们“局长”、“主任”，答应也不好，不答应也不好。

在听到他们俩撤职的消息后，城里人有没有放鞭炮呢？没有。他们是很讲恕道的。

这二位到底为什么被撤职呢？众说纷纭。有人说是他们在住房问题上对群众刁难勒索，太招恨了；有人说是他们通同作弊，修盖私人住宅；有人说：因为他们是造反派！究竟如何，且听下回分解。

一九八一年十二月二十五日

鉴赏家[1]

※

全县第一个大画家是季匋民，第一个鉴赏家是叶三。

叶三是个卖果子的。他这个卖果子的和别的卖果子的不一样。不是开铺子的，不是摆摊的，也不是挑着担子走街串巷的。他专给大宅门送果子。也就是给二三十家送。这些人家他走得很熟，看门的和狗都认识他。到了一定的日子，他就来了。里面听到他敲门的声音，就知道：是叶三。挎着一个金丝篾篮，篮子上插一把小秤，他走进堂屋，扬声称呼主人。主人有时走出来跟他见见面，有时就隔着房门说话。“给您称——？”——“五斤”。什么果子，是看也不用看的，因为到了什么节令送什么果子都是一定的。叶三卖果子从不说价。买果子的人家也总不会亏待他。有的人家当时就给钱，大多数是到节下（端节、中秋、新年）再说。叶三把果子称好，放在八仙桌上，道一声“得罪”，就走了。他的果子不用挑，个个都是好的。他的果子的好处，第一是得四时之先。市上还没有见过这种果子，他的篮子里已经有了。第二是都很大，都均匀，很香，很甜，很好看。他的果子全都从他手里过过，有疤的、有虫眼的、挤筐、破皮、变色、过小的全都剔下来，贱价卖给别的果贩。他的果子都是原装；有些是直接到产地采办来的，都是“树熟”，——不是在米糠里闷熟了的。他经常出外，出去买果子比他卖

① 初刊于《北京文学》一九八二年第五期，初收于《晚饭花集》。

果子的时间要多得多。他也很喜欢到处跑。四乡八镇，哪个园子里，什么人家，有一棵什么出名的好果树，他都知道，而且和园主打了多年交道，熟得像是亲家一样了。——别的卖果子的下不了这样的功夫，也不知道这些路道。到处走，能看很多好景致，知道各地乡风，可资谈助，对身体也好。他很少得病，就是因为路走得多。

立春前后，卖青萝卜。“棒打萝卜”，摔在地下就裂开了。杏子、桃子下来时卖鸡蛋大的香白杏，白得像一团雪，只嘴儿以下有一根红线的“一线红”蜜桃。再下来是樱桃，红的像珊瑚，白的像玛瑙。端午前后，枇杷。夏天卖瓜。七八月卖河鲜：鲜菱、鸡头、莲蓬、花下藕。卖马牙枣，卖葡萄。重阳近了，卖梨：河间府的鸭梨、莱阳的半斤酥，还有一种叫做“黄金坠子”的香气扑人个儿不大的甜梨。菊花开过了，卖金橘，卖蒂部起脐子的福州蜜橘。入冬以后，卖栗子、卖山药（粗如小儿臂）、卖百合（大如拳）、卖碧绿生鲜的檀香橄榄。

他还卖佛手、香橼。人家买去，配架装盘，书斋清供，闻香观赏。

不少深居简出的人，是看到叶三送来的果子，才想起现在是什么节令了的。

叶三卖了三十多年果子，他的两个儿子都成人了。他们都是学布店的，都出了师了。老二是三柜，老大已经升为二柜了。谁都认为老大将来是会升为头柜，并且会当管事的。他天生是一块好材料。他是店里头一把算盘，年终结总时总得由他坐在账房里哔哔剥剥打好几天。接待厂家的客人，研究进货（进货是个大学问，是一年的大计，下年多进哪路货，少进哪路货，哪些必须常备，哪些可以试销，关系全年的盈亏），都少不了他。老二也很能干。量尺、撕布（撕布不用剪子开口，两手的两个指头夹着，借一点巧劲，嗤——的一声，布就撕到头了），干净利落。店伙的动作快慢，也是一个布店的招牌。顾客总愿意从手脚麻利的店伙手里买布。这是天分，也靠练习。有人就一辈子都是迟钝笨拙，改不过来。不管干哪一行，都是人比人，这是没有办法的事。弟兄俩都长得很神气，眉清目秀，不高不矮。布店的店伙穿得都很好。什么料子时新，他们就穿什么料子。他们的衣料当然是价廉物美的。他们买衣料是按进货价算的，不加利润；若是零头，还有折扣。这是布店的规矩，也是老板乐为之的。因为店伙穿得时髦，也是给店里装门面的事。有的顾客来买布，常常指着店伙的长衫或翻在外面的短衫的袖子："照你这样的，给我来一件。"

弟兄俩都已经成了家，老大已经有一个孩子，——叶三抱孙子了。

这年是叶三五十岁整生日，一家子商量怎么给老爷子做寿。老大老二都提出爹不要走宅门卖果子了，他们养得起他。

叶三有点生气了：

"嫌我给你们丢人？两位大布店的'先生'，有一个卖果子的老爹，不好看？"

儿子连忙解释：

"不是的。你老人家岁数大了，老在外面跑，风里雨里，水路旱路，做儿子的心里不安。"

"我跑惯了。我给这些人家送惯了果子。就为了季四太爷一个人，我也得卖果子。"

季四太爷即季匋民。他大排行是老四，城里人都称之为四太爷。

“你们也不用给我做什么寿。你们要是有孝心，把四太爷送我的画拿出去裱了，再给我打一口寿材。”这里有这样一种风俗，早早就把寿材准备下了，为的讨个吉利：添福添寿。于是就都依了他。

叶三还是卖果子。

他真是为了季匋民一个人卖果子的。他给别人家送果子是为了挣钱，他给季匋民送果子是为了爱他的画。

季匋民有一个脾气，一边画画，一边喝酒。喝酒不就菜，就水果。画两笔，凑着壶嘴喝一大口酒，左手拈一片水果，右手执笔接着画。画一张画要喝二斤花雕，吃斤半水果。

叶三搜罗到最好的水果，总是首先给季匋民送去。

季匋民每天一起来就走进他的小书房——画室。叶三不须通报，由一个小六角门进去，走过一条碎石铺成的冰花曲径，隔窗看见季匋民，就提着、捧着他的鲜果走进去。

“四太爷，枇杷，白沙的！”

“四太爷，东墩的西瓜，三白！——这种三白瓜有点梨花香味，别处没有！”

他给季匋民送果子，一来就是半天。他给季匋民磨墨、漂朱膘、研石青石绿，抻纸。季匋民画的时候，他站在旁边很入神地看，专心致意，连大气都不出。有时看到精采处，就情不自禁地深深吸一口气，甚至小声地惊呼起来。凡是叶三吸气、惊呼的地方，也正是季匋民的得意之笔。季匋民从不当众作画，他画画有时是把书房门锁起来的。对叶三可例外，他很愿意有这样一个人在旁边看着，他认为叶三真懂，叶三的赞赏是出于肺腑，不是假充内行，也不是谀媚。

季匋民最讨厌听人谈画。他很少到亲戚家应酬。实在不得不去的，他也是到一到，喝半盏茶就道别。因为席间必有一些假名士高谈阔论。因为季匋民是大画家，这些名士就特别爱在他面前评书论画，借以卖弄自己高雅博学。这种议论全都是道听途说，似通不通。季匋民听了，实在难受。他还知道，他如果随声答音，应付几句，某一名士就会在别的应酬场所重贩他的高论，且说："兄弟此言，季匋民亦深为首肯。"

但是他对叶三另眼相看。

季匋民最佩服李复堂[1]。他认为扬州八怪里李复堂功力最深，大幅小品都好，有笔有墨，也奔放，也严谨，也浑厚，也秀润，而且不装模作样，没有江湖气。有一天叶三给他送来四开李复堂的册页，使季匋民大吃一惊：这四开册页是真的！季匋民问他是多少钱买的，叶三说没花钱。他到三垛贩果子，看见一家的柜橱的玻璃里镶了四幅画，——他在四太爷这里看过不少李复堂的画，能辨认，他用四张"苏州片"[2]跟那家换了。"苏州片"花花绿绿的，又是簇新的，那家还很高兴。

叶三只是从心里喜欢画，他从不瞎评论。季匋民画完了画，钉

---

① 李复堂，名鱓，字宗扬，复堂是他的号，又号懊道人。他是康熙年间的举人，当过滕县知县，因为得罪上级，功名和官都被革掉了，终年只作画师。他作画有时得向郑板桥去借纸，大概是相当穷困的。他本画工笔，是宫廷画家蒋廷锡的高足。后到扬州，改画写意，师法高其佩，受徐青藤、八大、石涛的影响，风度大变，自成一家。

② 仿旧的画，多为工笔花鸟，设色娇艳，旧时多为苏州画工所作，行销各地，故称"苏州片"。苏州片也有仿制得很好的，并不俗气。

在壁上，自己负手远看，有时会问叶三：

“好不好？”

“好！”

“好在哪里？”

叶三大都能一句话说出好在何处。

季匋民画了一幅紫藤，问叶三。

叶三说：“紫藤里有风。”

“唔！你怎么知道？”

“花是乱的。”

“对极了！”

季匋民提笔题了两句词：

“深院悄无人，风拂紫藤花乱。”

季匋民画了一张小品，老鼠上灯台。叶三说：“这是一只小老鼠。”

“何以见得。”

“老鼠把尾巴卷在灯台柱上。它很顽皮。”

“对！”

季匋民最爱画荷花。他画的都是墨荷。他佩服李复堂，但是画风和复堂不似。李画多凝重，季匋民飘逸。李画多用中锋，季匋民微用侧笔，——他写字写的是章草。李复堂有时水墨淋漓，粗头乱服，意在笔先；季匋民没有那样的恣悍，他的画是大写意，但总是笔意俱到，收拾得很干净，而且笔致疏朗，善于利用空白。他的墨荷参用了张大千，但更为舒展。他画的荷叶不勾筋，荷梗不点刺，且喜作长幅，荷梗甚长，一笔到底。

有一天，叶三送了一大把莲蓬来，季匋民一高兴，画了一幅墨荷，好些莲蓬。画完了，问叶三："如何？"

叶三说："四太爷，你这画不对。"

"不对？"

"'红花莲子白花藕'。你画的是白荷花，莲蓬却这样大，莲子饱，墨色也深，这是红荷花的莲子。"

"是吗？我头一回听见！"

季匋民于是展开一张八尺生宣，画了一张红莲花，题了一首诗：

红花莲子白花藕，
果贩叶三是我师。
惭愧画家少见识，
为君破例著胭脂。

季匋民送了叶三很多画。——有时季匋民画了一张画，不满意，团掉了。叶三捡起来，过些日子送给季匋民看看，季匋民觉得也还不错，就略改改，加了题，又送给了叶三。季匋民送给叶三的画都是题了上款的。叶三也有个学名。他五行缺水，起名润生。季匋民给他起了个字，叫泽之。送给叶三的画上，常题"泽之三兄雅正"。有时径题"画与叶三"。季匋民还向他解释：以排行称呼，是古人风气，不是看不起他。

有时季匋民给叶三画了画，说：“这张不题上款吧，你可以拿去卖钱，——有上款不好卖。”

叶三说：“题不题上款都行。不过您的画我不卖。”

“不卖？”

“一张也不卖！”

他把季匋民送他的画都放在他的棺材里。

十多年过去了。

季匋民死了。叶三已经不卖果子，但是他四季八节，还四处寻觅鲜果，到季匋民坟上供一供。

季匋民死后，他的画价大增。日本有人专门收藏他的画。大家知道叶三手里有很多季匋民的画，都是精品。很多人想买叶三的藏画。叶三说：

“不卖。”

有一天有一个外地人来拜望叶三，叶三看了他的名片，这人的姓很奇怪，姓“辻”，叫“辻听涛”。一问，是日本人。辻听涛说他是专程来看他收藏的季匋民的画的。

因为是远道来的，叶三只得把画拿出来。辻听涛非常虔诚，要了清水洗了手，焚了一炷香，还先对画轴拜了三拜，然后才展开。他一边看，一边不停地赞叹：

“喔！喔！真好！真是神品！”

辻听涛要买这些画，要多少钱都行。

叶三说：

“不卖。”

辻听涛只好怅然而去。

叶三死了。他的儿子遵照父亲的遗嘱，把季匋民的画和父亲一起装在棺材里，埋了。

一九八二年二月二十八日

王四海的黄昏[1]

※

北门外有一条承志河。承志河上有一道承志桥，是南北的通道，每天往来行人很多。这是座木桥，相当的宽。这桥的特别处是上面有个顶子，不方不圆而长，形状有点像一个船篷。桥两边有栏杆，栏杆下有宽可一尺的长板，就形成两排靠背椅。夏天，常有人坐在上面歇脚、吃瓜；下雨天，躲雨。人们很喜欢这座桥。

桥南是一片旷地。据说早先这里是有人家的，后来一把火烧得精光，就再也没有人来盖房子。这不知是哪一年的事了。现在只是一片平地，有一点像一个校场。这就成了放风筝、踢毽子的好地方。小学生放了学，常到这里来踢皮球。把几个书包往两边一放，这就是球门。奔跑叫喊了一气，滚得一身都是土。不知是谁喊了一声："回家吃饭啰！"于是提着书包，紧紧裤子，一窝蜂散去。

这又是各种卖艺人作场的地方。耍猴的。猴能爬旗杆，还能串戏——自己打开箱子盖，自己戴帽子，戴胡子。最好看的是猴子戴了"鬼脸"——面具，穿一件红袄，帽子上还有两根野鸡毛，骑羊。老绵羊围着场子飞跑，颈项里挂了一串铜铃，哗棱棱棱地响。耍木头人戏的，老是那一出：《王香打虎》。王香的父亲上山砍柴，被老虎吃了。王香赶去，把老虎打死，从老虎的肚子里把父亲拉出来。父亲活了。父子两人抱在一起——完了。王香知道父亲被

① 初刊于《小说界》一九八二年第二期，初收于《晚饭花集》。

老虎吃了，感情很激动。那表达的方式却颇为特别：把一个木头脑袋在“台”口的栏杆上磕碰，碰得笃笃地响，“嘴”里“呜丢丢，呜丢丢”地哭诉着。这大概是所谓“呼天抢地”吧。围看的大人和小孩也不知看了多少次《王香打虎》了（王香已经打了八百年的老虎了，——从宋朝算起），但当看到王香那样激烈地磕碰木头脑袋，还是会很有兴趣地哄笑起来。要把戏。哨哨哨哨……哨哨哨——哨！铜锣声切住。“在家靠父母，出外靠朋友。有钱的帮个钱场子，没钱的帮着人场子。”——“小把戏！玩几套？”——“玩三套！”于是一个瘦骨伶仃的孩子，脱光了上衣（要把戏多是冬天），两手握着一根小棍，把两臂从后面撅——撅——撅，直到有人“哗叉哗叉”——投出铜钱，这才撅过来。一到要表演“大卸八块”了，有的妇女就急忙丢下几个钱，神色紧张地掉头走了。有时，腊月送灶以后，旷场上立起两根三丈长的杉篙，当中又横搭一根，人们就知道这是来了要“大把戏”的，大年初一，要表演“三上吊”了。所谓“三上吊”，是把一个女孩的头发（长发，原来梳着辫子），用烧酒打湿，在头顶心攥紧，系得实实的；头发挽扣，一根长绳，掏进发扣，用滑车拉上去，这女孩就吊在半空中了。下面的大人，把这女孩来回推晃，女孩子就在半空中悠动起来。除了做寒鸭凫水、童子拜观音等等动作外，还要做脱裤子、穿裤子的动作。这女孩子穿了八条裤子，在空中把七条裤子一条一条脱下，又一条一条穿上。这女孩子悠过来，悠过去，就是她那一把头发拴在绳子上……

到了有卖艺人作场，承志桥南的旷场周围就来了许多卖吃食的。卖烂藕的，卖煮荸荠的，卖牛肉高粱酒，卖回卤豆腐干，卖豆腐脑的，吆吆喝喝，异常热闹。还有卖梨膏糖的。梨膏糖是糖稀、白砂糖，加一点从药店里买来的梨膏熬制成的，有一点梨香。一块有半个火柴盒大，一分厚，一块一块在一方木板上摆列着。卖梨膏糖的总有个四脚交叉的架子，上铺木板，还装饰着一些绒球、干电池小灯泡。卖梨膏糖全凭唱。他有那么一个六角形的小手风琴。本地人不识手风琴，管那玩意叫“呜哩哇”，因为这东西只能发出这样三个声音。卖梨膏糖的把木架支好，就拉起“呜哩哇”唱起来：

“太阳出来一点（呐）红，
秦琼卖马下山（的）东。
秦琼卖了他的黄骠（的）马啊，
五湖四海就访（啦）宾（的）朋！”
“呜哩呜哩哇，
呜哩呜哩哇……”

这些玩意，年复一年，都是那一套，大家不免有点看厌了，虽则到时还会哄然大笑，会神色紧张。终于有一天，来了王四海。

有人跟卖梨膏糖的说：

“嗨，卖梨膏糖的，你的嘴还真灵，你把王四海给唱来了！”

“我？”

“你不是唱‘五湖四海访宾朋’吗？王四海来啦！”

“王四海？”

卖梨膏糖的不知王四海是何许人。

王四海一行人下了船，走在大街上，就引起城里人的注意。一共七个人。走在前面的是一个小小子，一个小姑娘，一个瘦小但很精神的年轻人，一个四十开外的彪形大汉。他们都是短打扮，但是衣服的式样、颜色都很时髦。他们各自背着行李，提着皮箱。皮箱上贴满了轮船、汽车和旅馆的圆形的或椭圆形的标记。虽然是走了长路，但并不显得风尘仆仆。脚步矫健，气色很好。后面是王四海。他戴了一顶兔灰色的呢帽，穿了一件酱紫色烤花呢的大衣，——虽然大衣已经旧了，可能是在哪个大城市的拍卖行里买来的。他空着手，什么也不拿。他一边走，一边时时抱拳向路旁伫看的人们致意。后面两个看来是伙计，穿着就和一般耍把戏的差不多了。他们一个挑着一对木箱，一个扛着一捆兵器，——枪尖刀刃都用布套套着，一只手里牵着一头水牛。他们走进了五湖居客栈。

卖艺的住客栈，少有。——一般耍把戏卖艺的都住庙，有的就住在船上。有人议论："五湖四海，这倒真应了典了。"

这地方把住人的旅店分为两大类：房间"高尚"，设备新颖，软缎被窝，雪白毛巾，带点洋气的，叫旅馆，门外的招牌上则写作"××旅社"；较小的仍保留古老的习惯，叫客栈，甚至更古老一点，还有称之为"下处"的。客栈的格局大都是这样：两进房屋，当中有个天井，有十来个房间。砖墙、矮窗。不知什么道理，客栈的房间哪一间都见不着太阳。一进了客栈，除了觉得空气潮湿，还闻到一股长期造成的洗脸水和小便的气味。这种气味一下子就抓住了旅客，使他们觉得非常亲切。对！这就是他们住惯了的那种客栈！他们就好像到了家了。客栈房金低廉，若是长住，还可打个八折、七折。住客栈的大都是办货收账的行商、细批流年的命相家、卖字画的、看风水的、走方郎中、草台班子"重金礼聘"的名角、寻亲不遇的落魄才子……。一到晚上，客栈门口就挂出一个很大的灯笼。灯笼两侧贴着扁宋体的红字，一侧写道：“招商客栈”，一侧是“近悦远来”。

五湖居就是这样一个客栈。这家客栈的生意很好，为同行所艳羡。人们说，这是因为五湖居有一块活招牌，就是这家的掌柜的内眷，外号叫貂蝉。叫她貂蝉，一是因为她长得俊俏；二是因为她丈夫比她大得太多。她二十四五，丈夫已经五十大几，俨然是个董卓。这董卓的肚脐可点不得灯，他瘦得只剩一把骨头，是个痨病胎子。除了天气好的时候，他起来坐坐，平常老是在后面一个小单间里躺着。栈里的大小事务，就都是貂蝉一个人张罗着。其实也没有多少事。客人来了，登店簿，收押金，开房门；客人走时，算房钱，退押金，收钥匙。她识字，能写会算，这些事都在行。泡茶、灌水、扫地、抹桌子、替客人跑腿买东西，这些事有一个老店伙和一个小孩子支应，她用不着管。春夏天长，她成天坐在门边的一张旧躺椅上嗑瓜子，有时轻轻地哼着小调：

“一把扇子七寸长，
一个人扇风二人凉……”

或拿一面镜子，用一把小镊子对着镜子挟眉毛。觉得门前有人走过，就放下镜子看一眼，似有情，又似无意。

街上人对这个女店主颇有议论。有人说，她是可以陪宿的，还说过夜的钱和房钱一块结算，账单上写得明明白白：房金多少，陪宿几次。有人说：“别瞎说！你嘴上留德。人家也怪难为，嫁了个痨病壳子，说不定到现在还是个黄花闺女！”

这且不言。却说王四海一住进五湖居，下午就在全城的通衢要道，热闹市口贴了很多海报。打武卖艺的贴海报，这也少有。海报的全文上一行是：“历下王四海献艺”；下行小字：“每日下午承志桥”。语意颇似《老残游记》白妞黑妞说书的招贴。大抵齐鲁人情古朴，文风也简练如此。

第二天，王四海拿了名片到处拜客。这在县城，也是颇为新鲜的事。商会会长、重要的钱庄、布店、染坊、药铺，他都投了片子，进去说了几句话，无非是：“初到宝地，请多关照。”随即留下一份红帖。凭帖入场，可以免费。他的名片上印的是：

南北武术　力胜牯牛
大力士　王四海
山东济南

他到德寿堂药铺特别找管事的苏先生多谈了一会。原来王四海除了“献艺”，还卖膏药。熬膏药需要膏药黐子，——这东西有的地方叫做“膏药粘”，状如沥青，是一切膏药之母。叙谈结果，德寿堂的管事同意八折优惠，先货后款——可以赊账。王四海当即留下十多张红帖。

至于他给女店主送去几份请帖，自不待说。

王四海献艺的头几天，真是万人空巷。

打虎亲兄弟，上阵父子兵。王四海的这个武术班子，都姓王，都是叔伯兄弟，侄儿侄女。他们走南闯北，搭过很多班社，走过很多码头。大概五省联军总司令孙传芳到过的地方，他们也都到过。他们在上海大世界、南京夫子庙、汉口民众乐园、苏州玄妙观，都表演过。他们原来在一个相当大的马戏杂技团，后来这个杂技团散了，方由王四海带着，来跑小码头。

锣鼓声紧张热烈。虎音大锣，高腔南堂鼓，听着就不一样。老远就看见铁脚高杆上飘着四面大旗，红字黑字，绣得分明：“以武会友”、“南北武术”、“力胜牯牛”、“祖传膏药”。场子也和别人不一样，不是在土地上用锣槌棒画一个圆圈就算事，而是有一圈深灰色的帆布帷子。入门一次收费，中场不再零打钱。这气派就很“高尚”。

玩意也很地道。真刀真枪，真功夫，很干净，很漂亮，很文明，——没有一点野蛮、恐怖、残忍。

彪形大汉、精干青年、小小子、小姑娘，依次表演。或单人，或对打。三节棍、九节鞭、双手带单刀破花枪、双刀进枪、九节鞭破三节棍……

掌声，叫好。

王四海在前面表演了两个节目：护手钩对单刀、花枪，单人猴拳。他这猴拳是南派。服装就很摄人。一身白。下边是白绸肥腿大裆的灯笼裤，上身是白紧身衣，腰系白铜大扣的宽皮带，脉门上戴着两个黑皮护腕，护腕上两圈雪亮的泡钉。果是身手矫捷，状如猿猴。他这猴拳是带叫唤的，当他尖声长啸时，尤显得猴气十足。到他手搭凉棚，东张西望，或缩颈曲爪搔痒时，周围就发出赞赏的笑声。——自从王四海来了后，原来在旷场上踢皮球的皮孩子就都一边走路，一边模仿他的猴头猴脑的动作，尖声长啸。

猴拳打完，彪形大汉和精干青年就卖一气膏药。一搭一档，一问一答。他们的膏药，就像上海的黄楚九大药房的“百灵机”一样，“有意想不到之效力”，什么病都治：五痨七伤、筋骨疼痛、四肢麻木、半身不遂、臌胀噎嗝、吐血流红、对口搭背、无名肿毒、梦遗盗汗、小便频数……甚至肾囊阴湿都能包好。

“那位说了，我这是臊裆——”

“对，俺的性大！”

“恁要是这么说，可就把自己的病耽误了！”

“这是病？”

“这是阳弱阴虚，肾不养水！”

“这是肾亏？！”

“对了！一天两天不要紧。一月两月也不要紧。一年两年，可就坏了事了！”

“坏了啥事？”

“妨碍恁生儿育女。不孝有三，无后为大。全凭一句话，提醒懵懂人。买几帖试试！”

“能见效？”

“能见效！一帖见好，两帖去病，三帖除根！三帖之后，包管恁身强力壮，就跟王四海似的，能跟水牛摔跤。买两帖，买两帖。不多卖！就这二三十张膏药，卖完了请看王四海力胜牯牛，——跟水牛摔跤！”

这两位绕场走了几圈，人们因为等着看王四海和水牛摔跤，膏药也不算太贵，而且膏药黐乌黑发亮，非同寻常，疑若有效，不大一会，也就卖完了。这时一个伙计已经把水牛牵到场地当中。

王四海再次上场，换了一身装束，斗牛士不像斗牛士，摔跤手不像摔跤手。只见他上身穿了一件黑大绒的褡膊，上绣金花，下身穿了一条紫红库缎的裤子，足登黑羊皮软靴。上场来，双手抱拳，作了一个罗圈揖，随即走向水牛，双手扳住牛犄角，浑身使劲。牛也不瓤，它挺着犄角往前顶，差一点把王四海顶出场外。王四海双脚一跺，钉在地上，牛顶不动他了。等王四海拿出手来，拉了一个山膀，再度攥住牛角，水牛又拼命往后退，好赖不让王四海把它扳倒。王四海把牛拽到场中，运了运气。当他又一次抓到牛角时，这水牯牛猛一扬头，把王四海扔出去好远。王四海并没有摔倒在地，而是就势翻了一串小翻，身轻如燕，落地无声。

"好！"

王四海绕场一周，又运了运气。老牛也哞哞地叫了几声。

正在这牛颇为得意的时候，王四海突然从它的背后蹿到前面，手扳牛角，用尽两膀神力，大喝一声："嗨咿！"说时迟，那时快，只听见"吭腾"一声，水牛已被摔翻在地。

"好！！"

全场爆发出炸雷一样的采声。

王四海抬起身来，向四面八方鞠躬行礼，表示感谢。他这回行的不是中国式的礼，而是颇像西班牙的斗牛士行的那种洋礼，姿势优美，风度颇似泰隆宝华，越显得飒爽英俊，一表非凡。全场男女观众纷纷起立，报以掌声。观众中的女士还不懂洋规矩，否则她们是很愿意把一把一把鲜花扔给他的。他在很多观众的心目中成了一位英雄。他们以为天下英雄第一是黄天霸，第二便是王四海。有一个挨着貂蝉坐的油嘴滑舌的角色大声说："这倒真是一位吕布！"

貂蝉白了他一眼，没有说话。

观众散场。老牛这时已经起来。一个伙计扔给它一捆干草，它就半卧着吃了起来。它知道，收拾刀枪、拆帆布帷子，总得有一会，它尽可安安静静地咀嚼。——它一天只有到了这会才能吃一顿饱饭呀。这一捆干草就是它摔了一跤得到的报酬。

不几天，王四海在离承志桥不远的北门外大街上租了两间门面，卖膏药。他下午和水牛摔跤，上午坐在膏药店里卖膏药。王四海为人很"四海"，善于应酬交际。膏药店开张前一天，他把附近较大店铺的管事的都请到五柳园吃了一次早茶，请大家捧场。果然到开张那天，王四海的铺子里就挂满了同街店铺送来的大红蜡笺对子、大红洋绉的幛子。对子大部分都写的是："生意兴隆通四海，财源茂盛达三江"。幛子上的金字则是"名扬四海"、"四海名扬"，一碗豆腐，豆腐一碗。红通通的一片，映着兵器架上明晃晃的刀枪剑戟，显得非常火炽热闹。王四海有一架RCA老式留声机，就搬到门口唱起来。不过他只有三张唱片，一张《毛毛雨》、一张《枪毙阎瑞生》、一张《洋人大笑》，只能翻来覆去地调换。一群男女洋人在北门外大街笑了一天，笑得前仰后合，上气不接下气。

承志河涨了春水，柳条儿绿了，不知不觉，王四海来了快两个月了。花无百日红，王四海卖艺的高潮已经过去了。看客逐渐减少。城里有不少人看"力胜水牛"已经看了七八次，乡下人进城则看了一次就不想再看了，——他们可怜那条牛。

这天晚上，老大（彪形大汉）、老六（精干青年）找老四（王四海）说"事"。他们劝老四见好就收。他们走了那么多码头，都是十天半拉月，顶多一个“号头”（一个月，这是上海话），像这样连演四十多场（刨去下雨下雪），还没有过。葱烧海参，也不能天天吃。就是海京伯来了，也不能连满仨月。要是“瞎”在这儿，败了名声，下个码头都不好走。

王四海不说话。

他们知道四海为什么留恋这个屁帘子大的小城市，就干脆把话挑明了。

“俺们走江湖卖艺的，最怕在娘们身上栽了跟头。寻欢作乐，露水夫妻，那不碍。过去，哥没问过你。你三十往外了，还没成家，不能老叫花猫吃豆腐。可是这种事，认不得真，着不得迷。你这回，是认了真，着了迷了！你打算怎么着？难道真要在这儿当个吕布？你正是好时候，功夫、卖相，都在那儿摆着。有多少白花花的大洋钱等着你去挣。你可别把一片锦绣前程自己白白地葬送了！俺们老王家，可就指望着你啦！”

“好事不出门，坏事传千里，没有不透风的墙。你听到这儿人的闲言碎语了么？别看这小地方的人，不是好欺的。墙里开花墙外香，他们不服这口气。要是叫人家堵住了，敲一笔竹杠是小事；绳捆索绑，押送出境，可就现了大眼了。一世英名，付之流水。四哥，听兄弟一句话，走吧！”

王四海还是不说话。

“你说话，说一句话呀！”

王四海说：“再续半个月，再说。”

老大、老六摇头。

王四海的武术班子真是走了下坡路了，一天不如一天。老大、老六、侄儿、侄女都不卖力气。就是两个伙计敲打的锣鼓，也是没精打采的。王四海怪不得他们，只有自己格外“卯上”。山膀拉得更足，小翻多翻了三个，“嗨咿”一声也喊得更为威武。就是这样，也还是没有多少人叫好。

这一天，王四海和老牛摔了几个回合，到最后由牛的身后蹿出，扳住牛角，大喝一声，牛竟没有倒。

观众议论起来。有人说王四海的力气不行了，有人说他的力气已经用在别处了。这两人就对了对眼光，哈哈一笑。有人说：“不然，这是故意卖关子。王四海今天准有更精采的表演。——瞧！”

王四海有点沉不住气，寻思：这牛今天是怎么了？一面又绕场一周，运气，准备再摔。不料，在他绕场、运气的时候，还没有接近老牛，离牛还有八丈远，这牛“吭腾”一声，自己倒了！

观众哗然，他们大笑起来。他们明白了：“力胜牯牛”原来是假的。这牛是驯好了的。每回它都是自己倒下，王四海不过是在那里装腔作势做做样子。这回不知怎么出了岔子，露了馅了。也许是这牛犯了牛脾气，再不就是它老了，反应迟钝了……大家一哄而散。

王家班开了一个全体会议，连侄儿、侄女都参加。一致决议：走！明天就走！

王四海说，他不走。

“还不走？！你真是害了花疯啦！那好，将军不下马，各自奔前程。你不走，俺们走，可别怪自己弟兄不义气！栽到这份上，还有脸再在这城里呆下去吗？”

王四海觉得对不起叔伯兄弟，他什么也不要，只留下一对护手钩，其余的，什么都叫他们带走。他们走了，连那条老牛也牵走了。王四海把他们送到码头上。

老大说："四兄弟，我们这就分手了。到了那儿，给你来信。你要是还想回来，啥时候都行。"

王四海点点头。

老六说："四哥，多保重。——小心着点！"

王四海点点头。

侄儿侄女给王四海行了礼，说："四叔，俺们走了！"说着，这两个孩子的眼泪就下来了。王四海的心里也是酸酸的。

王四海一个人留下来，卖膏药。

他到德寿堂找了管事苏先生。苏先生以为他又要来赊膏药黐子，问他这回要多少。王四海说：

"苏先生，我来求您一件事。"

"什么事？"

"能不能给我几个膏药的方子？"

"膏药方子？你以前卖的膏药都放了什么药？"

"什么也没有，就是您这儿的膏药黐子。"

"那怎么摊出来乌黑雪亮的？"

"掺了点松香。"

"那你还卖那种膏药不行吗？"

"苏先生！要是过路卖艺，日子短，卖点假膏药，不要紧。这治不了病，可也送不了命。等买的主发现膏药不灵，我已经走了，他也找不到我。我想在贵宝地长住下去，不能老这么骗人。往后我就指着这吃饭，得卖点真东西。"

苏先生觉得这是几句有良心的话，说得也很恳切；德寿堂是个大药店，不靠卖膏药赚钱，就答应了。

苏先生还把王四海的这番话传了出去，大家都知道王四海如今卖的是真膏药。大家还议论，这个走江湖的人品不错。王四海膏药店的生意颇为不恶。

不久，五湖居害痨病的掌柜死了，王四海就和貂蝉名正言顺地在一起过了。

他不愿人议论他是贪图五湖居的产业而要了貂蝉的，五湖居的店务他一概不问。他还是开他的膏药店。

光阴荏苒，眨眼的工夫，几年过去了。貂蝉生了个白胖小子，已经满地里跑了。

王四海穿起了长衫，戴了罗宋帽，看起来和一般生意人差不多，除了他走路抓地（练武的人走路都是这个走法，脚趾头抓着地），已经不像个打把势卖艺的了。他的语声也变了。腔调还是山东腔，所用的字眼很多却是地道的本地话。头顶有点秃，而且发胖了。

他还保留一点练过武艺人的习惯，每天清早黄昏要出去蹓蹓弯，在承志桥上坐坐，看看来往行人。

这天他收到老大、老六的信，看完了，放在信插子里，依旧去蹓弯。他坐在承志桥的靠背椅上，听见远处有什么地方在吹奏“得胜令”，他忽然想起大世界、民众乐园，想起霓虹灯、马戏团的音乐。他好像有点惆怅。他很想把那对护手钩取来耍一会。不大一会，连这点意兴也消失了。

王四海站起来，沿着承志河，漫无目的地走着。夕阳把他的影子拉得很长。

职业[1]

※

文林街一年四季，从早到晚，有各种吆喝叫卖的声音。街上的居民铺户、大人小孩、大学生、中学生、小学生、小教堂的牧师，和这些叫卖的人自己，都听得很熟了。

“有旧衣烂衫找来卖！”

我一辈子也没有听见过这么脆的嗓子，就像一个牙口极好的人咬着一个脆萝卜似的。这是一个中年的女人，专收旧衣烂衫。她这一声真能喝得千门万户开，声音很高，拉得很长，一口气。她把“有”字切成了“一——尤”，破空而来，传得很远（她的声音能传半条街）。“旧衣烂衫”稍稍延长，“卖”字有余不尽：

“一——尤旧衣烂衫……找来卖……”

“有人买贵州遵义板桥的化风丹……？”

我从此人的吆喝中知道了一个一般地理书上所不载的地名：板桥，而且永远也忘不了，因为我每天要听好几次。板桥大概是一个镇吧，想来还不小。不过它之出名可能就因为出一种叫化风丹的东西。化风丹大概是一种药吧？这药是治什么病的？我无端地觉得这大概是治小儿惊风的。昆明这地方一年能销多少化风丹？我好像只看见这人走来走去，吆喝着，没有见有人买过他的化风丹。当然会有人买的，否则他吆喝干什么。这位贵州老乡，你想必是板桥的人

① 初刊于《文汇月刊》一九八三年第五期，初收于《晚饭花集》。

了，你为什么总在昆明呆着呢？你有时也回老家看看么？

黄昏以后，直至夜深，就有一个极其低沉苍老的声音，很悲凉地喊着：

“壁虱药！蛇蚤药！”

壁虱即臭虫。昆明的跳蚤也是真多。他这时候出来吆卖是有道理的。白天大家都忙着，不到快挨咬，或已经挨咬的时候，想不起买壁虱药、蛇蚤药。

有时有苗族的少女卖杨梅、卖玉麦粑粑。

“卖杨梅——！”

“玉麦粑粑——！”

她们都是苗家打扮，戴一个绣花小帽子，头发梳得光光的，衣服干干净净的，都长得很秀气。她们卖的杨梅很大，颜色红得发黑，叫做“火炭梅”，放在竹篮里，下面衬着新鲜的绿叶。玉麦粑粑是嫩玉米磨制成的粑粑（昆明人叫玉米为包谷，苗人叫玉麦），下一点盐，蒸熟（蒸出后粑粑上还明显地保留着拍制时的手指印痕），包在玉米的嫩皮里，味道清香清香的。这些苗族女孩子把山里的夏天和初秋带到了昆明的街头了。

…………

在这些耳熟的叫卖声中，还有一种，是：

“椒盐饼子西洋糕！”

椒盐饼子，名副其实：发面饼，里面和了一点椒盐，一边稍厚，一边稍薄，形状像一把老式的木梳，是在铛上烙出来的，有一点油性，颜色黄黄的。西洋糕即发糕，米面蒸成，状如莲蓬，大小亦如之，有一点淡淡的甜味。放的是糖精，不是糖。这东西和“西洋”可以说是毫无瓜葛，不知道何以命名曰“西洋糕”。这两种食品都不怎么诱人。淡而无味，虚泡不实。买椒盐饼子的多半是老头，他们穿着土布衣裳，喝着大叶清茶，抽金堂叶子烟，泛览周王传，流观山海图，一边嚼着这种古式的点心，自得其乐。西洋糕则多是老太太叫住，买给她的小孙子吃。这玩意好消化，不伤人，下肚没多少东西。当然也有其他的人买了充饥，比如拉车的，赶马的马锅头[1]，在茶馆里打扬琴说书的瞎子……

卖椒盐饼子西洋糕的是一个孩子。他斜挎着一个腰圆形的扁浅木盆，饼子和糕分别放在木盆两侧，上面盖一层白布，白布上放一饼一糕作为幌子，从早到晚，穿街过巷，吆喝着：

“椒盐饼子西洋糕！”

这孩子也就是十一二岁，如果上学，该是小学五六年级。但是他没有上过学。

我从侧面约略知道这孩子的身世。非常简单。他是个孤儿，父亲死得早。母亲给人家洗衣服。他还有个外婆，在大西门外摆一个茶摊卖茶，卖葵花子，他外婆还会给人刮痧、放血、拔罐子，这也能得一点钱。他长大了，得自己挣饭吃。母亲托人求了糕点铺的杨老板，他就作了糕点铺的小伙计。晚上发面，天一亮就起来烧火，帮师傅蒸糕、打饼，白天挎着木盆去卖。

“椒盐饼子西洋糕！”

这孩子是个小大人！他非常尽职，毫不贪玩。遇有唱花灯的、耍猴的、耍木脑壳戏的，他从不挤进人群去看，只是找一个有荫

---

① 马锅头是马帮的赶马人。不知道为什么叫马锅头。

凉、引人注意的地方站着，高声吆喝：

“椒盐饼子西洋糕！”

每天下午，在华山西路、逼死坡前要过龙云的马。这些马每天由马夫牵到郊外去蹓，放了青，饮了水，再牵回来。他每天都是这时经过逼死坡（据说这是明建文帝被逼死的地方）[①]，他很爱看这些马。黑马、青马、枣红马。有一匹白马，真是一条龙，高腿狭面，长腰秀颈，雪白雪白。它总不好好走路。马夫拽着它的嚼子，它总是骤骤骣骣的。钉了蹄铁的马蹄踏在石板上，郭答郭答。他站在路边看不厌，但是他没有忘记吆喝：

“椒盐饼子西洋糕！”

饼子和糕卖给谁呢？卖给这些马吗？

他吆喝得很好听，有腔有调。若是谱出来，就是：

| #5 5　6-- | 5 3 2̂-- ||

椒盐饼子　西洋糕

放了学的孩子（他们背着书包），也觉得他吆喝得好听，爱学他。但是他们把字眼改了，变成了：

| #5 5　6-- | 5 3 2̂-- ||

捏着鼻子——吹洋号

昆明人读“饼”字不走鼻音，“饼子”和“鼻子”很相近。他在前面吆喝，孩子们在他身后摹仿：

“捏着鼻子吹洋号！”

这又不含什么恶意，他并不发急生气，爱学就学吧。这些上学

---

① 原文如此。据史实应为“明永历帝”。——编者注

的孩子比卖糕饼的孩子要小两三岁，他们大都吃过他的椒盐饼子西洋糕。他们长大了，还会想起这个“捏着鼻子吹洋号”，俨然这就是卖糕饼的小大人的名字。

这一天，上午十一点钟光景，我在一条巷子里看见他在前面走。这是一条很长的、僻静的巷子。穿过这条巷子，便是城墙，往左一拐，不远就是大西门了。我知道今天是他外婆的生日，他是上外婆家吃饭去的（外婆大概炖了肉）。他妈已经先去了。他跟杨老板请了几个小时的假，把卖剩的糕饼交回到柜上，才去。虽然只是背影，但看得出他新剃了头（这孩子长得不难看，大眼睛，样子挺聪明），换了一身干净衣裳。我第一次看到这孩子没有挎着浅盆，散着手走着，觉得很新鲜。他高高兴兴，大摇大摆地走着。忽然回过头来看看。他看到巷子里没有人（他没有看见我，我去看一个朋友，正在倚门站着），忽然大声地、清清楚楚地吆喝了一声：

“捏着鼻子吹洋号！……”

（这是三十多年前在昆明写过的一篇旧作，原稿已失去。前年和去年都改写过，这一次是第三次重写了。一九八二年六月二十九日记）

八千岁[1]

※

据说他是靠八千钱起家的，所以大家背后叫他八千岁。八千钱是八千个制钱，即八百枚当十的铜元。当地以一百铜元为一吊，八千钱也就是八吊钱。按当时银钱市价，三吊钱兑换一块银元，八吊钱还不到两块七角钱。两块七角钱怎么就能起了家呢？为什么整整是八千钱，不是七千九，不是八千一？这些，谁也不去追究，然而死死地认定了他就是八千钱起家的，他就是八千岁！

他如果不是一年到头穿了那样一身衣裳，也许大家就不会叫他八千岁了。他这身衣裳，全城无二。无冬历夏，总是一身老蓝布。这种老蓝布是本地土织，本地的染坊用蓝靛染的。染得了，还要由一个师傅双脚分叉，站在一个U字形的石碾上，来回晃动，加以碾研，然后摊在河边空场上晒干。自从有了阴丹士林，这种老蓝布已经不再生产，乡下还有时能够见到，城里几乎没有人穿了。蓝布长衫，蓝布夹袍，蓝布棉袍，他似乎做得了这几套衣服，就没有再添置过。年复一年，老是这几套。有些地方已经洗得露了白色的经纬，而且打了许多补丁。衣服的款式也很特别，长度一律离脚面一尺。这种才能盖住膝盖的长衫，从前倒是有过，叫做“二马裾”。这些年长衫兴长，穿着拖齐脚面的铁灰洋绉时式长衫的年轻的“油

① 初刊于《人民文学》一九八三年第二期，初收于《晚饭花集》。

儿”，看了八千岁的这身二马裾，觉得太奇怪了。八千岁有八千岁的道理，衣取蔽体，下面的一截没有用处，要那么长干什么？八千岁生得大头大脸，大鼻子大嘴，大手大脚，终年穿着二马裾，任人观看，心安理得。

他的儿子跟他长得一模一样，只是比他小一号，也穿着一身老蓝布的二马裾，只是老蓝布的颜色深一些，补丁少一些。父子二人在店堂里一站，活脱是大小两个八千岁。这就更引人注意了。八千岁这个名字也就更被人叫得死死的。

大家都知道八千岁现在很有钱。

八千岁的米店看起来不大，门面也很暗淡。店堂里一边是几个米囤子，囤里依次分别堆积着“头糙”、“二糙”、“三糙”、“高尖”。头糙是只碾一道，才脱糠皮的糙米，颜色紫红。二糙较白。三糙更白。高尖则是雪白发亮几乎是透明的上好精米。四个米囤，由红到白，各有不同的买主。头糙卖给挑箩把担卖力气的，二糙三糙卖给住家铺户，高尖只少数高门大户才用。一般人家不是吃不起，只是觉得吃这样的米有点“作孽”。另外还有两个小米囤，一囤糯米；一囤晚稻香粳——这种米是专门煮粥用的。煮出粥来，米长半寸，颜色浅碧如碧萝春茶，香味浓厚，是东乡三垛特产，产量低，价极昂。这两种米平常是没有人买的，只是既是米店，不能不备。另外一边是柜台，里面有一张账桌，几把椅子。柜台一头，有一块竖匾，白地子，上漆四个黑字，道是：“食为民天”。竖匾两侧，贴着两个字条，是八千岁的手笔。年深日久，字条的毛边纸已经发黄，墨色分外浓黑。一边写的是“僧道无缘”，一边是

“概不做保”。这地方每年总有一些和尚来化缘（道士似无化缘一说），背负一面长一尺、宽五寸的木牌，上画护法韦驮，敲着木鱼，走到较大铺户之前，总可得到一点布施。这些和尚走到八千岁门前，一看“僧道无缘”四个字，也就很知趣地走开了。不但僧道无缘，连叫花子也“概不打发”。叫花子知道不管怎样软磨硬泡，也不能从八千岁身上拔下一根毛来，也就都“别处发财”，省得白费工夫。中国不知从什么时候兴了铺保制度。领营业执照、向银行贷款，取一张“仰沿路军警一体放行，妥加保护”的出门护照，甚至有些私立学校填写入学志愿书，都要有两家“殷实铺保”。吃了官司，结案时要“取保释放”。因此一般“殷实”一些的店铺就有为人做保的义务。铺保不过是个名义，但也有时惹下一些麻烦，有的被保的人出了问题，官方警方不急于追究本人，却跟做保的店铺纠缠不休，目的无非是敲一笔竹杠。八千岁可不愿惹这种麻烦。“僧道无缘”、“概不做保”的店铺不止八千岁一家，然而八千岁如此，就不免引起路人侧目，同行议论。

八千岁米店的门面虽然极不起眼，“后身”可是很大。这后身本是夏家祠堂。夏家原是望族。他们聚族而居的大宅子的后面有很多大树，有合抱的大桂花，还有一湾流水，景色幽静，现在还被人称为夏家花园，但房屋已经残破不堪了。夏家败落之后，就把祠堂租给了八千岁。朝南的正屋里一长溜祭桌上还有许多夏家的显考显妣的牌位。正屋前有两棵柏树。起初逢清明，夏家的子孙还来祭祖，这几年来都不来了，那些刻字涂金的牌位东倒西歪，上面落了好多鸽子粪。这个大祠堂的好处是房屋都很高大，还有两个极大的天井，都是青砖铺的。那些高大房屋，正好当作积放稻子的仓廒，天井正好翻晒稻子。祠堂的侧门临河，出门就是码头。这条河四通八达，运粮极为方便。稻船一到，侧门打开，稻子可以由船上直接挑进仓里，这可以省去许多长途挑运的脚钱。

本地的米店实际是个粮行。单靠门市卖米，油水不大。一多半是靠做稻子生意，秋冬买进，春夏卖出，贱入贵出，从中取利。稻子的来源有二。有的是城中地主寄存的。这些人家收了租稻，并不过目，直接送到一家熟识的米店，由他们代为经营保管。要吃米时派个人去叫几担，要用钱时随时到柜上支取，年终结账，净余若干，报一总数。剩下的钱，大都仍存柜上。这些人家的大少爷，是连粮价也不知道的，一切全由米店店东经手。粮钱数目，只是一本良心账。另一来源，是店东自己收购的。八千岁每年过手到底有多少稻子，他是从来不说的，但是这瞒不住人。瞒不住同行，瞒不住邻居，尤其瞒不住挑夫的眼睛。这些挑夫给各家米店挑稻子，一眼估得出哪家的底子有多厚。他们说：八千岁是一只螃蟹，有肉都在壳儿里。他家仓廒里的堆稻的“窝积”挤得轧满，每一积都堆到屋顶。

另一件瞒不住人的事，是他有一副大碾子，五匹大骡子。这五匹骡子，单是那两匹大黑骡子，就是头三年花了八百现大洋从宋侉子手里一次买下来的。

宋侉子是个怪人。他并不侉。他是本城土生土长，说的也是地地道道的本地话。本地人把行为乖谬，悖乎常理，而又身材高大的人，都叫做侉子（若是身材瘦小，就叫做蛮子）。宋侉子不到二十岁就被人称为侉子。他也是个世家子弟，从小爱胡闹，吃喝嫖赌，无所不为；花鸟虫鱼，无所不好，还特别爱养骡子养马。父母在日，没有几年，他就把一点祖产挥霍得去了一半。父母一死，就更没人管他了，他干脆把剩下的一半田产卖了，做起了骡马生意。每年出门一两次，到北边去买骡马。近则徐州、山东，远到关东、口外。一半是寻钱，一半是看看北边的风景，吃吃黄羊肉、狍子肉、鹿肉、狗肉。他真也养成了一派侉子脾气。爱吃面食。最爱吃山东的锅盔，牛杂碎，喝高粱酒。酒量很大，一顿能喝一斤。他买骡子买马，不多买，一次只买几匹，但要是好的。花很大的价钱买来，又以很大的价钱卖出。

他相骡子相马有一绝，看中了一匹，敲敲牙齿，捏捏后胯，然后拉着缰绳领起走三圈，突然用力把嚼子往下一拽。他力气很大，一般的骡马禁不起他这一拽，当时就会打一个趔趄。像这样的，他不要。若是纹丝不动，稳若泰山，当面成交，立刻付钱，二话不说，拉了就走。由于他这种独特的选牲口的办法和豪爽性格，使他在几个骡马市上很有点名气。他选中的牲口也的确有劲，耐使，里下河一带的碾坊磨坊很愿意买他的牲口。虽然价钱贵些，细算下来，还是划得来。

那一年，他在徐州用这办法买了两匹大黑骡子，心里很高兴，下到店里，自个儿蹲在炕上喝酒。门帘一掀，进来个人：

“你是宋老大？”

“不敢，贱姓宋。请教？”

“甭打听。你喝酒？”

“哎哎。”

“你心里高兴？”

“哎哎。”

“你买了两匹好骡子？”

“哎哎。就在后面槽上拴着。你老看来是个行家，你给看看。”

“甭看，好牲口！这两匹骡子我认得！——可是你带得回去吗？”

宋侉子一听话里有话，忙问：

“莫非这两匹骡子有什么弊病？”

“你给我倒一碗酒。出去看看外头有没有人。”

原来这是一个骗局。这两匹黑骡子已经转了好几个骡马市，谁看了谁爱，可是没有一个人能把它们带走。这两匹骡子是它们的主人驯熟了的，走出二百里地，它们会突然挣脱缰绳，撒开蹄子就往家奔，没有人追得上，没有人截得住。谁买的，这笔钱算白扔。上当的已经不止一个人。进来的这位，就是其中的一个。

“不能叫这个家伙再坑人！我教你个法子：你连夜打四副铁镣，把它们镣起来。过了清江浦，就没事了，再给它砸开。”

“多谢你老！”

“甭谢！我这是给受害的众人报仇！”

宋侉子把两匹骡子牵回来，来看的人不断。碾坊、磨坊、油坊、糟坊，都想买。一问价钱，就不禁吐了舌头：“乖乖！”八千岁带着儿子小千岁到宋家看了看，心里打了一阵算盘。他知道宋侉子的脾气，一口价，当时就叫小千岁回去取了八百现大洋，一手交钱，一手交货，父子二人，一人牵了一匹，沿着大街，呱嗒呱嗒，走回米店。

这件事哄动全城。一连几个月，宋侉子贩骡子历险记和八千岁买骡子的壮举，成了大家茶余酒后的话题。谈论间自然要提及宋侉子荒唐怪诞的侉脾气和八千岁的二马裾。

每天黄昏，八千岁米店的碾米师傅要把骡子牵到河边草地上遛遛。骡子牵出来，就有一些人围在旁边看。这两匹黑骡子，真够“身高八尺，头尾丈二有余”。有一老者，捋须赞道：“我活这么大，没见过这样高大的牲口！”体子稍矮一点的，得伸手才能够着它的脊梁。浑身黑得像一匹黑缎子。一走动，身上亮光一闪一闪。去看八千岁的骡子，竟成了附近一些居民在晚饭之前的一件赏心乐事。

因为两匹骡子都是黑的，碾米师傅就给它们取了名字，一匹叫大黑子，一匹叫二黑子。这两个名字街坊的小孩子都知道，叫得出。

宋侉子每年挣的钱不少。有了钱，就都花在虞小兰的家里。

虞小兰的母亲虞芝兰是一个姓关的旗人的姨太太。这旗人做过一任盐务道，辛亥革命后在本县买田享福。这位关老爷本城不少人还记得。他的特点是说了一口京片子，走起路来一摇一摆，有点像戏台上的方巾丑，是真正的“方步”。他们家规矩特别大，礼节特别多，男人见人打千儿，女人见人行蹲安，本地人觉得很可笑。虞芝兰是他用四百两银子从北京西河沿南堂子买来的。关老爷死后，大妇不容，虞芝兰就带了随身细软，两箱子字画，领着女儿搬出来住，租的是挨着宜园的一所小四合院。宜园原是个私人花园，后来改成公园。园子不大，但北面是一片池塘，种着不少荷花，池心有一小岛，上面有几间水榭，本地人不大懂得什么叫水榭，叫它“荷花亭子”，——其实这几间房子不是亭子；南面有一带假山，沿山种了很多梅花，叫做“梅岭”，冬末春初，梅花盛开，是很好看的；园中竹木繁茂，园外也颇有野趣，地方虽在城中，却是尘飞不到。虞芝兰就是看中它的幽静，才搬来的。

带出来的首饰字画变卖得差不多了，关家一家人已经搬到上海租界去住，没有人再来管她，虞芝兰不免重操旧业。

过了几年，虞芝兰揽镜自照，觉得年华已老，不好意思再扫榻留宾，就洗妆谢客，由女儿小兰接替了她。怕关家人来寻事，女儿随了妈的姓。

宋侉子每年要在虞小兰家住一两个月，朝朝寒食，夜夜元宵。他老婆死了，也不续弦，这里就是他的家。他有个孩子，有时也带了孩子来玩。他和关家算起来有点远亲，小兰叫他宋大哥。到钱花得差不多了，就说一声：“我明天有事，不来了”，跨上他的踢雪乌骓骏马，一扬鞭子，没影儿了。在一起时，恩恩义义；分开时，潇潇洒洒。

虞小兰有时出来走走，逛逛宜园。夏天的傍晚，穿了一身剪裁合体的白绸衫裤，拿一柄生丝白团扇，站在柳树下面，或倚定红桥栏杆，看人捕鱼踩藕。她长得像一颗水蜜桃，皮肤非常白嫩，腰身、手、脚都好看。路上行人看见，就不禁放慢了脚步，或者停下来装作看天上的晚霞，好好地看她几眼。他们在心里想：这样的人，这样的命，深深为她惋惜；有人不免想到家中洗衣做饭的黄脸老婆，为自己感到一点不平；或在心里轻轻吟道：“牡丹绝色三春暖，不是梅花处士妻”，情绪相当复杂。

虞小兰，八千岁也曾看过，也曾经放慢了脚步。他想：长得是真好看，难怪宋侉子在她身上花了那么多钱。不过为一个姑娘花那么多钱，这值得么？他赶快迈动他的大脚，一气跑回米店。

八千岁每天的生活非常单调。量米。买米的都是熟人，买什么米，一次买多少，他都清楚。一见有人进店，就站起身，拿起量米升子。这地方米店量米兴报数，一边量，一边唱：“一来，二来，三来——三升！”量完了，拍拍手，——手上沾了米灰，接过钱，摊平了，看看数，回身走进柜台，一扬手，把铜钱丢在钱柜里，在“流水”簿里写上一笔，入头糙三升，钱若干文。看稻样。替人卖稻的客人到店，先要送上货样。店东或洽谈生意的“先生”，抓起一把，放在手心里看看，然后两手合拢搓碾，开米店的手上都有功夫，嚓嚓嚓三下，稻壳就全搓开了；然后吹去糠皮，看看米色，撮起几粒米，放在嘴里嚼嚼，品品米的成色味道。做米店的都很有经验，这是什么品种，三十子，六十子，矮脚籼，吓一跳，一看就看出来。在米店里学生意，学的也就是这些。然后谈价钱，这是好说的，早晚市价，相差无几。卖稻的客人知道八千岁在这上头很精，并不跟他多磨嘴。

“前头”没有什么事的时候，他就到后面看看。进了隔开前后的屏门，一边是拴骡子的牲口槽，一边是一副巨大的石碾子。碾坊没有窗户，光线很暗，他欢喜这种暗暗的光。一近牲口槽，就闻到一股骡子粪的味道，他喜欢这种味道。他喜欢看碾米师傅把大黑子或二黑子牵出来。骡子上碾之前照例要撒一泡很长的尿，他喜欢看它撒尿。骡子上了套，石碾子就呼呼地转起来，他喜欢看碾子转，喜欢这种不紧不慢的呼呼的声音。

这二年，大部分米店都已经不用碾子，改用机器轧米了，八千岁却还用这种古典的方法生产。他舍不得这副碾子，舍不得这五匹大骡子。本县也还有些人家不爱吃机器轧的米，说是不香，有人家专门上八千岁家来买米的，他的生意不坏。

然后，去看看师傅筛米。那是一面很大的筛子，筛子有梁，用一根粗麻绳吊在房檩上，筛子齐肩高，筛米师傅就扶着筛子边框，一簸一侧地慢慢地筛。筛米的屋里浮动着细细的细米糠，太阳照进来，空中像挂着一匹一匹白布。八千岁成天和米和糠打交道，还是很喜欢细糠的香味。

然后，去看看仓里的稻积子，看看两个大天井里晒的稻，或拿起“搡子”把稻子翻一遍，——他身体结实，翻一遍不觉得累，连师傅们都佩服；或轰一会麻雀。米店稻仓里照例有许多麻雀，叽叽喳喳叫成一片。宋侉子有时在天快黑的时候，拿一把竹枝扫帚拦空一扑，一扫帚能扑下十几只来。宋侉子说这是下酒的好东西，卤熟了还给八千岁拿来过。八千岁可不吃这种东西，这有个什么吃头！

八千岁的食谱非常简单。他家开米店，放着高尖米不吃，顿顿都是头糙红米饭。菜是一成不变的熬青菜，——有时放两块豆腐。初二、十六打牙祭，有一碗肉或一盘咸菜煮小鲫鱼。他、小千岁和碾米师傅都一样。有肉时一人可得切得方方的两块。有鱼时一人一条，——咸菜可不少，也够下饭了。有卖稻的客人时，单加一个荤菜，也还有一壶酒。客人照例要举杯让一让，八千岁总是举起碗来说：“我饭陪，饭陪！”客菜他不动一筷子，仍是低头吃自己的青菜豆腐。

八千岁的米店的左邻右舍都是制造食品的。左边是一家厨房。这地方有这么一种厨房，专门包办酒席，不设客座。客家先期预订，说明规格，或鸭翅席，或海参席，要几桌。只须点明“头菜”，其余冷盘热菜都有定规，不须吩咐。除了热炒，都是先在家做成半成品，用圆盒挑到，开席前再加汤回锅煮沸。八千岁隔壁这家厨房姓赵，人称赵厨房，连开厨房的也被人叫做赵厨房，——不叫赵厨子却叫赵厨房，有点不合文法。赵厨房的手艺很好，能做满汉全席。这满汉全席前清时也只有接官送官时才用，入了民国，再也没有人来订，赵厨房祖传的一套五福拱寿油红彩的满堂红的细瓷器皿，已经锁在箱子里好多年了。右边是一家烧饼店。这家专做“草炉烧饼”。这种烧饼是一箩到底的粗面做的，做蒂子只涂很少一点油，没有什么层，因为是贴在吊炉里用一把稻草烘熟的，故名草炉烧饼，以别于在桶状的炭炉中烤出的加料插酥的“桶炉烧饼”。这种烧饼便宜，也实在，乡下人进城，爱买了当饭。几个草炉烧饼，一碗宽汤饺面，有吃有喝，就饱了。八千岁坐在店堂里每天听得见左边煎炒烹炸的声音，闻得到鸡鸭鱼肉的香味，也闻得见右边传来的一阵一阵烧饼出炉时的香味，听得见打烧饼的槌子击案的有节奏的声音：定定郭，定定郭，定郭定郭定定郭，定，定，定……

八千岁和赵厨房从来不打交道，和烧饼店每天打交道。这地方有个“吃晚茶”的习惯，每天下午五点来钟要吃一次点心。钱庄、布店，概莫能外。米店因为有出力气的碾米师傅，这一顿“晚茶”万不能省。“晚茶”大都是一碗干拌面，——葱花、猪油、酱油、虾籽、虾米为料，面下在里面；或几个麻团、“油墩子”，——白铁敲成浅模，浇入稀面，以萝卜丝为馅，入油炸熟。八千岁家的晚茶，一年三百六十日，都是草炉烧饼，一人两个。这里的店铺，有“客人”，照例早上要请上茶馆。“上茶馆”是喝茶，吃包子、蒸饺、烧麦。照例由店里的“先生”或东家作陪。一般都是叫一笼“杂花色”（即各样包点都有），陪客的照例只吃三只，喝茶，其余的都是客人吃。这有个名堂，叫做“一壶三点”。八千岁也循例待客，但是他自己并不吃包点，还是从隔壁烧饼店买两个烧饼带去。所以他不是“一壶三点”，而是“一壶两饼”。他这辈子吃了多少草炉烧饼，真是难以计数了。

他不看戏，不打牌，不吃烟，不喝酒。喝茶，但是从来不买“雨前”“雀舌”，泡了慢慢地品啜。他的账桌上有一个“茶壶桶”，里面焐着一壶茶叶棒子泡的颜色混浊的酽茶。吃了烧饼，渴了，就用一个特大的茶缸子，倒出一缸，骨嘟骨嘟一口气喝了下去，然后打一个很响的饱嗝。

他的令郎也跟他一样。这孩子才十六七岁，已经很老成。孩子的那点天真爱好，放风筝、掏蛐蛐、逮蝈蝈、养金铃子，都已经叫严厉的父亲的沉重的巴掌收拾得一干二净。八千岁到底还是允许他养了几只鸽子。这还是宋侉子求的情。宋侉子拿来几只鸽子，说：“孩子哪儿也不去，你就让他喂几只鸽子玩玩吧。这吃不了多少稻子。你们不养，别人家的鸽子也会来。自己有鸽子，别家的鸽子不就不来了。”米店养鸽子，几乎成为通例，八千岁想了想，说：“好，叫他养！”鸽子逐渐发展成一大群，点子、瓦灰、铁青子、霞白、麒麟，都有。从此夏氏宗祠的屋顶上就热闹起来，雄鸽子围着雌鸽子求爱，一面转圈儿，一面鼓着个嗉子不停地叫着：“咯咯咕，咯咯咯咕……”夏家的显考显妣的头上于是就着了好些鸽子粪。小千岁一有空，就去鼓捣他的鸽子。八千岁有时也去看看，看看小千岁捉住一只宝石眼的鸽子，翻过来，正过去，鸽子眼里的“沙子”就随着慢慢地来回流动，他觉得这很有趣，而且想：这是怎么回事呢？父子二人，此时此刻，都表现了一点童心。

八千岁那样有钱，又那样俭省，这使许多人很生气。

八千岁万万没有想到，他会碰上一个八舅太爷。

这里的人不知为什么对舅舅那么有意见。把不讲理的人叫做“舅舅”，讲一种胡搅蛮缠的歪理，叫做“讲舅舅理”。

八舅太爷是个无赖浪子，从小就不安分。小学五年级就穿起皮袍子，里面下身却只穿了一条纺绸单裤。上初中的时候，代数不及格，篮球却打得很漂亮，球衣球鞋都非常出众，经常代表校队、县队，到处出风头。初中三年级时曾用这地方出名的土匪徐大文的名义写信恐吓一个大财主，限他几天之内交一百块钱放在土地庙后第七棵柳树的树洞里，如若不然，就要绑他的票。这大财主吓得坐立不安，几天睡不着觉，又不敢去报案，竟然乖乖地照办了。这大财主原来是他的一个同班同学的父亲，常见面的。他知道这老头儿胆小，所以才敲他一下。初中毕业后，他读了一年体育师范，又上了一年美专，都没上完，却在上海入了青帮，门里排行是通字辈，从此就更加放浪形骸，无所不至。他居然拉过几天黄包车。他这车没有人敢坐，——他穿了一套铁机纺绸裤褂在拉车！他把车放在会芳里弄堂口或丽都舞厅门外，专拉长三堂子的妓女和舞女。这些妓女和舞女可不在乎，她们心想：倷弗是要白相相吗？格么好，大家白相白相！又不是阎瑞生，怕点啥！后来又进了一个什么训练班，混进了军队，“安清不分远和近，三祖流传到如今”，因为青红帮的关系，结交很多朋友，虽不是黄埔出身，却在军队中很“兜得转”，和冷欣、顾祝同都能拉上关系。

抗战军兴，他随着所在部队调到江北，在里下河几个县轮流转。他手下部队有四营人，名义却是一个独立混成旅。

“八一三”以后，日本人打到扬州，就停下来，暂时不再北进。日本人不来，“国军”自然不会反攻，这局面竟维持了相当长的时间。起初人心惶惶，一夕数惊，到后来大家有点麻木了；竟好像不知道有日本兵就在一二百里之外这回事，大家该做什么还是做什么。种田的种田，做生意的做生意。长江为界，南北货源虽不那么畅通，很多人还可以通过封锁线走私贩运，虽然担点风险，获利却倍于以前。一时间，几个县竟呈现出一种畸形的繁荣，茶馆、酒馆、赌场、妓院，无不生意兴隆。

八舅太爷在这一带真是得其所哉。非常时期，军事第一，见官大一级，他到了哪里就成了这地方的最高军政长官，县长、区长，一传就到。军装给养，小事一桩。什么时候要用钱，通知当地商会一声就是。来了，要接风，叫做“驻防费”，走了，要送行，叫做“开拔费”。间三岔五的，还要现金实物“劳军”。当地人觉得有一支军队驻着，可以壮壮胆，军队不走，就说明日本人不会来，也似乎心甘情愿地孝敬他。他有时也并不麻烦商会，可以随意抓几个人来罚款。他的旅部的小牢房里经常客满。只要他一拍桌子，骂一声“汉奸”，就可以军法从事，把一个人拉出去枪毙。他一到哪里，就把当地的名花包下来，接到公馆里去住。一出来，就是五辆摩托车，他自己骑一辆，前后左右四辆，风驰电掣，穿街过市。城里和乡下的狗一见他的车队来了，赶紧夹着尾巴躲开。他是个霸王，没人敢惹他。他行八，小名叫小八子，大家当面叫他旅长、旅座，背后里叫他八舅太爷。

他这回来，公馆安在宜园。一见虞小兰，相见恨晚。他有时住在虞家，有时把虞小兰接到公馆里去。后来干脆把宜园的墙打通了，——虞家和宜园本只一墙之隔，这样进出方便。

他把全城的名厨都叫来，轮流给他做饭。座上客常满，杯中酒不空。他爱唱京戏，时常把县里的名票名媛约来，吹拉弹唱一整天。他还很风雅，爱字画，谁家有好字画古董，他就派人去，说是借去看两天。有借无还。他也不白要你的，会送一张他自己画的画跟你换，他不是上过一年美专么？他的画宗法吴昌硕，大刀阔斧，很有点霸悍之气。他请人刻了两方押角图章，一方是阴文："戎马书生"，一方是阳文："富贵英雄美丈夫"——这是《紫钗记·折柳阳关》里的词句，他认为这是中国文学里最好的词句。他也有一匹乌骓马，他请宋侉子来给他看看，嘱咐宋侉子把自己的踢雪乌骓也带来。千不该万不该，宋侉子不该褒贬了八舅太爷的马。他说："旅长，你这不是真正的踢雪乌骓。真正的踢雪乌骓是只有四个蹄子的前面有一小块白；你这匹，四蹄以上一圈都是白的，这是踏雪乌骓。"八舅太爷听了很高兴，说："有道理！"接着又问："你那匹是多少钱买的？"宋侉子是个外场人，他知道八舅太爷不是要他来相马，是叫他来进马了，反正这匹马保不住了，就顺水推舟，很慷慨地说："旅长喜欢，留着骑吧！"——"那，我怎么谢你呢？我给你画一张画吧！"

宋侉子拿了这张画，到八千岁米店里坐下，喝了一碗茶叶棒泡的酽茶，说不出话来。八千岁劝他："算了，是儿不死，是财不散，看开一点，你就当又在虞小兰家花了一笔钱吧！"宋侉子只好苦笑。

没想到，过了两天，八舅太爷派了两个兵把八千岁"请"去了。当这两个兵把八千岁铐上，推出店门时，八千岁只来得及跟儿子说一句："赶快找宋大伯去要主意！"

宋侉子找到八舅太爷的秘书了解一下，案情相当严重，是"资敌"。八千岁有几船稻子，运到仙女庙去卖，被八舅太爷的部下查获了。仙女庙是敌占区。"资敌"就是汉奸，汉奸是要枪毙的。宋侉子知道罪不至此。仙女庙是粮食集散中心，本地贩粮至仙女庙，乃是常例，"抗战军兴"，未尝中断。不过别的粮商都是事前运动，打通关节，拿到"准予放行"的执照的，八千岁没有花这笔钱，八舅太爷存心找他的碴，所以他就触犯了军法。宋侉子知道这是非花钱不能了事的，就转弯抹角地问秘书，若是罚款，该罚多少。秘书说："旅座的意思，至少得罚一千现大洋。"宋侉子说："他拿不出来。你看看他穿的这身二马裾！"秘书说："包子有肉，不在褶儿上。他拿得出，我们了解。你可以见他本人谈谈！"

宋侉子见了八千岁，劝他不要舍命不舍财，这个血是非出不可的。八千岁问："能不能少拿一点？"宋侉子叫他拿出一百块钱送给虞芝兰，托虞小兰跟八舅太爷说说，八千岁说："你作主吧。我一辈子就你这么个信得过的朋友！"说着就落了两滴眼泪。宋侉子心里也酸酸的。

虞小兰替八千岁说了两句好话："这个人一辈子省吃俭用，也怪可怜的。”八舅太爷说：“那好！看你的面子，少要他二百！他叫八千岁，要他八百不算多。他肯花八百块钱买两匹骡子，还不能花八百块钱买一条命吗！叫他找两个铺保，带了钱，到旅部领人。少一个，不行！”

宋侉子说了好多好话，请了八千岁的两个同行，米店的张老板、李老板出面做保，带了八百现大洋，签字画押，把八千岁保了出来。张老板、李老板陪着八千岁出来，劝他：

“算了，是儿不死，是财不散。不就是八百块钱吗？看开一点。破财免灾，只当生了一场夹气伤寒。”

八千岁心里想：不是八百，是九百！不过回头想想，毕竟少花了一百，又觉得有些欣慰，好像他凭空捡到一百块钱似的。

八舅太爷敲了八千岁一杠子，是有精神上和物质上两方面理由的。精神上，他说：“我平生最恨俭省的人，这种人都该杀！”物质上，他已经接到命令，要调防，和另外一位舅太爷换换地方，他要“别姬”了，需要用一笔钱。这八百块钱，六百要给虞小兰买一件西狐肷的斗篷，好让她冬天穿了在宜园梅岭踏雪赏梅；二百，他要办一桌满汉全席，在水榭即荷花亭子里吃它一整天，上午十点钟开席，一直吃到半夜！

八舅太爷要办满汉全席的消息传遍全城，大家都很感兴趣，因为这是多年没有的事了。八千岁证实这消息可靠，因为办席的就是他的紧邻赵厨房。赵厨房到他的米店买糯米，他知道这是做火腿烧麦馅子用的；还买香粳米，这他就不解了。问赵厨房：“这满汉全席还上稀粥？”赵厨房说：“满汉全席实际上满点汉菜，除了烧烤，有好几道满洲饽饽，还要上几道粥，旗人讲究喝粥，莲子粥、苡米粥、芸豆粥……”“有多少道菜？”——“可多可少，八舅太爷这回是一百二十道。”——“啊？！”——“你没事过来瞧瞧。”

八千岁真还过去看了看：烧乳猪、叉子烤鸭、八宝鱼翅、鸽蛋燕窝……赵厨房说：“买不到鸽子蛋，就这几个，太少了！”八千岁说：“你要鸽子蛋，我那里有！”八千岁真是开了眼了，一面看，一面又掉了几滴泪，他想：这是吃我哪！

八千岁用一盆水把“食为民天”旁边的“概不做保”的字条闷了闷，刮下来。他这回是别人保出来的，以后再拒绝给别人做保，这说不过去。刮掉了，觉得还留着一条“僧道无缘”也没多少意思，而且单独一条，也不好看，就把“僧道无缘”也刮掉了。

八千岁做了一身阴丹士林的长袍，长短与常人等，把他的老蓝布二马裾换了下来。他的儿子也一同换了装。

吃晚茶的时候，儿子又给他拿了两个草炉烧饼来，八千岁把烧饼往账桌上一拍，大声说：

“给我去叫一碗三鲜面！”

卖蚯蚓的人[①]

※

我每天到玉渊潭散步。

玉渊潭有很多钓鱼的人。他们坐在水边，瞅着水面上的漂子。难得看到有人钓到一条二三寸长的鲫瓜子。很多人一坐半天，一无所得。等人、钓鱼、坐牛车，这是世间“三大慢”。这些人真有耐性。各有一好。这也是一种生活。

在钓鱼的旺季，常常可以碰见一个卖蚯蚓的人。他慢慢地蹬着一辆二六的旧自行车，有时扶着车慢慢地走着。走一截，扬声吆唤：

“蚯蚓——蚯蚓来——”

“蚯蚓——蚯蚓来——”

有的钓鱼的就从水边走上堤岸，向他买。

“怎么卖？”

“一毛钱三十条。”

来买的掏出一毛钱，他就从一个原来是装油漆的小铁桶里，用手抓出三十来条，放在一小块旧报纸里，交过去。钓鱼人有时带点解嘲意味，说：

“一毛钱，玩一上午！”

有些钓鱼的人只买五分钱。

---

① 初刊于《钟山》一九八三年第四期，初收于《晚饭花集》。

也有人要求再添几条。

“添几条就添几条，一个这东西！”

蚯蚓这东西，泥里咕叽，原也难一条一条地数得清，用北京话说，“大概其”，就得了。

这人长得很敦实，五短身材，腹背都很宽厚。这人看起来是不会头疼脑热、感冒伤风的，而且不会有什么病能轻易地把他一下子打倒。他穿的衣服都是宽宽大大的，旧的，褪了色，而且带着泥渍，但都还整齐，并不褴褛，而且单夹皮棉，按季换衣。——皮，是说他入冬以后的早晨有时穿一件出锋毛的山羊皮背心。按照老北京人的习惯，也可能是为了便于骑车，他总是用带子扎着裤腿。脸上说不清是什么颜色，只看到风、太阳和尘土。只有有时他剃了头，刮了脸，才看到本来的肤色。新剃的头皮是雪白的，下边是一张红脸。看起来就像是一件旧铜器在盐酸水里刷洗了一通，刚刚拿出来一样。

因为天天见，面熟了，我们碰到了总要点点头，招呼招呼，寒暄两句。

“吃啦？”

“您遛弯儿！”

有时他在钓鱼人多的岸上把车子停下来，我们就说会子话。他说他自己：“我这人——爱聊。”

我问他一天能卖多少钱。

“一毛钱三十条，能卖多少！块数来钱，两块，闹好了有时能卖四块钱。”

“不少！”

“凑合吧。”

我问他这蚯蚓是哪里来的，“是挖的？”

旁边有一位钓鱼的行家说：

“是烹的。”

这个“烹”字我不知道该怎么写，只能记音。这位行家给我解释，是用蚯蚓的卵人工孵化的意思。

“蚯蚓还能‘烹’？”

卖蚯蚓的人说：

“有‘烹’的，我这不是，是挖的。‘烹’的看得出来，身上有小毛，都是一般长。瞧我的：有长有短，有大有小，是挖的。”

我不知道蚯蚓还有这么大的学问。

“在哪儿挖的，就在这玉渊潭？”

“不！这儿没有。——不多。丰台。”

他还告诉我丰台附近的一个什么山，山根底下，那儿出蚯蚓，这座山名我没有记住。

“丰台？一趟不得三十里地？”

“我一早起蹬车去一趟，回来卖一上午。下午再去一趟。”

“那您一天得骑百十里地的车？”

“七十四了，不活动活动成吗！”

他都七十四了！真不像。不过他看起来像多少岁，我也说不上来。这人好像是没有岁数。

“您一直就是卖蚯蚓？”

“不是！我原来在建筑上，——当壮工。退休了。退休金四十几块，不够花的。”

我算了算，连退休金加卖蚯蚓的钱，有百十块钱，断定他一定爱喝两盅。我把手圈成一个酒杯形，问：

“喝两盅？”

“不喝。——烟酒不动！”

那他一个月的钱一个人花不完，大概还会贴补儿女一点。

“我原先也不是卖蚯蚓的。我是挖药材的。后来药材公司不收购，才改了干这个。”

他指给我看：

“这是益母草，这是车前草，这是红苋草，这是地黄，这是豨莶……这玉渊潭到处是钱！”

他说他能认识北京的七百多种药材。

“您怎么会认药材的？是家传？学的？”

“不是家传。有个街坊，他挖药材，我跟着他，用用心，就学会了。——这北京城，饿不死人，你只要肯动弹，肯学！你就拿晒槐米来说吧——”

“槐米？”我不知道槐米是什么，真是孤陋寡闻。

“就是没有开开的槐花骨朵，才米粒大。晒一季槐米能闹个百儿八十的。这东西外国要，不知道是干什么用，听说是酿酒。不过得会晒。晒好了，碧绿的！晒不好，只好倒进垃圾堆。——蚯蚓！——蚯蚓来！”

我在玉渊潭散步，经常遇见的还有两位，一位姓乌，一位姓莫。乌先生在大学当讲师，莫先生是一个研究所的助理研究员。我跟他们见面也点头寒暄。他们常常发一些很有学问的议论，很深奥，至少好像是很深奥，我听不大懂。他们都是好人，不是造反派，不打人，但是我觉得他们的议论有点不着边际。他们好像是为议论而议论，不是要解决什么问题，就像那些钓鱼的人，意不在鱼，而在钓。

乌先生听了我和卖蚯蚓人的闲谈，问我：

“你为什么对这样的人那样有兴趣？”

我有点奇怪了。

“为什么不能有兴趣？”

“从价值哲学的观点来看，这样的人属于低级价值。”

莫先生不同意乌先生的意见。

“不能这样说。他的存在就是他的价值。你不能否认他的存在。”

“他存在。但是充其量，他只是我们这个社会的填充物。”

“就算是填充物，填充物也是需要的。‘填充’，就说明他的存在的意义。社会结构是很复杂的，你不能否认他也是社会结构的组成部分，哪怕是极不重要的一部分。就像自然界的需要维持生态平衡，我们这个社会也需要有生态平衡。从某种意义来说，这种人也是不可缺少的。”

“我们需要的是走在时代前面的人，呼啸着前进的，身上带电的人！而这样的人是历史的遗留物。这样的人生活在现在，和生活在汉代没有什么区别，——他长得就像一个汉俑。”

我不得不承认，他对这个卖蚯蚓人的形象描绘是很准确且生动的。

乌先生接着说：

“他就像一具石磨。从出土的明器看，汉代的石磨和现在的没有什么不同。现在已经是原子时代——”

莫先生抢过话来，说：

“原子时代也还容许有汉代的石磨，石磨可以磨豆浆，——你今天早上就喝了豆浆！”

他们争执不下，转过来问我对卖蚯蚓的人的“价值”、“存在”有什么看法。

我说：

“我只是想了解了解他。我对所有的人都有兴趣，包括站在时代的前列的人和这个汉俑一样的卖蚯蚓的人。这样的人在北京还不少。他们的成分大概可以说是城市贫民。糊火柴盒的、捡破烂的、捞鱼虫的、晒槐米的……我对他们都有兴趣，都想了解。我要了解他们吃什么和想什么。用你们的话说，是他们的物质生活和精神生活。吃什么，我知道一点。比如这个卖蚯蚓的老人，我知道他的胃口很好，吃什么都香。他一嘴牙只有一个活动的。他的牙很短、微黄，这种牙最结实，北方叫做‘碎米牙’，他说：‘牙好是口里的福。’我知道他今天早上吃了四个炸油饼。他中午和晚上大概常吃炸酱面，一顿能吃半斤，就着一把小水萝卜。他大概不爱吃鱼。至于他想些什么，我就不知道了，或者知道得很少。我是个写小说的人，对于人，我只能想了解、欣赏，并对他进行描绘，我不想对任何人作出论断。像我的一位老师一样，对于这个世界，我所倾心的是现象。我不善于作抽象的思维。我对人，更多地注意的是他的审美意义。你们可以称我是一个生活现象的美食家。这个卖蚯蚓的粗壮的老人，骑着车，吆喝着‘蚯蚓——蚯蚓来！’不是一个丑的形象。——当然，我还觉得他是个善良的，有古风的自食其力的劳动者，他至少不是社会的蛀虫。”

这时忽然有一个也常在玉渊潭散步的学者模样的中年人插了进来，他自我介绍：

“我是一个生物学家。——我听了你们的谈话。从生物学的角度，是不应鼓励挖蚯蚓的。蚯蚓对农业生产是有益的。”

我们全都傻了眼了。

一九八三年四月一日写成

故里三陈[1]

※

陈小手

我们那地方，过去极少有产科医生。一般人家生孩子，都是请老娘。什么人家请哪位老娘，差不多都是固定的。一家宅门的大少奶奶、二少奶奶、三少奶奶，生的少爷、小姐，差不多都是一个老娘接生的。老娘要穿房入户，生人怎么行？老娘也熟知各家的情况，哪个年长的女佣人可以当她的助手，当“抱腰的”，不须临时现找。而且，一般人家都迷信哪个老娘“吉祥”，接生顺当。——老娘家都供着送子娘娘，天天烧香。谁家会请一个男性的医生来接生呢？——我们那里学医的都是男人，只有李花脸的女儿传其父业，成了全城仅有的一位女医人。她也不会接生，只会看内科，是个老姑娘。男人学医，谁会去学产科呢？都觉得这是一桩丢人没出息的事，不屑为之。但也不是绝对没有。陈小手就是一位出名的男性的产科医生。

陈小手的得名是因为他的手特别小，比女人的手还小，比一般女人的手还更柔软细嫩。他专能治难产。横生、倒生，都能接下来（他当然也要借助于药物和器械）。据说因为他的手小，动作细腻，可以减少产妇很多痛苦。大户人家，非到万不得已，是不会请

① 初刊于《人民文学》一九八三年第九期，初收于《晚饭花集》。

他的。中小户人家，忌讳较少，遇到产妇胎位不正，老娘束手，老娘就会建议："去请陈小手吧。"

陈小手当然是有个大名的，但是都叫他陈小手。

接生，耽误不得，这是两条人命的事。陈小手喂着一匹马。这匹马浑身雪白，无一根杂毛，是一匹走马。据懂马的行家说，这马走的脚步是"野鸡柳子"，又快又细又匀。我们那里是水乡，很少人家养马。每逢有军队的骑兵过境，大家就争着跑到运河堤上去看"马队"，觉得非常好看。陈小手常常骑着白马赶着到各处去接生，大家就把白马和他的名字联系起来，称之为"白马陈小手"。

同行的医生，看内科的、外科的，都看不起陈小手，认为他不是医生，只是一个男性的老娘。陈小手不在乎这些，只要有人来请，立刻跨上他的白走马，飞奔而去。正在呻吟惨叫的产妇听到他的马脖子上的銮铃的声音，立刻就安定了一些。他下了马，即刻进产房。过了一会（有时时间颇长），听到哇的一声，孩子落地了。陈小手满头大汗，走了出来，对这家的男主人拱拱手："恭喜恭喜！母子平安！"男主人满面笑容，把封在红纸里的酬金递过去。陈小手接过来，看也不看，装进口袋里，洗洗手，喝一杯热茶，道一声"得罪"，出门上马。只听见他的马的銮铃声"哗楞哗楞"……走远了。

陈小手活人多矣。

有一年，来了联军。我们那里那几年打来打去的，是两支军队。一支是国民革命军，当地称之为"党军"；相对的一支是孙传芳的军队。孙传芳自称"五省联军总司令"，他的部队就被称为

“联军”。联军驻扎在天王庙，有一团人。团长的太太（谁知道是正太太还是姨太太），要生了，生不下来。叫来几个老娘，还是弄不出来。这太太杀猪也似的乱叫。团长派人去叫陈小手。

陈小手进了天王庙。团长正在产房外面不停地“走柳”。见了陈小手，说：

“大人，孩子，都得给我保住！保不住要你的脑袋！进去吧！”

这女人身上的脂油太多了，陈小手费了九牛二虎之力，总算把孩子掏出来了。和这个胖女人较了半天劲，累得他筋疲力尽。他迤里歪斜走出来，对团长拱拱手：

“团长！恭喜您，是个男伢子，少爷！”

团长呲牙笑了一下，说：“难为你了！——请！”

外边已经摆好了一桌酒席。副官陪着。陈小手喝了两盅。团长拿出二十块现大洋，往陈小手面前一送：

“这是给你的！——别嫌少哇！”

“太重了！太重了！”

喝了酒，揣上二十块现大洋，陈小手告辞了：“得罪！得罪！”

“不送你了！”

陈小手出了天王庙，跨上马。团长掏出枪来，从后面，一枪就把他打下来了。

团长说：“我的女人，怎么能让他摸来摸去！她身上，除了我，任何男人都不许碰！这小子，太欺负人了！日他奶奶！”

团长觉得怪委屈。

陈四

陈四是个瓦匠，外号“向大人”。

我们那个城里，没有多少娱乐。除了听书，瞧戏，大家最有兴趣的便是看会，看迎神赛会，——我们那里叫做“迎会”。

所迎的神，一是城隍，一是都土地。城隍老爷是阴间的一县之主，但是他的爵位比阳间的县知事要高得多，敕封“灵应侯”。他的气派也比县知事要大得多。县知事出巡，哪有这样威严，这样多的仪仗队伍，还有各种杂耍玩艺的呢？再说打我记事起，就没见过县知事出巡过，他们只是坐了一顶小轿或坐了自备的黄包车到处去拜客。都土地东西南北四城都有，保佑境内的黎民，地位相当于一个区长。他比活着的区长要神气得多，但比城隍菩萨可就差了一大截了。他的爵位是“灵显伯”。都土地都是有名有姓的。我所居住的东城的都土地是张巡。张巡为什么会到我的家乡来当都土地呢，他又不是战死在我们那里的，这一点我始终没有弄明白。张巡是太守，死后为什么倒降职成了区长了呢？我也不明白。

都土地出巡是没有什么看头的。短簇簇的一群人，打着一些稀稀落落的仪仗，把都天菩萨（都土地为什么被称为“都天菩萨”，这一点我也不明白）抬出来转一圈，无声无息地，一会儿就过完了。所谓“看会”，实际上指的是看赛城隍。

我记得的赛城隍是在夏秋之交，阴历的七月半，正是大热的时候。不过好像也有在十月初出会的。

那真是万人空巷，倾城出观。到那天，凡城隍所经的要闹之处的店铺就都做好了准备：燃香烛，挂宫灯，在店堂前面和临街的柜台里面放好了长凳，有楼的则把楼窗全部打开，烧好了茶水，等着东家和熟主顾人家的眷属光临。这时正是各种瓜果下来的时候，牛角酥、奶奶哼（一种很“面”的香瓜）、红瓢西瓜、三白西瓜、鸭梨、槟子、海棠、石榴，都已上市，瓜香果味，飘满一街。各种卖吃食的都出动了，争奇斗胜，吟叫百端。到了八九点钟，看会的都来了。老太太、大小姐、小少爷。老太太手里拿着檀香佛珠，大小姐衣襟上挂着一串白兰花。佣人手里提着食盒，里面是兴化饼子、绿豆糕，各种精细点心。

远远听见鞭炮声、锣鼓声，“来了，来了！”于是各自坐好，等着。

我们那里的赛会和鲁迅先生所描写的绍兴的赛会不尽相同。前面并无所谓“塘报”。打头的是“拜香的”。都是一些十六七岁的小伙子，光头净脸，头上系一条黑布带，前额缀一朵红绒球，青布衣衫，赤脚草鞋，手端一个红漆的小板凳，板凳一头钉着一个铁管，上插一支安息香。他们合着节拍，依次走着，每走十步，一齐回头，把板凳放到地上，算是一拜，随即转身再走。这都是为了父母生病到城隍庙许了愿的，“拜香”是还愿。后面是“挂香”的，则都是壮汉，用一个小铁钩勾进左右手臂的肉里，下系一个带链子的锡香炉，炉里烧着檀香。挂香多的可至香炉三对。这也是还愿的。后面就是各种玩艺了。

十番锣鼓音乐篷子。一个长方形的布篷，四面绣花篷檐，下缀走水流苏。四角支竹竿，有人撑着。里面是吹手，一律是笙箫细乐，边走边吹奏。锣鼓篷悉有五七篷，每隔一段玩艺有一篷。

茶担子。金漆木桶。桶口翻出，上置一圈细瓷茶杯，桶内和杯内都装了香茶。

花担子。鲜花装饰的担子。

挑茶担子、花担子的扁担都极软，一步一颤。脚步要匀，三进一退，各依节拍，不得错步。茶担子、花担子虽无很难的技巧，但几十副担子同时进退，整整齐齐，亦颇婀娜有致。

舞龙。

舞狮子。

跳大头和尚戏柳翠。[①]

跑旱船。

跑小车。

最清雅好看的是“站高肩”。下面一个高大结实的男人，挺胸调息，稳稳地走着，肩上站着一个孩子，也就是五六岁，都扮着戏，青蛇、白蛇、法海、许仙，关、张、赵、马、黄，李三娘、刘知远、咬脐郎、火公窦老……他们并无动作，只是在大人的肩上站着，但是衣饰鲜丽，孩子都长得清秀伶俐，惹人疼爱。“高肩”不是本城所有，是花了大钱从扬州请来的。

后面是高跷。

再后面是跳判的。判有两种，一种是“地判”，一文一武，手执朝笏，边走边跳。一种是“抬判”。两根杉篙，上面绑着一个特制的圈椅，由四个人抬着。圈椅上蹲着一个判官。下面有人举着一个扎在一根细长且薄的竹片上的红绸做的蝙蝠，逗着判官。竹片极

---

① 即唐宋杂戏里的《月明和尚戏柳翠》，演和尚的戴一个纸浆做成的很大的和尚脑袋，白色的脑袋，淡青的头皮，嘻嘻地笑着。我们那里已不知和尚法名月明，只是叫他“大头和尚”。

软，有弹性，忽上忽下，判官就追着蝙蝠，做出各种带舞蹈性的动作。他有时会跳到椅背上，甚至能在上面打飞脚。抬判不像地判只是在地面做一些滑稽的动作，这是要会一点“轻功”的。有一年看会，发现跳抬判的竟是我的小学的一个同班同学，不禁哑然。

迎会的玩艺到此就结束了。这些玩艺的班子，到了一些大店铺的门前，店铺就放鞭炮欢迎，他们就会停下来表演一会，或绕两个圈子。店铺常有犒赏。南货店送几大包蜜枣，茶食店送糕饼，药店送凉药洋参，绸缎店给各班挂红，钱庄则干脆扛出一钱板一钱板的铜元，俵散众人。

后面才真正是城隍老爷（叫城隍为“老爷”或“菩萨”都可以，随便的）自己的仪仗。

前面是开道锣。几十面大筛同时敲动。筛极大，得吊在一根杆子上，前面担在一个人的肩上，后面的人担着杆子的另一头，敲。大筛的节奏是非常单调的：哐（锣槌头一击）定定（槌柄两击筛面）哐定定哐，哐定定哐定定哐……如此反复，绝无变化。唯其单调，所以显得很庄严。

后面是虎头牌。长方形的木牌，白漆，上画虎头，黑漆扁宋体黑字，大书“肃静”、“回避”、“敕封灵应侯”、“保国佑民”。

后面是伞，——万民伞。伞有多柄，都是各行同业公会所献，彩缎绣花，缂丝平金，各有特色。我们县里最讲究的几柄伞却是纸伞。硖石所出。白宣纸上扎出芥子大的细孔，利用细孔的虚实，衬出虫鱼花鸟。这几柄宣纸伞后来被城隍庙的道士偷出来拆开一扇一扇地卖了，我父亲曾收得几扇。我曾看过纸伞的残片，真是精细绝伦。

最后是城隍老爷的“大驾”。八抬大轿，抬轿的都是全城最好的轿夫。他们踏着细步，稳稳地走着。轿顶四面鹅黄色的流苏均匀地起伏摆动着。城隍老爷一张油白大脸，疏眉细眼，五绺长须，蟒袍玉带，手里捧着一柄很大的折扇，端端地坐在轿子里。这时，人们的脸上都严肃起来了，正如鲁迅先生所说：诚惶诚恐，不胜屏营待命之至。

城隍老爷要在行宫（也是一座庙里）呆半天，到傍晚时才“回宫”。回宫时就只剩下少许人扛着仪仗执事，抬着轿子，飞跑着从街上走过，没有人看了。

且说高跷。

我见过几个地方的高跷，都不如我们那里的。我们那里的高跷，一是高，高至丈二。踩高跷的中途休息，都是坐在人家的房檐口。我们县的踩高跷的都是瓦匠，无一例外。瓦匠不怕高。二是能玩出许多花样。

高跷队前面有两个“开路”的，一个手执两个棒槌，不停地“郭郭，郭郭”地敲着。一个手执小铜锣，敲着“光光，光光”。他们的声音合在一起，就是“郭郭，光光；郭郭，光光”。我总觉得这“开路”的来源是颇久远的。老远地听见“郭郭，光光”，就知道高跷来了，人们就振奋起来。

高跷队打头的是渔、樵、耕、读。就中以渔公、渔婆最逗。他们要矮身蹲在高跷上横步跳来跳去做钓鱼撒网各种动作，重心很不好掌握。后面是几出戏文。戏文以《小上坟》最动人。小丑和旦角都要能踩“花梆子”碎步。这一出是带唱的。唱的腔调是柳枝腔。当中有一出“贾大老爷”。这贾大老爷不知是何许人，只是一个衙役在戏弄他，贾大老爷不时对着一个夜壶口喝酒。他的颟顸总是引得看的人大笑。殿底的是“火烧向大人”。三个角色：一个铁公鸡，一个张嘉祥，一个向大人。向大人名荣，是清末的大将，以镇压太平天国有功，后死于任。看会的人是不管他究竟是谁的，也不论其是非功过，只是看扮演向大人的“演员”的功夫。那是很难的。向大人要在高跷上蹚马，在高跷上坐轿，——两只手抄在前面，“存”着身子，两只脚（两只跷）一蹽一蹽地走，有点像戏台上“走矮子”。他还要能在高跷上做“探海”、“射雁”这些在平地上也不好做的高难动作（这可真是“高难”，又高又难）。到了挨火烧的时候，还要左右躲闪，簸脑袋，甩胡须，连连转圈。到了这时，两旁店铺里的看会人就会炸雷也似地大声叫起“好”来。

擅长表演向大人的，只有陈四，别人都不如。

到了会期，陈四除了在县城表演一回，还要到三垛去赶一场。县城到三垛，四十五里。陈四不卸装，就登在高跷上沿着澄子河堤赶了去。赶到那里，准不误事。三垛的会，不见陈四的影子，菩萨的大驾不起。

有一年，城里的会刚散，下了一阵雷暴雨，河堤上不好走，他一路赶去，差点没摔死。到了三垛，已经误了。

三垛的会首乔三太爷抽了陈四一个嘴巴，还罚他当众跪了一炷香。

陈四气得大病了一场。他发誓从此再也不踩高跷。

陈四还是当他的瓦匠。

到冬天，卖灯。

冬天没有什么瓦匠活，我们那里的瓦匠冬天大都以糊纸灯为副业，到了灯节前，摆摊售卖。陈四的灯摊就摆在保全堂廊檐下。他糊的灯很精致。荷花灯、绣球灯、兔子灯。他糊的蛤蟆灯，绿背白腹，背上用白粉点出花点，四只爪子是活的，提在手里，来回划动，极其灵巧。我每年要买他一盏蛤蟆灯，接连买了好几年。

陈泥鳅

邻近几个县的人都说我们县的人是黑屁股。气得我的一个姓孙的同学，有一次当着很多人褪下了裤子让人看：“你们看！黑吗？”我们当然都不是黑屁股。黑屁股指的是一种救生船。这种船专在大风大浪的湖水中救人、救船，因为船尾涂成黑色，所以叫做黑屁股。说的是船，不是人。

陈泥鳅就是这种救生船上的一个水手。

他水性极好，不愧是条泥鳅。运河有一段叫清水潭。因为民国十年、民国二十年都曾在这里决口，把河底淘成了一个大潭。据说这里的水深，三篙子都打不到底。行船到这里，不能撑篙，只能荡桨。水流也很急，水面上拧着一个一个漩涡。从来没有人敢在这里游水。陈泥鳅有一次和人打赌，一气游了个来回。当中有一截，他半天不露脑袋，半天半天，岸上的人以为他沉了底，想不到一会，他笑嘻嘻地爬上岸来了！

他在通湖桥下住。非遇风浪险恶时，救生船一般是不出动的。他看看天色，知道湖里不会出什么事，就呆在家里。

他也好义，也好利。湖里大船出事，下水救人，这时是不能计较报酬的。有一次一只装豆子的船在琵琶闸炸了，炸得粉碎。事后知道，是因为船底有一道小缝漏水，水把豆子浸湿了，豆子吃了水，突然间一齐膨胀起来，“砰”的一声把船撑炸了——那力量是非常之大的。船碎了，人掉在水里。这时跳下水救人，能要钱么？民国二十年，运河决口，陈泥鳅在激浪里救起了很多人。被救起的都已经是家破人亡，一无所有了，陈泥鳅连人家的姓名都没有问，更谈不上要什么酬谢了。在活人身上，他不能讨价；在死人身上，他却是不少要钱的。

人淹死了，尸首找不着。事主家里一不愿等尸首泡胀了漂上来，二不愿尸首被“四水捋子”[①]钩得稀烂八糟，这时就会来找陈泥鳅。陈泥鳅不但水性好，且在水中能开眼见物。他就在出事地点附近，察看水流风向，然后一个猛子扎下去，潜入水底，伸手摸触。几个猛子之后，他准能把一个死尸托上来。不过得事先讲明，捞上来给多少酒钱，他才下去。有时讨价还价，得磨半天。陈泥鳅不着急，人反正已经死了，让他在水底多呆一会没事。

陈泥鳅一辈子没少挣钱，但是他不置产业，一个积蓄也没有。他花钱很撒漫，有钱就喝酒尿了，赌钱输了。有的时候，也偷偷地赒济一些孤寡老人，但嘱咐千万不要说出去。他也不娶老婆。有人劝他成个家，他说：“瓦罐不离井上破，大将难免阵头亡。淹死会水的。我见天跟水闹着玩，不定哪天龙王爷就把我请了去。留下孤儿寡妇，我死在阴间也不踏实。这样多好，吃饱了一家子不饥，无牵无挂！”

通湖桥桥洞里发现了一具女尸。怎么知道是女尸？她的长头发

---

① “四水捋子”是一种在水中打捞东西的用具，四面有弯钩，状如一小铁锚，而钩尖极锐利。

在洞口外飘动着。行人报了乡约，乡约报了保长，保长报到地方公益会。桥上桥下，围了一些人看。通湖桥是直通运河大闸的一道桥，运河的水由桥下流进澄子河。这座桥的桥洞很高，洞身也很长，但是很狭窄，只有人的肩膀那样宽。桥以西，桥以东，水面落差很大，水势很急，翻花卷浪，老远就听见訇訇的水声，像打雷一样。大家研究，这女尸一定是从大闸闸口冲下来的，不知怎么会卡在桥洞里了。不能就让她这么在桥洞里堵着。可是谁也想不出办法，谁也不敢下去。

去找陈泥鳅。

陈泥鳅来了，看了看。他知道桥洞里有一块石头，突出一个尖角（他小时候老在洞里钻来钻去，对洞里每一块石头都熟悉）。这女人大概是身上衣服在这个尖角上绊住了。这也是个巧劲儿，要不，这样猛的水流，早把她冲出来了。

“十块现大洋，我把她弄出来。”

“十块？”公益会的人吃了一惊，“你要得太多了！”

“是多了点。我有急用。这是玩命的事！我得从桥洞西口顺水窜进桥洞，一下子把她拨拉动了，就算成了。就这一下。一下子拨拉不动，我就会塞在桥洞里，再也出不来了！你们也都知道，桥洞只有肩膀宽，没法转身。水流这样急，退不出来。那我就只好陪着她了。”

大家都说：“十块就十块吧！这是砂锅捣蒜，一锤子！”

陈泥鳅把浑身衣服脱得光光的，道了一声“对不起了！”纵身入水，顺着水流，笔直地窜进了桥洞。大家都捏着一把汗。只听见欻地一声，女尸冲出来了。接着陈泥鳅从东面洞口凌空窜进了水面。大家伙发了一声喊：“好水性！”

陈泥鳅跳上岸来，穿了衣服，拿了十块钱，说了声“得罪得罪！”转身就走。

大家以为他又是进赌场、进酒店了。没有，他径直地走进陈五奶奶家里。

陈五奶奶守寡多年。她有个儿子，去年死了，儿媳妇改了嫁，留下一个孩子。陈五奶奶就守着小孙子过，日子很折皱[1]。这孩子得了急惊风，浑身滚烫，鼻翅扇动，四肢抽搐，陈五奶奶正急得两眼发直。陈泥鳅把十块钱交在她手里，说：“赶紧先到万全堂，磨一点羚羊角，给孩子喝了，再抱到王淡人那里看看！”

说着抱了孩子，拉了陈五奶奶就走。

陈五奶奶也不知哪里来的劲，跟着他一同走得飞快。

一九八三年八月一日急就

---

① 这是我的家乡话，意思是很困难，很不顺利。

金冬心[1]

※

召应博学鸿词杭郡金农字寿门别号冬心先生、稽留山民、龙梭仙客、苏伐罗吉苏伐罗，早上起来觉得很无聊。

他刚从杭州扫墓回来。给祖坟加了加土，吩咐族侄把聚族而居的老宅子修理修理，花了一笔钱。杭州官员馈赠的程仪殊不丰厚，倒是送了不少花雕和莼菜，坛坛罐罐，装了半船。装莼菜的磁罐子里多一半是西湖水。我能够老是饮花雕酒喝莼菜汤过日脚么？开玩笑！

他是昨天日落酉时回扬州的。刚一进门，洗了脸，给他装裱字画、收拾图书的陈聋子就告诉他：袁子才把十张灯退回来了。是托李馥馨茶叶庄的船带回来的。附有一封信。另外还有十套《随园诗话》。金冬心当时哼了一声。

去年秋后，来求冬心先生写字画画的不多，他又买了两块大砚台，一块红丝碧端，一块蕉叶白，手头就有些紧。进了腊月，他忽然想起一个主意：叫陈聋子用乌木做了十张方灯的架子，四面由他自己书画。自以为这主意很别致。他知道他的字画在扬州实在不大卖得动了，——太多了，几乎家家都有。过了正月初六，就叫陈聋子搭了李馥馨的船到南京找袁子才，托他代卖。凭子才的面子，他在南京的交往，估计不难推销出去。他希望一张卖五十两。少说，也能卖二十两。不说别的，单是乌木灯架，也值个三两二两的。那

① 初刊于《现代作家》一九八四年第二期，初收于《晚饭花集》。

么，不无小补。

袁子才在小仓山房接见了陈聋子，很殷勤地询问了冬心先生的起居，最近又有什么轰动一时的诗文，说：“灯是好灯！诗、书、画，可称三绝。先放在我这里吧。”

金冬心原以为过了元宵，袁子才就会兑了银子来。不想过了清明，还没有消息。

现在，退回来了！

袁枚的信写得很有风致：“……金陵人只解吃鸭脯，光天白日，尚无目识字画，安能于灯光烛影中别其媸妍耶？……”

这个老奸巨猾！不帮我卖灯，倒给我弄来十部《诗话》，让我替他向扬州的鹾贾打秋风！——俗！

晚上吃了一碗鸡丝面，早早就睡了。

今天一起来，很无聊。

喝了几杯苏州新到的碧萝春，念了两遍《金刚经》，趿着鞋，到小花圃里看了看。宝珠山茶开得正好，含笑也都有了骨朵了。然而提不起多大兴致。他惦记着那十盆兰花。他去杭州之前，瞿家花园新从福建运到十盆素心兰。那样大的一盆，每盆不愁有百十个箭子！索价五两一盆，不贵！要是袁子才替他把灯卖出去，这十盆建兰就会摆在他的小花圃苇棚下的石条上。这样的兰花，除了冬心先生，谁配？然而……

他踱回书斋里，把袁枚的信摊开又看了一遍，觉得袁枚的字很讨厌，而且从字里行间嚼出一点挖苦的意味。他想起陈聋子描绘的随园：有几棵柳树，几块石头，有一个半干的水池子，池子边种了十来棵木芙蓉，到处是草，草里有蜈蚣……这样一个破园子，会是江宁织造的大观园么？可笑！[①]此人惯会吹牛，装模作样！他顺手把《随园诗话》打开翻了几页，到处是倚人自重，借别人的赏识，为自己吹嘘。有的诗，还算清新，然而，小聪明而已。正如此公自道：“诗被人嫌只为多！”再看看标举的那些某夫人、某太夫人的诗，都不见佳。哈哈，竟然对毕秋帆也揄扬了一通！毕秋帆是什么？——商人耳！郑板桥对袁子才曾作过一句总评，说他是“斯文走狗”，不为过分！

他觉得心里痛快了一点，——不过，还是无聊。

他把陈聋子叫来，问问这些天有什么函件简帖。陈聋子捧出了一叠。金冬心拆看了几封，都没有什么意思，问：“还有没有？”

陈聋子把脑门子一拍，说：“有！——我差一点忘了，我把它单独放在拜匣里了：程雪门有一张请帖，来了三天了！”

“程雪门？”

“对对对！请你陪客。”

“请谁？”

“铁大人。”

“哪个铁大人？”

“新放的两淮盐务道铁保珊铁大人。”

“几时？”

“今天！中饭！平山堂！”

“你多误事！——去把帖子给我拿来！——去订一顶轿子！——你真是！——快去！——哎哟！”

---

① 袁枚曾说大观园就是他的随园。

金冬心开始觉得今天有点意思了。

等着催请了两次，到第三次催请时，冬心先生换了衣履，坐上轿子，直奔平山堂。

程雪门是扬州一号大盐商，今天宴请新任盐务道，非比寻常！果然，等金冬心下了轿，往平山堂一看，只见扬州的名流显贵都已到齐。藩臬二司、河工漕运、当地耆绅、清客名士，济济一堂。花翎补服，辉煌耀眼；轻衣缓带，意态萧闲。程雪门已在正面榻座上陪着铁保珊说话，一眼看见金冬心来了，站起身来，铁保珊早抢步迎了出来。

“冬心先生！久仰！久仰得很哪！”

“岂敢岂敢！臣本布衣，幸瞻丰采！铁大人从都里来，一路风霜，辛苦了！”

“请！”

“请！请！”

铁保珊拉了金冬心入座。程雪门道了一声“得罪！”自去应酬别的客人。大家只见铁保珊倾侧着身子和金冬心谈得十分投机，金冬心不时点头拊掌，不知他们谈些什么，不免悄悄议论。

“雪门今天请金冬心来陪铁保珊，好大的面子！”

“听说是铁保珊指名要见的。”

“金冬心这时候才来，架子搭得不小！”

“看来他的字画行情要涨！”

稍顷宴齐，更衣入席。平山堂中，雁翅般摆开了五桌。正中一桌，首座自然是铁保珊。次座是金冬心。金冬心再三谦让，铁保珊一把把他按得坐下，说：“你再谦，大家就不好坐了！”金冬心只得从命。程雪门在这桌的主座上陪着。

今天的酒席很清淡。铁大人接连吃了几天满汉全席，实在是没有胃口，接到请帖，说：“请我，我到！可是我只想喝一碗晚米稀粥，就一碟香油拌疙瘩丝！”程雪门说一定照办。按扬州请客的规矩，菜单曾请铁保珊过了目。凉碟是金华竹叶腿、宁波瓦楞明蚶、黑龙江熏鹿脯、四川叙府糟蛋、兴化醉蛏鼻、东台醉泥螺、阳澄湖醉蟹、糟鹌鹑、糟鸭舌、高邮双黄鸭蛋、界首茶干拌荠菜、凉拌枸杞头……热菜也只是蟹白烧乌青菜、鸭肝泥酿怀山药、鲫鱼脑烩豆腐、烩青腿子口蘑、烧鹅掌。甲鱼只用裙边。鲟花鱼不用整条的，只取两块嘴后腮边眼下蒜瓣肉。车螯只取两块瑶柱。炒芙蓉鸡片塞牙，用大兴安岭活捕来的飞龙剁泥、鸽蛋清。烧烤不用乳猪，用果子狸。头菜不用翅唇参燕，清炖杨妃乳——新从江阴运到的河鲀鱼。铁大人听说有河鲀，说：“那得有炒蒌蒿呀！——‘竹外桃花三两枝，春江水暖鸭先知，蒌蒿满地芦芽短，正是河鲀欲上时’，有蒌蒿，那才配称。”有有有！随饭的炒菜也极素净：素炒蒌蒿薹、素炒金花菜、素炒豌豆苗、素炒紫芽姜、素炒马兰头、素炒凤尾——只有三片叶子的嫩莴苣尖、素烧黄芽白……铁大人听了菜单（他没有看）说是“这样好，‘咬得菜根，则百事可做’。”他请金冬心过目，冬心先生说：“‘一箪食，一瓢饮’，农一介寒士，无可无不可的。”

金冬心尝了尝这一桌非时非地清淡而名贵的菜肴，又想起袁子才，想起他的《随园食单》，觉得他把几味家常鱼肉说得天花乱坠，真是寒乞相，嘴角不禁浮起一丝冷笑。

酒过三巡，铁保珊提出寡饮无趣，要行一个酒令。他提出的这个酒令叫做“飞红令”，各人说一句或两句古人诗词，要有“飞、红”二字，或明嵌、或暗藏，都可以。这令不算苛。他自己先说了两句：“花谢花飞飞满天，红消香断有谁怜？”有人不识出处。旁边的人提醒他：“《红楼梦》！”这时正是《红楼梦》大行的时候，“开谈不说《红楼梦》，纵读诗书也枉然”，不知出处的怕露怯，连忙说：“哦，《红楼梦》！《红楼梦》！”下面也有说“一片花飞减却春”的，也有说“桃花乱落如红雨”的。有的说不上来，甘愿罚酒。也有的明明说得出，为了谦抑，故意说：“我诗词上有限，认罚认罚！”借以凑趣的。临了，到了程雪门。程雪门说了一句：

“柳絮飞来片片红。”

大家先是愕然，接着就哗然了：

“柳絮飞来片片红，柳絮如何是红的？”

“无是理！无是理！”

“杜撰！杜撰无疑！”

“罚酒！罚酒！”

“满上！满上！喝了！喝了！”

程雪门也不知道自己怎么会诌出这样一句不通的诗来，正在满脸紫涨，无地自容，忽听得金冬心放下杯箸，从容言道：

“诸位莫吵。雪翁此诗有出处。这是元人咏平山堂的诗，用于今日，正好对景。”他站起身来，朗吟出全诗：

廿四桥边廿四风，
凭栏犹忆旧江东。

夕阳返照桃花渡，

柳絮飞来片片红。

大家一听，全都击掌：

“好诗！”

“好一个‘柳絮飞来片片红’！妙！妙极了！”

“如此尖新，却又合情合理，这定是元人之诗，非唐非宋！”

“到底是冬心先生！元朝人的诗，我们知道得太少，惭愧惭愧！”

“想不到程雪翁如此博学！佩服！佩服！”

程雪门哈哈大笑，连说：“过奖，过奖！——菜凉了，河鲀要趁热！”

于是大家的筷子一齐奔向杨妃乳。

铁保珊拈须沉吟：这是元朝人的诗么？

金冬心真是捷才！出口成章，不动声色。快，而且，好！有意境……

第二天，一清早，程雪门派人给金冬心送来一千两银子。金冬心叫陈聋子告诉瞿家花园，把十盆建兰立刻送来。

陈聋子刚要走，金冬心叫住他：

“不忙。先把这十张灯收到厢房里去。”

陈聋子提起两张灯，金冬心又叫住他：

“把这个——搬走！”

他指的是堆在地下的《随园诗话》。

陈聋子抱起《诗话》，走出书斋，听见冬心先生骂道：

“斯文走狗！”

陈聋子心想：他这是骂谁呢？

一九八三年十月二十五日

虐猫[1]

※

李小斌、顾小勤、张小涌、徐小进都住在九号楼七门。他们从小一块长大，在一个幼儿园，又读一个小学，都是三年级。李小斌的爸爸是走资派。顾小勤、张小涌、徐小进家里大人都是造反派。顾小勤、张小涌、徐小进不管这些，还是跟李小斌一块玩。

没有人管他们了，他们就瞎玩。捞蛤蟆骨朵，粘知了。砸学校的窗户玻璃，用弹弓打老师的后脑勺。看大辩论，看武斗，看斗走资派，看走资派戴高帽子游街。李小斌的爸爸游街，他们也跟着看了好长一段路。

后来，他们玩猫。他们玩过很多猫：黑猫、白猫、狸猫、狮子玳瑁猫（身上有黄白黑三种颜色）、乌云盖雪（黑背白肚）、铁棒打三桃（白身子，黑尾巴，脑袋顶上有三块黑）……李小斌的姥姥从前爱养猫。这些猫的名堂是姥姥告诉他的。

他们捉住一只猫，玩死了拉倒。

李小斌起初不同意他们把猫弄死。他说：一只猫，七条命，姥姥告诉他的。

“去你一边去！什么‘一只猫七条命’！一个人才一条命！”

后来李小斌也不反对了，跟他们一块到处逮猫，一块玩。

他们把猫的胡子剪了，猫就不停地打喷嚏。

---

① 初刊于一九八六年六月十日《北京晚报》，初收于《汪曾祺自选集》。

他们给猫尾巴上拴一挂鞭炮，点着了。猫就没命地乱跑。

他们想出了一种很新鲜的玩法：找了四个药瓶子的盖，用乳胶把猫爪子粘在瓶盖子里。猫一走，一滑；一走，一滑。猫难受，他们高兴极了。

后来，他们想出了一种很简单的玩法：把猫从六楼的阳台上扔下来。猫在空中惨叫。他们拍手，大笑。猫摔到地下，死了。

他们又抓住一只大花猫，用绳子拴着往家里拖。他们又要从六楼扔猫了。

出了什么事？九楼七门前面围了一圈人：李小斌的爸爸从六楼上跳下来了。

来了一辆救护车，把李小斌的爸爸拉走了。

李小斌、顾小勤、张小涌、徐小进没有把大花猫从六楼上往下扔，他们把猫放了。

毋忘我[1]

※

徐立和吕曼真是一对玉人。徐立长得有点像维吾尔人，黑而长的眉毛，头发有一点鬈。吕曼真像一颗香白杏。他们穿戴得很讲究，随时好像要到照相馆去照相。两人感情极好。每天早晨并肩骑自行车去上班，两辆车好像是一辆，只是有四个轱辘，两个座。居民楼的家属老太太背后叫他们是“天仙配”。这种赞美徐立和吕曼也知道，觉得有点俗，不过也还很喜欢。

吕曼死了，死于肺癌，徐立花了很高的价钱买了一个极其精致的骨灰盒，把吕曼骨灰捧回来。他把骨灰盒放在写字台上。写字台上很干净，东西很少，左侧是一盏台灯，右侧便是吕曼的骨灰盒。骨灰盒旁边是一个白瓷的小花瓶，花瓶里经常插一枝鲜花。马蹄莲、康乃馨、月季……有时他到野地里采来一丛蓝色的小花。有人问：“这是什么花？”

“Forget-me-not.”[2]

过了半年，徐立又认识了一个女朋友，名叫林茜。林茜长得也很好看，像一颗水蜜桃。林茜常上徐立家里来。来的次数越来越多，走得越来越晚。

他们要结婚了。

少不得要置办一些东西。丝绵被、毛毯、新枕套、床单。窗帘

① 初刊于一九八六年七月十二日《北京晚报》，初收于北师大版《汪曾祺全集》第二卷。

② 英语，毋忘我。

也要换换。林茜不喜欢原来窗帘的颜色。

林茜买了一个中号唐三彩骆驼。

“好看不好看？”

“好看！你的审美趣味很高。”

唐三彩放在哪儿呢？哪儿也不合适。林茜几次斜着眼睛看那骨灰盒。

第二天，骨灰盒挪开了。原来的地方放了唐三彩骆驼。骨灰盒放到哪里呢？徐立想了想，放到了阳台的一角。

过了半年，徐立搬家了。

什么都搬走了，只落下了吕曼的骨灰盒。

他忘了。

小姨娘[1]

※

小姨娘章叔芳是我的继母的异母妹妹。她比我才大两岁。我们是同学，在同一所初中读书。她比我高一班。她读初三，我读初二。那年她十六岁，我十四。但是在家里我还是叫她小姨娘。

章家是乡下财主。他们原来在章家庄住。章家庄是一个很大的庄子。庄里有好几户靠田产致富的财主，章家在庄里是首户。后来外公在城里南门盖了一所房子，就搬到城里来了。章老头脾气很“藏”，除了几家至亲（也都是他那样的乡下财主），跟谁也不来往。他和城里的上代做过官，有功名的世家绅士不通庆吊。他说：“我不巴结他们！”地方上有关公益的事情，修桥铺路、施药、开粥厂……他一毛不拔，不出一个钱。因此得了一个外号：“章臭屎”。

章家的房子很朴实，没有什么亭台楼阁，但是很轩敞豁亮。砖瓦木料都是全新的。外公奉行朱柏庐治家格言：“黎明即起，洒扫庭院，要内外整洁”。他虽然不亲自洒扫，但要督促佣人。他的大厅上的箩底方砖上连一根草屑也没有。桌椅只是红木的（不是“海梅”、紫檀），但是每天抹拭，定期搽核桃油，光可鉴人。榫头稍有活动，立刻雇工修理。

章家没有花园，却有一座桑园，种的都是湖桑。又不养蚕，种

---

① 初刊于《小说家》一九九三年第六期，初收于《矮纸集》。

那么多桑树干什么？大厅前面天井里的石条上却摆了十几盆橙子。橙子在我们那不多见。橙子结得很好，下雪天还黄澄澄的挂在枝头，叶子不落，碧绿的。

章家家规很严，我从来没有见过外公笑过。他们家的都不会喝酒。老头子生日、姑奶奶归宁，逢年过节，摆席请客，给客人预备高粱酒，——其实只有我父亲一个人喝，他们自己家的人只喝糯米做的甜酒。席上没有人划拳碰杯，宴后也没有人撒酒疯。家里不许赌钱。过年准许赌五天，但也限于掷骰子赶老羊，不许打麻将，更不许推牌九。在这个家里听不到有人大声说笑，说话声音都很低，整天都是静悄悄的。

章家人都很爱干净，勤理发，勤洗澡，勤换衣裳，什么时候都是精神饱满，容光焕发。章家的人都长得很漂亮。二舅舅、三舅舅都可称为美男子。章老头只是一张圆圆的脸，身体很健壮，外婆也不见得太好看，生的儿女却都那么出众，有点奇怪。

我们初中有两个公认为最好看的女生。一个是胡增淑，一个是章叔芳。胡增淑长得很性感，她走路爱眯着眼，扭腰，袅袅婷婷，真是“烟视媚行”。她深知自己长得好看，从镜子面前经过，反光的玻璃面前，总要放慢脚步，看看自己。章叔芳和胡增淑是两种类型。她长得很挺直，头发剪得短短的，有点像男孩子。眼睛很大，很黑，闪烁有光。她听人说话都是平视。有时眨两下眼睛，表示“哦，是这样！”或“是吗？是这样吗？”她眉宇间有一股英气，甚至流露一点野性，但不细看是看不出来的，她给人的印象还是很文静，很秀雅的。

她不知为什么会爱上了宗毓琳。

宗毓琳和他的弟弟宗毓珂都和我同班。宗家原是这个县的人，宗毓琳的父亲后来到了上海，在法租界巡捕房当了“包打听”——低级的侦探。包打听都在青红帮，否则怎么在上海混？不知道为什么宗家要把两个儿子送回家乡来读初中，可能是为了可以省一点费用。

和章叔芳同班有一个同学叫王霈。王霈的父亲是个吟诗写字的名士，他盖的房子很雅致。进门是一个大花园，有一片竹子。王霈的父亲在竹丛当中盖了一个方厅——四方的厅，像一个有门有窗的大亭子。这本是王诗人宴客听雨的地方。近年诗人老去，雅兴渐减，就把方厅锁了起来，空着。宗家经人介绍，把方厅租了下来，宗家兄弟就住在方厅里。

宗家兄弟也只是初中生，不见得有特别处。他们是在上海长大的，说话有一点上海口音，但还是本地话，因为这位包打听的家里说的还是江北话。他们的言谈举止有点上海的洋气，不像本地学生那样土。衣著倒也是布料的，但是因为是宁波裁缝做的，式样较新。颜色也不只是竹布的、蓝布的，而是糙米色的、铁灰色的。宗毓珂的乒乓球打得很好，是全校的绝对冠军。宗毓琳会写散文小说，摹仿谢冰心、朱自清、张资平、郁达夫。这在我们那个初中里倒是从来没有的。我们只会写“作文”。我们的初中有一个《初中壁报》，是学生自治会办的。每期的壁报刊头都是我画的。《壁报》是这个初中的才子的园地，大家都要看的。宗毓琳每期都在《壁报》上发表作品（抄在稿纸上，贴在一块黑板上）。宗毓琳中等身材，相貌并不太出众，有点卷发，涂了“司丹康”，显得颇为英俊。

小姨娘就为这些爱了他？

小姨娘第一次到宗毓琳住的方厅，是为了去借书，——宗毓琳有不少“新文学”的书。是由小舅舅章鹤鸣陪着去的。章鹤鸣和我同班、同岁。

第二次，是去还书。这天她和宗毓琳就发生了关系。章叔芳主动，她两下就脱了浑身衣服。两人都没有任何经验。他们的那点知识都是从《西厢记·佳期》、《红楼梦·贾宝玉初试云雨情》得来的。初试云雨，紧张慌乱。宗毓琳不停地发抖，浑身出汗。倒是章叔芳因为比宗毓琳大一岁，懂事较早，使宗毓琳渐渐安定，才能成事。从此以后，章叔芳三天两头就去宗毓琳住的方厅。少男少女，情色相当，哼哼唧唧，美妙非常。他们在屋里欢会的时候，章鹤鸣和宗毓珂就在竹丛中下象棋，给他们望风。他们的事有些同学知道了。因为王霈的同学常到王霈家去玩，怎么能会看不出蛛丝马迹？同学们见章鹤鸣和宗毓珂在外面下象棋，就知道章叔芳和宗毓琳在里面“画地图”——他们做了“坏事”，总会在被单上留下斑渍的。

没有不透风的墙。小姨娘的事终于传到外公的耳朵里。王霈的未婚妻童苓湘和章叔芳同班。童苓湘是我的大舅妈的表妹。童苓湘把章叔芳的事和表姐谈了。大舅妈不敢不告诉婆婆。外婆不敢不告诉外公。外公听了，暴跳如雷。他先把小舅舅鹤鸣叫来，着着实实打了二十界方，小舅舅什么都说了。

外公把小姨娘揪着耳朵拉到大厅上，叫她罚跪。

伤风败俗，丢人现眼……！

才十六岁……！

一个“包打听”的儿子……！

章老头抓起一个祖传的霁红大胆瓶，叭嚓一下，摔得粉碎。

全家上下，鸦雀无声。大舅舅的小女儿三三也都吓得趴在大舅妈的怀里不敢动。

小姨娘直挺挺地跪在大厅里，不哭，不流一滴眼泪，眼睛很黑，很大。

跪了一个多小时。

后来是二嫂子——我的二舅妈拉她起来，扶她到她的屋里。

二舅妈是丹阳人。丹阳是介乎江南和江北之间的地方。她是在上海商业专科学校和二舅舅恋爱，结了婚到本县来的。——我的外公对儿子的前途有他的独特的设想，不叫他们上大学，二舅、三舅都是读的商专。二舅妈是一个典型的古典美人，瓜子脸、一双凤眼，肩削而腰细。她因为和二舅舅热恋，不顾一切，离乡背井，嫁到一个苏北小县的地主家庭来，真是要有一点勇气。她嫁过来已经一年多，但是全家都还把她当做新娘子，当做客人，对她很客气。但是她很寂寞。她在本县没有亲戚，没有同学，也没有朋友，而且和章家人语言上也有隔阂，没有什么可以说说话的人。丈夫——我的二舅舅在县银行工作，早出晚归。只有二舅舅回来，她才有说有笑（他们说的是掺杂了上海话、丹阳话和本地话的混合语言）。二舅舅上班，二舅妈就只有看看小说，写写小字——临《灵飞经》。她爱吹箫，但是在这个空气严肃的家庭里——整天静悄悄的，吹箫，似乎不大合适，她带来的一枝从小吹惯的玉屏洞箫，就一直挂在壁上。她是寂寞的。但是这种寂寞又似乎是她所喜欢的。有时章叔芳到她屋里来，陪她谈谈。姑嫂二人，推心置腹，无话不谈。她是自由恋爱结婚的，对小姑子的行为是同情的，理解的，虽然也觉得她太年轻，过于任性。

二嫂子为什么敢于把章叔芳拉起来，扶到自己屋里？因为她知道公爹奈何不得，他不能冲到儿媳妇的屋里去。

章老头在外面跳脚大骂：

“你给我滚出去！滚！敢回来，我打断你的腿！”

老头气得搬了一把竹椅在桑园里一个人坐着，晚饭也不吃。

章叔芳拣了几件衣裳，打了个包袱往外走。外婆塞给她一包她攒下的私房钱，二舅妈把手上戴的一对金镯子抹下来给了她。全家送她。她给妈磕了一个头，对全家大小深深地鞠了三个躬，开了大门。门外已经雇好了一辆黄包车等着，她一脚跨上车，头也不回，走了。

第二天她和宗毓琳就买了船票，回上海。

到上海后给二嫂子来过一封信，以后就再没有消息。

初中的女同学都说章叔芳很大胆，很倔强，很浪漫主义。

过了两年，章老头生病死了，——亲戚们议论，说是叫章叔芳气死的，二哥写信叫她回来看看，说妈很想她。

她回来了，抱着一个孩子。

她对着父亲的灵柩磕了三个头。没哭。

她在娘家住了三个月，住的还是她以前住的房，睡的是她以前睡的床。

我再看见她时她抱了个一岁多的孩子在大厅里打麻将。章老头死后，章家开始打麻将了。二哥、大嫂子，还有一个表婶。她胖了。人还是很漂亮。穿得很时髦，但是有点俗气。看她抱着孩子很熟练地摸牌，很灵巧地把牌打出去，完全像一个包打听人家的媳妇。她的大胆、倔强、浪漫主义全都没有一点影子了。

章家人很精明，他们在新四军快要解放我们家乡的前一年，把全部田产都卖了，全家到南洋去做了生意。因此他们人没有受罪，家产没有损失。听说在南洋很发财。——二舅舅、三舅舅都是学的商业专科学校，懂得做生意。

他们是否把章叔芳也接到南洋去了呢？没听说。

胡增淑后来在南京读了师范，嫁了一个飞行员。飞行员摔死了，她成了寡妇。有同学在重庆见到她，打扮得花枝招展，还挺媚。后来不知怎么样了。

一九九三年七月九日

忧郁症[1]

※

龚星北家的大门总是开着的。从门前过，随时可以看得见龚星北低着头，在天井里收拾他的花。天井靠里有几层石条，石条上摆着约三四十盆花。山茶、月季、含笑、素馨、剑兰。龚星北是望五十的人了，头发还没有白的，梳得一丝不乱。方脸，鼻梁比较高，说话的声气有点瓮。他用花剪修枝，用小铁铲松土，用喷壶浇水。他穿了一身纺绸裤褂，趿着鞋，神态消闲。

龚星北在本县算是中上等人家，有几片田产，日子原是过得很宽裕的。龚星北年轻时花天酒地，把家产几乎挥霍殆尽。

他敢陪细如意子同桌打牌。

细如意子姓王，“细如意子”是他的小名。全城的人都称他为“细如意子”，没有多少人知道他的大名。他兼祧两房，到底有多少亩田，连他自己也不清楚。这是个荒唐透顶的膏粱子弟。他的嫖赌都出了格了。他曾经到上海当过一天皇帝。上海有一家超级的妓院，只要你舍得花钱，可以当一天皇帝：三宫六院。他打麻将都是“大二四”。没人愿意陪他打，他拉人入局，说“我跟你老小猴”，就是不管输赢，六成算他的，三成算是对方的。他有时竟能同时打两桌麻将。他自己打一桌，另一桌请一个人替他打，输赢都是他的。替他打的人只要在关键的时候，把要打的牌向他照了照，

① 初刊于《小说家》一九九三年第六期，初收于北师大版《汪曾祺全集》第二卷。

他点点头，就算数。他打过几副“名牌”。有一次他一副条子的清一色在手，听嵌三索。他自摸到一张三索，不胡，随手把一张幺鸡提出来毫不迟疑地打了出去。在他后面看牌的人一愣。转过一圈，上家打出一张幺鸡。“胡！”他算准了上家正在做一副筒子清一色，手里有一张幺鸡不敢打，看细如意子自己打出一张幺鸡，以为追他一张没问题，没想到他胡的就是自己打出去的牌。清一色平胡。清一色三番，平胡一番，四番牌。老麻将只是“平”（平胡）、“对”（对对胡）、“杠”（杠上开花）、“海”（海底捞月）、“抢”（抢杠胡）加番，嵌当、自摸都没有番。围看的人问细如意子：“你准知道上家手里有一张幺鸡？”细如意子说：“当然！打牌，就是胆大赢胆小！”

龚星北娶的是杨六房的大小姐。杨家是名门望族。这位大小姐真是位大小姐，什么事也不管，连房门也不大出，一天坐在屋里看《天雨花》、《再生缘》，喝西湖龙井，磕苏州采芝斋的香草小瓜子。她吃的东西清淡而精致。拌荠菜、马兰头、申春阳的虾籽豆腐乳、东台的醉蛏鼻子、宁波的泥螺、冬笋炒鸡丝、砖鳌烧乌青菜。她对丈夫外面所为，从来不问。

前年她得了噎嗝。“风痨气臌嗝，阎王请的客”，这是不治之症。请医吃药，不知花了多少钱，拖了小半年，终于还是溘然长逝了。

龚星北卖了四十亩好田，买了一副上好的棺木，办了丧事。

丧事自有李虎臣帮助料理。

李虎臣是一个好管闲事的热心肠的人。亲戚家有红白喜事，他都要去帮忙。提调一切，有条有理，不须主人家烦心。

他还有个癖好，爱做媒。亲戚家及婚年龄的少男少女，他都很关心，对他们的年貌性格、生辰八字，全都了如指掌。

丧事办得很风光。细如意子送了僧、道、尼三棚经。杨家、龚家的亲戚都戴了孝，随柩出殡，从龚家出来，白花花的一片。路边看的人悄悄议论："龚星北这回是尽其所有了。"

丧偶之后，龚星北收了心，很少出门，每天只是在天井里莳弄石条上的三四十盆花。山茶、月季、含笑、素馨。穿着纺绸裤褂，趿着鞋，意态消闲。

他玩过乐器，琵琶、三弦都能弹，尤其擅长吹笛。他吹的都是古牌子，是一个老笛师传的谱。上了岁数，不常吹，怕伤气。但是偶尔吹一两曲，笛风还是很圆劲。

龚星北有二儿一女。大儿子龚宗寅，在农民银行做事。二儿子龚宗亮，在上海念高中。女儿龚淑媛，正在读初中。

龚宗寅已经订婚。未婚妻裴云锦，是裴石坡的女儿。李虎臣做的媒。龚宗寅和裴云锦也在公共场合、亲戚家办生日做寿时见过，彼此印象很好。裴云锦的漂亮，在全城是出了名的。

裴云锦女子师范毕业后，没有出去做事。她得支撑裴家这个家。裴石坡可以说是"一介寒儒"。他是教育界的。曾经当过教育局的科长、县督学，做过两任小学校长。县里人提起裴石坡，都很敬重。他为人和气，正直，而且有学问。但是因为不善逢迎，没有后台，几次都被排挤了下来。赋闲在家，已经一年。这一年就靠一点很可怜的积蓄维持着。除了每天两粥一饭，青菜萝卜，裴石坡还要顾及体面，有一些应酬。亲友家有红白喜事，总得封一块钱"贺仪"、"奠仪"，到人家尽到礼数。裴云锦有两个弟弟，裴云章、裴云文，都在读初中，云章读初三，云文读初二。他们都没有读大学的志愿。云章毕业后准备到南京考政法学校，云文准备到镇江考师范。这两个学校都是不要交费的。但是要给他们预备路费、置办行装，这得一笔钱。裴家的值一点钱的古董字画，都已经变卖得差不多了，上哪儿去弄这笔钱去？大姐云锦天天为这事发愁。裴石坡拿出一件七成新的滩羊皮袍，叫云锦去当了。云锦接过皮袍，眼泪滴了下来。裴石坡说："不要难过。等我找到事，有了钱，再赎回来。反正我现在也不穿它。"

龚家希望裴云锦早点嫁过来。龚星北请李虎臣到裴家去说说。裴石坡通情达理，说一家没有个女人，不是个事，请李虎臣择定个日子。

裴云锦把姑妈接来，好帮着洗洗衣裳，做做饭。

裴云锦换了一身衣裳：水红色的缎子旗袍，白缎子鞋，鞋头绣了几瓣秋海棠。这是几年前就预备下的。云锦几次要卖掉，裴石坡坚决不同意，说："裴石坡再穷，也不能让女儿卖她的嫁衣！"龚宗寅雇了两辆黄包车，龚宗寅、裴云锦各坐一辆，裴云锦嫁到龚家了。

龚家没有大办，只摆了两桌酒席，男宾女宾各一席。

裴云锦拜见了龚家的长辈，斟了酒。裴云锦是个林黛玉型的美人，瓜子脸，尖尖的下巴，眉清目秀，唇红齿白。穿了这一身嫁衣，更显得光采照人。一个老姑奶奶攥着云锦的手，上上下下端详了半天，连声说："不丑不丑！真标致！真是水葱也似的！宗寅啊，你小子有造化！可得好好待她，别委屈了人家姑娘！姑娘，他若是亏待了你，你来找我，我给你出气！"老姑奶奶在龚家很有权威性，谁都得听她的。她说一句，龚宗寅连忙答应：“嗳！嗳！嗳！”逗得一桌子大笑，连裴云锦也忍不住抿嘴笑了。

新婚燕尔，小两口十分恩爱。

进门就当家。三朝回门过后，裴云锦就想摸摸龚家究竟还有多少家底，好考虑怎么当这个家。检点了一下放田契房契的匣子。只有两张田契了，加在一起不到四十亩。有两张房契，一所是身底下住着的，一所是租给同康泰布店的铺面。看看婆婆的首饰箱子，有一对水碧的镯子，一只蓝宝石戒指，一只石榴米红宝石的戒指。这是万万动不得的。四口大皮箱里是婆婆生前穿过的衣裳，倒都是“慕本缎”的。但是“陈丝如烂草”，变不出什么钱来。裴云锦吃了一惊：原来龚家只剩下一个空架子，每月的生活只是靠宗寅的三十五块钱的薪水在维持着。

同康泰交的房钱够买米打油，但是龚家人大手大脚惯了，每餐饭总还要见点荤腥。公公每天还要喝四两酒，得时常给他炒一盘腰花，或一盘鳝鱼。

老大宗寅生活很简朴，老二宗亮可不一样。他在上海读启明中学。启明中学是一所私立中学，收费很贵，入学的都是少爷小姐（这所中学入学可以不经过考试，只要交费就行）。宗亮的穿戴不能过于寒碜，他得穿毛料的制服，单底尖头皮鞋。还要有些交际，请同学吃吃南翔馒头，乔家栅的点心。

小姑子龚淑媛初中没有毕业，就做了事，在电话局当接线生。这个电话局是私人办的。龚淑媛靠了李虎臣的面子才谋到这个工作。薪水很低，一个月才十六块钱。电话局很小，全县城也没有几部电话，工作倒是很清闲。但是龚淑媛心里很不痛快。她的同班同学都到外地读了高中，将来还会上大学的，她却当了个小小的接线生，她很自卑，整天耷拉着脸。她和大嫂的感情也不好。她觉得她落到这一步，好像裴云锦要负责。她怀疑裴云锦“贴娘家”。

“贴娘家”也是有之的。逢年过节，裴家实在过不去的时候，龚宗寅就会拿出十块、八块钱来，叫裴云锦偷偷地塞给姑妈，好让裴石坡家混过一段。裴云锦不肯，龚宗寅说：“送去吧，这不是讲面子的时候！”

龚家到了实在困难的时候，就只有变卖之一途。裴云锦把一些用不着的旧锡器、旧铜器搜出来，把收旧货的叫进门，作价卖了。她把一副郑板桥的对子，一幅边寿民的芦雁交给李虎臣卖给了季匋民。这样对对付付的过日子，本地话叫做“折皱”。

又要照顾一个穷困的娘家，又要维持一个没落的婆家，两副担子压在肩膀上，裴云锦那么单薄的身子，怎么承受得住？

嫁过来已经三年，裴云锦没有怀孕，她深深觉得对不起龚家。

裴云锦疯了！有人说她疯了，有人说她得了精神病，其实只是严重的忧郁症。她一天不说话，只是搬了一张椅子坐在房门口，木然地看着檐前的日影或雨滴。

龚宗寅下班回来，看见裴云锦没有坐在门口，进屋一看，她在床头栏杆上吊死了。解了下来，已经气绝多时。龚宗寅大喊：“我对不起你！对不起你呀！这些年你没有过过一天松心的日子呀！”裴石坡闻讯赶来，抚尸痛哭：“是我拖累了你，是我这个无用的老子拖累了你！”

裴云锦舌尖微露，面目如生。上吊之前还淡淡抹了一点脂粉。她穿着那身水红色缎子旗袍，脚下是那双绣几瓣秋海棠的白缎子鞋。

龚星北作主，把那只蓝宝石戒指卖了，买了一口棺材。不要再换衣服，就用身上的那身装殓了。这身衣服，她一生只穿过两次。

龚星北把天井里的山茶、月季、含笑、素馨的花头都剪了下来，撒在裴云锦的身上。

年轻暴死，不好在家停灵，第二天就送到龚家祖坟埋葬了。

送葬的有龚星北、龚宗寅、龚淑媛，——龚宗亮没有赶回来；裴石坡、裴云章、裴云文、李虎臣；还有裴云锦的几个在女子师范时的要好的同学。无鼓乐、无鞭炮，冷冷清清，但是哀思绵绵，路旁观者，无不泪下。

送葬回来，龚星北看看天井里剪掉花头的空枝，取下笛子，在笛胆里注了一点水，笛膜上蘸了一点唾沫，贴了一张“水膏药”，试了试笛声，高吹了一首曲子，曲名《庄周梦》。

一九九三年七月十七日

露水①

※

露水好大。小轮船的跳板湿了。

小轮船靠在御码头。

这条轮船航行在运河上已经有几年，是高邮到扬州的主要交通工具。单日由高邮开扬州，双日返回高邮。轮船有三层，底层有几间房舱，坐的是县政府的科长、县党部的委员，杨家、马家等几家阔人家出外就学的少爷小姐，考察河工的水利厅的工程师。房舱贵，平常坐不满。中层是统舱。坐统舱的多是生意买卖人，布店、药店、南货店的二掌柜，给学校采购图书仪器的中学教员……给茶房一点钱，可以租用一张帆布躺椅。上层叫“烟篷”，四边无遮挡，风、雨都可以吹进来。坐“烟篷”的大都自己带一块油布，或躺或坐。“烟篷”乘客，三教九流。带着锯子凿子的木匠，挑着锡匠挑子的锡匠，牵着猴子耍猴的，细批流年的江湖术士，吹糖人的，到缫丝厂去缫丝的乡下女人，甚至有“关亡”的、“圆光”的、挑牙虫的。

客人陆续上船，就来了许多卖吃食的。卖牛肉高粱酒的，卖五香茶叶蛋的，卖凉粉的，卖界首茶干的，卖“洋糖百合”的，卖炒花生的。他们从统舱到烟篷来回窜，高声叫卖。

轮船拉了一声汽笛，催送客的上岸，卖小吃的离船。不过都知

① 初刊于《十月》一九九三年第六期，初收于《矮纸集》。

道开船还有一会。做小生意的还是抓紧时间照做，不过把价钱都减下来了一些。两位喝酒的老江湖照样从从容容喝酒，把酒喝干了，才把豆绿酒碗还给卖牛肉高粱酒的。

轮船拉了第二声汽笛，这是真要开了。于是送客的上岸，做小生意的匆匆忙忙，三步两步跨过跳板。

正在快抽起跳板的时候，有两个人逆着人流，抢到船上。这是两个卖唱的，一男一女。

男的是个细高条，高鼻、长脸，微微驼背，穿一件退色的蓝布长衫，浑身带点江湖气，但不讨厌。

女的面黑微麻，穿青布衣裤。

男的是唱扬州小曲的。

他从一个蓝布小包里取出一个细磁蓝边的七寸盘，一双刮得很光滑的竹筷。他用右手持磁盘，食指中指捏着竹筷，摇动竹筷，发出清脆的、连续不断的响声；左手持另一只筷子，时时击盘边为节。他的一只磁盘，两只竹筷，奏出或紧或慢、或强或弱的繁复的碎响，真是“大珠小珠落玉盘”。

姐在房中头梳手，
忽听门外人咬狗。
拾起狗来打砖头，
又怕砖头咬了手。
从来不说颠倒话，
满天凉月子一颗星。

“哪位说了：你这都是淡话！说得不错。人生在世，不过是几句淡话罢了。等人、钓鱼、坐轮船，这是‘三大慢’。不错。坐一天船，难免气闷无聊。等学生给诸位唱几段小曲，解解闷，醒醒脾，冲冲瞌睡！”

他用磁盘竹筷奏了一段更加紧凑的牌子，清了清嗓子，唱道：

一把扇子七寸长，
一个人扇风二人凉。
松呀，嘣呀。
呀呀子沁，
月照花墙。

手扶栏杆口叹一声，
鸳鸯枕上劝劝有情人呀。
一路闲花休要采吔，
干哥哥，
奴是你的知心着意人哪！

这是短的，他还有些比较长的，《小尼姑下山》、《妓女悲秋》。他的拿手，是《十八摸》，但是除非有人点，一般是不唱的。他有一个经摺子，上列他能唱的小曲，可以由客人点唱。一唱《十八摸》，客人就兴奋起来。统舱的客人也都挤到“烟篷”里来听。

唱了七八段，托着磁盘收钱。给一个铜板、两个铜板，不等。

加上点唱的钱，他能弄到五六、七八角钱。

他唱完了，女的唱：

你把那冤枉事对我来讲，
一桩桩一件件，
桩桩件件对小妹细说端详。
最可叹你死在那麦田以内，
高堂哭坏二老爹娘……

这是《枪毙阎瑞生·莲英惊梦》的一段。枪毙阎瑞生是上海实事。莲英是有名的妓女，阎瑞生是她的熟客。阎瑞生把莲英骗到郊外，在麦田里勒死了她，劫去她手上戴的钻戒。案发，阎瑞生被枪毙。这案子在上海很轰动，有人编成了戏。这是时装戏。饰莲英的结拜小妹的是红极一时的女老生露兰春。这出戏唱红了，灌了唱片，由上海一直传到里下河。几乎凡有留声机的人家都有这张唱片，大人孩子都会唱“你把那冤枉事”。这个女的声音沙哑，不像露兰春那样响堂挂味。她唱的时候没有人听，唱完了也没有多少人给钱。这个女人每次都唱这一段，好像也只会这一段。

唱了一回，客人要休息，他们也随便找个旮旯蹲蹲。

到了邵伯，有些客人下船，新上一批客人，等客人把包袱行李安顿好了，他们又唱一回。

到了扬州，吃一碗虾籽酱油汤面，两个烧饼，在城外小客栈的硬板床上喂一夜臭虫，第二天清早蹚着露水，赶原班轮船回高邮，船上还是卖唱。

扬州到高邮是下水，船快，五点多钟就靠岸了。

这两个卖唱的各自回家。

他们也还有自己的家。

他们的家是“芦席棚子”。芦笆为墙，上糊湿泥。棚顶也以“钢芦柴”（一种粗如细竹、极其坚韧的芦苇）为椽，上覆茅草。这实际上是一个窝棚，必须爬着进，爬着出。但是据说除了大雪天，冬暖夏凉。御码头下边，空地很多，这样的“芦席棚子”是不少的。棚里住的是叉鱼的、照蟹的、捞鸡头米的、串糖球（即北京所说的“冰糖葫芦”）的、煮牛杂碎的……

到家之后，头一件事是煮饭。女的永远是糙米饭、青菜汤。男的常煮几条小鱼（运河旁边的小鱼比青菜还便宜），炒一盘咸螺蛳，还要喝二两稗子酒。稗子酒有点苦味，上头，是最便宜的酒。不知道糟房怎么能收到那么多稗子做酒，一亩田才有多少稗子？

吃完晚饭，他们常在河堤上坐坐，看看星，看看水，看看夜渔的船上的灯，听听下雨一样的虫声，七搭八搭地闲聊天。

渐渐的，他们知道了彼此的身世。

男的原来开一个小杂货店，就在御码头下面不远，日子满过得去。他好赌，每天晚上在火神庙推牌九，把一间杂货店输得精光。老婆也跟了别人，他没脸在街里住，就用一个盘子、两根筷子上船混饭吃。

女的原是一个下河草台班子里唱戏的。草台班子无所谓头牌二牌，派什么唱什么。后来草台班子散了，唱戏的各奔东西。她无处投奔就到船上来卖唱。

“你有过丈夫没有？”

"有过。喝醉了酒栽在大河里，淹死了。"

"生过孩子没有？"

"出天花死了。"

"命苦！……你这么一个人干唱，有谁要听？你买把胡琴，自拉自唱。"

"我不会拉。"

"不会拉……这么着吧，我给你拉。"

"你会拉胡琴？"

"不会拉还到不了这个地步。泰山不是堆的，牛×不是吹的。你别把土地爷不当神仙。告诉你说，横的、竖的、吹的、拉的，我都拿得起来。十八般武艺件件精通，——件件稀松。不过给你拉'你把那冤枉事'，还是富富有余！"

"你这是真话？"

"哄你叫我掉到大河里喂王八！"

第二天，他们到扬州辕门桥乐器店买了一把胡琴。男的用手指头弹弹蛇皮，弹弹胡琴筒子，担子，拧拧轸子，撅撅弓子，说："就是它！"买胡琴的钱是男的付的。

第二天回家。男的在胡琴上滴了松香，安了琴码，定了弦，拉了一段西皮，一段二黄，说："声音不错！——来吧！"男的拉完了原板过门，女的顿开嗓子唱了一段《莲英惊梦》，引得芦席棚里邻居都来听，有人叫好。

从此，因为有胡琴伴奏，听女的唱的客人就多起来。

男的问女的："你就会这一段？"

"你真是隔着门缝看人！我还会别的。"

“都是什么？”

“《卖马》、《斩黄袍》……”

“够了！以后你轮换着唱。”

于是除了《莲英惊梦》，她还唱“店主东，带过了，黄骠马……”，“孤王酒醉桃花宫”。当时刘鸿声大红，里下河一带很多人爱唱《斩黄袍》。唱完了，给钱的人渐渐多起来。

男的进一步给女的出主意。

“你有小嗓没有？”

“有一点。”

“你可以一个人唱唱生旦对儿戏：《武家坡》、《汾河湾》……”

最后女的竟能一个人唱一场《二进宫》。

男的每天给她吊嗓子，她的嗓子“出来”了，高亮打远，有味。

这样女的在运河轮船上红起来了。她得的钱竟比唱扬州小曲的男的还多。

他们在一起过了一个月。

男的得了绞肠痧，折腾一夜，死了。

女的给他刨了一个坟，把男的葬了。她给他戴了孝，在坟头烧钱化纸。

她一张一张地烧纸钱。

她把剩下的纸钱全部投进火里。

火苗冒得老高。

她把那把胡琴丢进火里。

首先发出爆裂的声音的是蛇皮，接着毕卜一声炸开的是琴筒，然后是担子，最后轸子也烧着了。

女的拍着坟土，大哭起来：

“我和你是露水夫妻，原也不想一篙子扎到底。可你就这么走了！

“就这么走了！

“就这么走了！

“你走得太快了！

“太快了！

“太快了！

“你是个好人！

“你是个好人！

“你是个好人哪！”

她放开声音号啕大哭，直哭得天昏地暗，树上的乌鸦都惊飞了。

第二天，她还是在轮船上卖唱，唱“你把那冤枉事对我来讲……”

露水好大。

一九九三年七月三十一日

辜家豆腐店的女儿[1]

※

豆腐店是一个“店”，怎么会有个女儿？然而螺蛳坝一带的人背后都是这么叫她。或者称做“辜家的女儿”、“豆腐店的女儿”。背后这样的提她，有一种特殊的意味。姓辜的人家很少，这个县里好像就是两三家。

螺蛳坝是“后街”，并没有一个坝，只是一片不小的空场。七月十五，这里做盂兰盆会。八九月，如果这年年成好，就有人发起，在平桥上用杉篙木板搭起台来唱戏。约的是里下河的草台班子，京戏、梆子“两下锅”，既唱《白水滩》这样摔“壳子”的武打戏，也唱《阴阳河》这样踩跷的戏。做盂兰盆会、唱大戏，热闹几天，平常这里总是安安静静的。孩子在这里踢毽子，踢铁球，滚钱，抖空竹（本地叫“抖天嗡子”）。有时跑过来一条瘦狗，匆匆忙忙，不知道要赶到哪里去干什么。忽然又停下来，竖起耳朵，好像听见了什么。停了一会，又低了脑袋匆匆忙忙地走了。

螺蛳坝空场的北面有几户人家。有两家是打芦席的。每天看见两个中年的女人破苇子，编席。一顿饭工夫，就织出一大片。芦席是为大德生米厂打的。米厂要用很多芦席。东头一家是个“茶炉子”，即卖开水的，就是上海人所说的“老虎灶”。一个像柜子似的砖砌的炉子，四角有四个很深的铁铸的“汤罐”，满满四罐清

① 初刊于《收获》一九九四年第三期，初收于《矮纸集》。

水，正中是火眼，烧的是粗糠。粗糠用一个小白铁簸箕倒进火眼，“呼——”火就猛升上来，“汤罐”的水就呱呱地开了。这一带人家用开水——冲茶、烫鸡毛、拆洗被窝，都是上“茶炉子”去灌，很少人家自己烧开水，因为上“茶炉子”灌水很方便，省得费柴费火，烟熏火燎，又用不了多少。“茶炉子”卖水，不是现钱交易，而是一次卖出一堆“茶筹子”——一个一个长方形的小竹片，一面用铁模子烙出“十文”、“二十文”……灌了开水，给几根茶筹子就行了。“茶炉子”烧的粗糠是成挑的从大德生米厂趸来的。一进“茶炉子”，除了几口很大的水缸，一眼看到的便是靠后墙堆得像山一样的粗糠。

螺蛳坝一带住的都是“升斗小民”，称得起殷实富户的，是大德生米厂。大德生的东家姓王，街上人都称他王老板。大德生原来的底子就厚实，一盘很大的麻石碾子，喂着两头大青骡子，后面仓里的稻子堆齐二梁。后来王老板把骡子卖了，改用机器碾米，生意就更兴旺了。大德生原是一个米店，改用机器后就改称为“米厂”。这算是螺蛳坝唯一的“工厂”。每天这一带都听得到碾米的柴油机的铁烟筒里发出节奏均匀的声音：蓬——蓬——蓬……

王老板身体很好，五十多岁了，走路还飞快，留一撇乌黑的牙刷胡子，双眼有神。

他的大儿子叫王厚辽，在米厂里量米，记帐。他有个外号叫“大呆鹅”，看样子也确是有点呆相。

二儿子叫王厚堃，跟一个姓刘的老先生学中医。长得眉清目秀，一表人材。

大德生东墙外住着一个姓薛的裁缝。薛裁缝是个老实人，整天只知道低头做活，穿针引线。他的老婆人称薛大娘。薛大娘跟老头子可不是一样的人，她也“穿针引线”，但引的是另外一种线，说白了，就是拉皮条。

大德生门前有一条小巷，就叫做辜家巷，因为巷子里只有一家人家。辜家的后门就开在巷子里，和大德生斜对门，两步就到了。后面是住家，前面是做豆腐的作坊，前店后家。

辜家很穷。

从螺蛳坝到草巷口，有两家豆腐店。豆腐店是发不了财的，但是干了这一行也只有一直干下去。常言说：“黑夜思量千条路，清早起来依旧磨豆腐。”不过草巷口的一家生意不错。一清早卖豆浆，热气腾腾的满满一锅。卖豆腐，四大屉。压百叶，百叶很薄，很白。夏天卖凉粉皮。这凉粉皮是用萵苣汁和的绿豆，颜色是浅绿的，而且有一股萵苣香。生意好，小老板两个月前还接了亲。新媳妇坐在磨子一边，往磨眼里注水，加黄豆，头上插一朵大红剪绒小小的囍。

相比之下，辜家豆腐店就显得灰暗，残旧，一点生气也没有。每天只做两屉豆腐，有时一屉，有时一屉也没有。没本钱，买不起黄豆。辜老板老是病病歪歪的，没有一点精神。

辜老板老婆死得早，没有留下一个儿子，跟前只有一个女儿。

辜家的女儿长得有几分姿色，在螺蛳坝算是一朵花。她长得细皮嫩肉，只是面色微黄，好像是用豆腐水洗了脸似的。身上也有点淡淡的豆腥气。

一天三顿饭，几乎顿顿是炒豆腐渣，不过总得有点油滑滑锅。牵磨的“蚂蚱驴”也得扔给它一捆干草。更费钱的是她爹的病。他每天吃药。王厚堃的师父开的药又都很贵，这位刘先生爱用肉桂，而且旁注："要桂林产者"。每天辜家女儿把药渣倒在路口，对面打芦席和烧茶炉子的大娘看见辜家的女儿在门前倒药渣，就叹了一口气："难！"

大德生的王老板找到薛大娘，说是辜家的日子很难，他想帮他们家一把。

"怎么个帮法？"

"叫他女儿陪我睡睡。"

"什么？人家是黄花闺女，比你的女儿还小一岁！我不干这种缺德事！"

"你去说说看。"

媒人的嘴两张皮，辣椒能说成大鸭梨。七说八说，辜家女儿心里活动了，说："你叫他晚上来吧。"

没想到大呆鹅也找到薛大娘。

王老板是包月，按月给五块钱。

大呆鹅是现钱交易。每次事完，摸出一块现大洋，还要用两块洋钱叮叮当当敲敲，以示这不是灌了铅的"哑板"。

没有不透风的墙，螺蛳坝巴掌大的一块地方，那么多双眼睛，辜家女儿的事情谁都知道了。烧茶炉子、打芦席的大娘指指戳戳，咬耳朵，点脑袋，转眼珠子，撇嘴唇子。大德生的碾米的师傅、量米的伙计议论；"两代人操一张×，这叫什么事！"——"船多不碍港，客多不碍路，一个羊也是放，两个羊也是赶，你管他是几代人！"

辜家的女儿身体也不好，脸上总是黄白黄白的，她把王厚堃请到屋里看病。王厚堃给她号了脉，看了舌苔，开了脉案，大体说是气血两亏，天癸不调……辜家女儿问什么是"天癸不调"，王厚堃说就是月经不正常。随即写了一个方子，无非是当归、枸杞之类。

王厚堃站起身来要走，辜家女儿忽然把门闩住，一把抱住了王厚堃，把舌头吐进他的嘴里，解开上衣，把王厚堃的手按在胸前，让他摸她的奶子，含含糊糊地说："你要要我、要要我，我喜欢你，喜欢你……"

王厚堃没有想到她会这样，只好和她温存了一会，轻轻地推开了她，说：

"不行。"

"不行？"

"我不能欺负你。"

王厚堃给她掩了前襟，扣好纽子，开门走了。

王厚堃悬崖勒马，也因为他就要结婚了，他要保留一个童身。

过了两个月，王厚堃结婚了。花轿从辜家豆腐店门前过，前面吹着唢呐，放着三眼铳。螺蛳坝的人都出来看花轿，辜家的女儿也挤在人丛里看。

花轿过去了，辜家的女儿坐在一张竹椅上，发了半天呆。

忽然她奔到自己的屋里，伏在床上号啕大哭。哭的声音很大，对面烧茶炉子的和打芦席的大娘都听得见，只是听不清她哭的是什么。三位大娘听得心里也很难受，就相对着也哭了起来，哭得稀溜稀溜的。

辜家的女儿哭了一气，洗洗脸，起来泡黄豆，眼睛红红的。

一九九四年二月十五日

薛大娘[1]

※

薛大娘是卖菜的。

她住在螺蛳坝南面，占地相当大，房屋也宽敞，她的房子有点特别，正面、东西两边各有三间低低的瓦房，三处房子各自独立，不相连通。没有围墙，也没有院门，老远就能看见。

正屋朝南，后枕臭河边的河水。河水是死水，但并不臭；当初不知怎么起了这么一个地名。有时雨水多，打通螺蛳坝到越塘之间的淤塞的旧河，就成了活水。正屋当中是“堂屋”，挂着一轴“家神菩萨”的画。这是逢年过节磕头烧香的地方，也是一家人吃饭的地方。正屋一侧是薛大娘的儿子大龙的卧室，另一侧是贮藏室，放着水桶、粪桶、扁担、勺子、菜种、草灰。正屋之南是一片菜园，种了不少菜。因为土好，用水方便——下河坎就能装满一担水，菜长得很好。每天上午，从路边经过，总可以看到大龙洗菜、浇水、浇粪。他把两桶稀粪水用一个长柄的木勺子扇面似的均匀地洒开。太阳照着粪水，闪着金光，让人感到：这又是新的一天了。菜园的一边种了一畦韭菜，垅了一畦葱，还有几架宽扁豆。韭菜、葱是自家吃的，扁豆则是种了好玩的。紫色的扁豆花一串一串，很好看。种菜给了大龙一种快乐。他二十岁了，腰腿矫健，还没有结婚。

薛大娘的丈夫是个裁缝，人很老实，整天没有几句话。他住东

---

① 初刊于《山花》一九九六年第一期，初收于北师大版《汪曾祺全集》第二卷。文后写作时间为初版本所加。

边的三间，带着两个徒弟裁、剪、缝、连、锁边、打纽子。晚上就睡在这里。他在房事上不大行。西医说他“性功能不全”，有个江湖郎中说他“只能生子，不能取乐”。他在这上头也就看得很淡，不大有什么欲望。他很少向薛大娘提出要求，薛大娘也不勉强他。自从生了大龙，两口子就不大同房，实际上是分开过了。但也是和和睦睦的，没有听到过他们吵架。

薛大娘自住在西边三间里。

她卖菜。

每天一早，大龙把青菜起出来，削去泥根，在两边扁圆的菜筐里码好，在臭河边的水里濯洗干净，薛大娘就担了两筐菜，大步流星地上市了。她的菜筐多半歇在保全堂药店的廊檐下。

说不准薛大娘的年龄。按说总该过四十了，她的儿子都二十岁了嘛。但是看不出。她个子高高的，腰腿灵活，眼睛亮灼灼的。引人注意的是她一对奶子，尖尖耸耸的，在蓝布衫后面顶着。还不像一个有二十岁的儿子的人。没有人议论过薛大娘好看还是不好看，但是她眉宇间有点英气，算得是个一丈青。

她的菜肥嫩水足。很快就卖完了。卖完了菜，在保全堂店堂里坐坐，从茶壶焐子里倒一杯热茶，跟药店的“同事”说说话。然后上街买点零碎东西，回家做饭。她和丈夫虽然分开过，但并未分灶，饭还在一处吃。

薛大娘有个“副业”，给青年男女拉关系——拉皮条。附近几条街上有一些“小莲子”——本地把年轻的女佣人叫做“小莲子”。她们都是十六七，十七八，都是从农村来的。这些农村姑娘到了这个不大的县城里，就觉得这是花花世界。她们的衣装打扮变了。比如，上衣掐了腰，合身抱体，这在农村里是没有的。她们也学会了搽胭脂抹粉。连走路的样子都变了，走起来扭扭答答的。不少小莲子认了薛大娘当干妈。

街上有一些风流潇洒的年轻人，本地叫做“油儿”。这些“油儿”的眼睛总在小莲子身上转。有时跟在后面，自言自语，说一些调情的疯话：“花开花谢年年有，人过青春不再来”；“易求无价宝，难得有情郎。”小莲子大都脸色矜持，不理他。跟的次数多了，不免从眼角瞟几眼，觉得这人还不讨厌，慢慢地就能说说话了。“油儿”问小莲子是哪个乡的人，多大了，家里还有谁。小莲子都小声回答了他。

“油儿”到觉得小莲子对他有点意思了，就找到薛大娘，求她把小莲子弄到她家里来会会。薛大娘的三间屋就成了“台基”——本地把提供男女欢会的地方叫做“台基”。小莲子来了，薛大娘说：“你们好好谈谈吧”，就把门带上，从外面反锁了。她到熟人家坐半天，有一搭无一搭地聊聊，估计时间差不多了才回来开锁推门。她问小莲子“好么？”小莲子满脸通红，低了头，小声说“好”——“好，以后常来。不要叫主家发现，扯个谎，就说在街碰到了舅舅，陪他买了会东西。”

欢会一次，“油儿”总要丢下一点钱，给小莲子，也包括给大娘的酬谢。钱一般不递给小莲子手上，由大娘分配。钱多钱少，并无定例。但大体上有个“时价”。臭河边还有一处“台基”，大娘姓苗。苗大娘是要开价的。有一次一个“油儿”找一个小莲子，苗大娘索价二元。她对这两块钱作了合理的分配，对小莲子说：“枕头五毛炕五毛，大娘五毛你五毛。”

薛大娘拉皮条，有人有议论。薛大娘说："他们一个有情，一个愿意，我只是拉拉纤，这是积德的事，有什么不好？"

薛大娘每天到保全堂来，和保全堂上上下下都很熟。保全堂的东家有一点很特别，他的店里不用本地人，从上到下：管事（经理）、"同事"（本地把店员叫"同事"）、"刀上"（切药的）乃至挑水做饭的，全都是淮安人。这些淮安人一年有一个月假期，轮流回去，做传宗接代的事，其余十一个月吃住都在店里。他们一年要打十一个月的光棍。谁什么时候回家，什么时候假满回店，薛大娘了如指掌。她对他们很同情，有心给他们拉拉纤，找两个干女儿和他们认识，但是办不到。这些"同事"全都是拉家带口，没有余钱可以做一点风流事。

保全堂调进一个新"管事"——老"管事"刘先生因病去世了，是从万全堂调过来的。保全堂、万全堂是一个东家。新"管事"姓吕，街上人都称之为吕先生，上了年纪的则称之为"吕三"——他行三，原是万全堂的"头柜"，因为人很志诚可靠，也精明能干，被东家看中，调过来了。按规矩，当了"管事"，就有"身股"，或称"人股"，算是股东之一，年底可以分红，因此"管事"都很用心尽职。

也是缘份，薛大娘看到吕三，打心里喜欢他。吕三已经是"管事"了，但岁数并不大，才三十多岁。这样年轻就当了管事的，少有。"管事"大都是"板板六十四"的老头，"同事"、学生意的"相公"都对"管事"有点害怕。吕先生可不是这样，和店里的"同事"、来闲坐喝茶的街邻全都有说有笑，而且他说的话都很有趣。薛大娘爱听他说话，爱跟他说话，见了他就眉开眼笑。薛大娘对吕先生的喜爱毫不遮掩。她心里好像开了一朵花。

吕三也像药店的“同事”、“刀上”，每年回家一次，平常住在店里。他一个人住在后柜的单间里。后柜里除了现金、账簿，还有一些贵重的药：犀牛角、鹿茸、高丽参、藏红花……。

吕先生离开万全堂到保全堂来了，他还是万全堂的老人，有时有事要和万全堂的“管事”老苏先生商量商量，请教请教。从保全堂到万全堂，要经过臭河边，经过薛大娘的家。有时他们就做伴一起走。

有一次，薛大娘到了家门口，对吕三说：“你下午上我这儿来一趟。”

吕先生从万全堂办完事回来，到了薛家，薛大娘一把把他拉进了屋里。进了屋，薛大娘就解开上衣，让吕三摸她的奶子。随即把浑身衣服都脱了，对吕三说：“来！”

她问吕三：“快活吗？”——“快活。”——“那就弄吧，痛痛快快地弄！”薛大娘的儿子已经二十岁，但是她好像第一次真正做了女人。

好事不出门，坏事传千里，薛大娘和吕三的事渐渐被人察觉，议论纷纷。薛大娘的老姊妹劝她不要再“偷”吕三，说：

“你图个什么呢？”

“不图什么。我喜欢他。他一年打十一个月光棍，我让他快活快活，——我也快活，这有什么不对？有什么不好？谁爱嚼舌头，让她们嚼去吧！”

薛大娘不爱穿鞋袜，除了下雪天，她都是赤脚穿草鞋，十个脚趾舒舒展展，无拘无束。她的脚总是洗得很干净。这是一双健康的，因而是很美的脚。

薛大娘身心都很健康。她的性格没有被扭曲、被压抑。舒舒展展，无拘无束。这是一个彻底解放的，自由的人。

一九九五年九月二十二日

合锦[1]

※

魏小坡原是一个钱谷师爷。“师爷”是衙门里对幕友的尊称，分为两类。一类是参谋司法行政的，称为“刑名师爷”；一类是主办钱粮、税收、会计的，称为“钱谷师爷”。“刑名师爷”亦称“黑笔师爷”；“钱谷师爷”亦称“红笔师爷”。他们有点近乎后来的参谋、秘书班子。虽无官职，但出谋划策，能左右主管官长的思路举措。师爷是读书人考取功名以外的另一条生活途径，有他们自己一套价值观念。求财取利的法门，也是要从师学习的。师爷自成网络，互通声气，翻云覆雨，是中国的吏治史上的一种特殊人物。师爷大都是绍兴人，鲁迅文章中曾经提到过。京剧《四进士》中道台顾读的师爷曾经挟带赃款，不辞而别，把顾读害得不浅。清室既亡，这种人没有了，代之而起的是秘书、干事。但是地方官有些事，如何逢迎辖治、推诿延宕……还得把老师爷请去，在“等因奉此”的公文稿上斟酌一番，趋避得体，动一两句话，甚至改一两个字，果然是“一鞭一条痕，一掴一掌血”，老辣之至。事前事后，当官的自然不会叫他们白干，总得有一点“意思”。

魏小坡已经三代在这个县城当师爷。“民国”以后就洗手不干了，在这里落户定居。除了说话中还有一两句绍兴字眼，如“娘东戳杀”，吃菜口重，爱吃咸鱼和霉干菜，此外已经和本地人没有什

① 初刊于《收获》一九九六年第四期，初收于北师大版《汪曾祺全集》第二卷。

么两样。他在钱家伙买了四十亩好田（他是钱谷师爷，对田地的高低四至、水源渠堰自然非常熟悉），靠收租过日子。虽不算缙绅之家，比起“挑箩把担”的，在生活上却优裕得多。

他的这座房屋的格局却有些特别，或者也可以说是不成格局。大门朝西，进门就是一台锅灶。有锅三口：头锅、二锅、三锅。正当中是一个矮饭桌，是一家人吃饭的桌子。魏小坡家人口不多，只有四口人。不知道为什么在这样的矮桌上吃饭。南边是两间卧室，住着魏小坡的两个老婆，大奶奶和二奶奶。两个老婆是亲姊妹。姊妹二人同嫁一个丈夫，在这县城里并非绝无仅有。大奶奶进门三年，没有生养，于是和双亲二老和妹妹本人商量，把妹妹也嫁过来。这样不但妹妹可望生下一男半女，同时姊妹也好相处，不会像娶个小搅得家宅不安。不想妹妹进门三年仍是空怀，姐姐却怀上了，生了一个儿子！

大奶奶为人宽厚。佃户送租子来，总要留饭，大海碗盛得很满，压得很实。没有什么好菜，白菜萝卜烧豆腐总是有的。

锅灶间养着一只狮子玳瑁猫，一只黄狗。大奶奶每天都要给猫用小鱼拌饭，让黄狗嚼得到骨头。

出锅灶间，往后，是一个不大的花园。魏小坡爱花。连翘、紫荆、碧桃、紫白丁香……都开得很热闹。魏小坡一早临写一遍《九成宫醴泉铭》，就靸着鞋侍弄他的那些花。八月，他用莲子（不是用藕）种了一缸小荷花，从越塘捞了二三十尾小鱼秧养在荷花缸里，看看它们悠然来去，真是万虑俱消，如同置身濠濮之间。冬天，腊梅怒放，天竺透红。

说魏家房屋格局特别是小花园南边有一小侧门，出侧门，地势忽然高起，高地上有几间房，须走上五六级“坡台子”（台阶）才到。好像这是另外一家似的。这是为了儿子结婚用的。

魏小坡的儿子名叫魏潮珠（这县西边有一口大湖，叫甓射湖，据说湖中有神珠，珠出时极明亮，岸上树木皆有影，故湖亦名珠湖）。魏大奶奶盼着早一点抱孙子，魏潮珠早就订了亲，就要办喜事。儿媳妇名卜小玲，是乾陞和糕饼店的女儿，两家相距只二三十步路。

我陪我的祖母到魏家去（我们两家是斜对门）。魏家的人听说汪家老太太要来，全都起身恭候。祖母进门道了喜，要去看看魏小坡种的花。“唔，花种得好！花好月圆，兴旺发达！”她还要到后面看看。后面的房屋正中是客厅，东边是新房，西边一间是魏潮珠的书房，全都裱糊得四白落地，簇崭新。我对新房里的陈设，书房里的古玩全都不感兴趣，只有客厅正面的画却觉得很新鲜。画的是很苍劲的梅花。特别处是分开来挂，是四扇屏；相挨着并挂，却是一个大横幅。这样的画我没有见过。回去问父亲，父亲说：“这叫‘合锦’，这样的画品格低俗，和一个钱谷师爷倒也相配。他这堂画用的是真西洋红，所以很鲜艳。”

卜小玲嫁过来，很快就怀了孕。

魏大奶奶却病了，吃不下东西，只能进水，不能进食，这是“噎嗝”。“风痨气臌嗝，阎王请的客”，这是不治之症，请医服药，只能拖一天算一天。

一天，大奶奶把二奶奶请过来，交出一串钥匙，对妹妹说：“妹妹，我不行了，这个家你就管起吧。”二奶奶说：“姐姐，你放心养病。你这病能好！”可是一转眼，在姐姐不留神的时候，她就把钥匙掖了起来。

没有多少日子，魏大奶奶“驾返瑶池”了，二奶奶当了家。

二奶奶持家和大奶奶大不相同。她非常啬刻。煮饭量米，一减再减，菜总是煮小白菜、炒豆腐渣。女佣人做菜，她总是嫌油下得太多。“少倒一点！少倒一点！这样下油法，万贯家财也架不住！”咸菜煮小鱼、药芹（水芹菜），这是荤菜。她的一个特点是不相信人，对人总是怀疑、嘀咕、提防，觉得有人偷了她什么。一个女佣人专洗大件的被子、帐子，通阴沟、倒马桶，力气很大。“她怎么力气这样大呢？”于是断定女佣人偷吃了泡锅巴。丢了一点什么不值几个钱的东西：一块布头、一团烂毛线，她断定是出了家贼，“家贼难防狗不咬！”有一次丢失了一个金戒指，这可不得了，搅得天翻地覆。从里到外搜了佣人身子，翻遍了被褥，结果是她自己藏在梳头桌的小抽屉里了！卜小玲坐月子，娘家送来两只老母鸡炖汤。汤放在儿媳妇“迎桌”的沙锅里。二奶奶用小调羹舀了一勺，聚精会神地尝了尝。卜小玲看看婆婆的神态，知道她在琢磨吴妈是不是偷喝了鸡汤又往汤里对了开水。卜小玲很生气，说：“吴妈是我小时候的奶妈，我是喝了她的奶长大的，她不会偷喝我的鸡汤！婆婆你就放心吧！你连吴妈也怀疑，叫我感情上很不舒服！”——“我这是为你！知人知面不知心，难说！难说！”卜小玲气得面朝里，不理婆婆：“什么人哩！”二奶奶这样多疑，弄得所有的人都不舒服。原来有说有笑、和和气气的一家人，弄得清锅冷灶，寡淡无聊。谁都怕不定什么时候触动二奶奶的一根什么筋，二奶奶的脸上刷地一下就挂下了一层六月严霜。猫也瘦了，狗也瘦了，人也瘦了，花也瘦了。二奶奶从来不为自己的多疑觉得惭愧，觉得对不起人。她觉得理所应该。魏小坡说二奶奶不通人情，她说："过日子必须刻薄成家！"魏小坡听见，大怒，拍桌子大骂："下一句是什么？"[1]

魏家用过几次佣人，有一回一个月里竟换了十次佣人。荐头店[2]要帮人的，听说是魏家，都说："不去！"

后客厅的梅花"合锦"第三条的绫边受潮脱落了，魏小坡几次说拿到裱画店去修补一下，二奶奶不理会。这个屏条于是老是松松地卷着，放在条几的一角。

① 这是朱柏庐《治家格言》中的话，"刻薄成家"下一句是"理无久享"。

② 专为介绍女佣的店铺叫"荐头店"或"荐头行"。

百蝶图[1]

※

小陈三是个卖绒花的货郎。他父亲活着的时候就是个货郎，卖绒花。父亲死了，子承父业，他十六七岁就挑起货郎担卖绒花。城里人叫他小货郎，也叫他小陈。有些人叫他小陈三，则不知是什么道理。他是个独儿子，并无兄弟。也许因为他人缘好，长得聪明清秀，这么叫着亲切。他家住泰山庙。每天从家里出来，沿科甲巷，越塘，进东门，经王家亭子，过奎楼，奔南市口，在焦家巷、百岁巷、熙和巷等几条大巷子都停一停。把货郎担歇在巷口，举起羊皮拨浪鼓摇一气：布楞、布楞、布楞楞……宅门开了，走出一个大姑娘、小媳妇、老太太。

"小陈三，来了？"

"来了您哪！"

"有好花没有？"

"有！昨天刚从扬州贩来的。您瞧瞧！"

小陈把货郎担的圆笼一个一个打开，摆在扫净的阶石上让人观赏。

他的担子两头各有四层。已经用了两代人，还是严丝合缝，光泽如新，毫不走形。四层圆屉，摞得高高的，但挑起来没有多大分量，因为里面都是女人戴的花：大红剪绒的红双喜、团寿字，这是

① 初刊于《中国作家》一九九六年第六期，初收于北师大版《汪曾祺全集》第二卷。

老太太要的；米珠子穿成的珠花，是少奶奶订的；绢花、通草花，颜色深浅不一，都好像真花，有的通草花上还伏了一只黑凤蝶，凤蝶触须是极细的“花丝”拧成的，拿在手里不停地颤动，好像凤蝶就要起翅飞走。小陈三一枝一枝送到大姑娘、小媳妇、老太太面前，她们能不买一两枝么？

有的姑娘媳妇是为了看两眼小陈三，才买他的花的。

货郎担的一屉放的是绣花用的彩绒丝线。

一天，小陈挑了货郎担往南城去，到了王家亭子边上，忽然下起雨来。真是瓢泼大雨！雨暴风狂，小陈站不住脚，货郎担被风刮得拧着麻花乱转。附近没有地方可以躲避，小陈三只好敲敲王家亭子的玻璃窗，问里面的王小玉，可以不可以让他进来避避雨。

“可以可以！进来进来！”

这王家亭子紧挨东门，正字应该叫做蝶园，本是王家的花园，算得是一处可以供人游赏的名胜。当年王家常在园中宴客，赋诗饮酒。后来王家渐渐衰败，子孙迁寓苏州，蝶园花木凋残，再也听不到吟诗拍曲的声音，只有“亭子”和亭前的半亩荷塘却保留了下来。所谓“亭子”实是一座五间的大厅。大厅四面开窗，十分敞亮。王家把大厅（包括全堂红木家具）和荷塘交给原来的管家老王头看管。清明上坟，偶尔来蝶园看看，平常是不来的。

小陈的上衣都湿透了，小玉叫他脱下来，在小缸灶里抓了一把柴禾，把小陈三的湿衣服搭在烘笼上烤着，扔给他一条手巾，叫他擦擦身上的雨水，给他一件父亲老王头的旧上衣，叫他披披。缸灶火上还炖了一壶茶水——老王头是喝茶的。还好，圆笼里的花没有湿了，但是怕受了潮气，闷得退了色，小玉还是帮小陈一屉一屉揭开，平放在红木条案上。

雨还在下。

小陈说：“这雨！”

小玉说：“这雨！”

“你一个人，不怕？”

“不怕！怕什么？”

小玉的父亲常常出去，给王家料理一点杂事：完钱粮、收佃户送来的租稻……找护国寺的老和尚聊天、有时还找老朋友喝个小酒，回来时往往是月亮照着城墙垛子了。

小玉胆很大。王家亭子紧挨着城墙，城外荒坟累累，还是杀人的刑场，鬼故事很多，她都不相信，只有一个故事，使她觉得很凄凉：一个外地人赶夜路，到了东门外，想抽一袋烟。前面有几个人围着一盏油灯。赶路人装了一袋烟，凑过去点个火。不想叭叽了半天，烟不着，他用手摸摸火苗，火是凉的！这几个是鬼！外地人赶紧走，鬼在他身后哈哈大笑。小玉时常想起凉的火、鬼哈哈大笑。但是她并不汗毛直竖。这个鬼故事有一种很美的东西，叫她感动。

小玉的母亲死得早，她十四岁就支撑门户，打里打外，利利落落，凡事很有决断。

母亲是个绣花女工，小玉从小就学会绣花。手很巧，平针、“乱孱”、挑花、“纳锦”都会。绣帐檐、门帘、枕头顶，都成。她能出样子、配颜色，在县城里有些名气，“打子儿”、“七色晕”，她为甄家即将出阁的小姐绣的一对门帘飘带赢得很多人称赞。白缎地子，平金纳锦飞龙。难的是龙的眼睛，眼珠是桂圆核壳钉上去的。桂圆核壳剪破，打了眼，头发丝缝缀。桂圆核很不好剪，一剪就破，又要一般大，一样圆，剪坏了好多桂圆，才能选出四颗眼珠。白地、金龙、乌黑闪亮的龙眼睛，神气活现。

小陈三看王小玉的绣活，王小玉看小货郎的绒花。喝着老王头的土叶茶，说着话，雨停了，小陈的上衣也干了，小陈告辞。小玉送到门口：

“常来！”

“哎，来！”

小陈果然常来歇脚。他们说了很多话，还结伴到扬州辕门桥去过几次。小陈办货，小玉买彩绒丝线。

王小玉是个美人，长得就像王家亭子前才出水的一箭荷花骨朵，细皮嫩肉，一笑俩酒窝。但是你最好不要招惹她。她双眼一瞪，够你小子哆嗦一会子，她会拿绣花针给你身上留下一点记号。

都说王小玉和小陈三是天生的一对。

小玉对小陈是喜欢的，认为他本小利薄，但是是一个有志气、有出息的后生。小玉对她自己的，也是小陈三的前途有个“远景规划”。她叫小陈在南市口租一个门面，当中是店堂，两边设两个玻璃砖面的小柜台。一边卖她的绣活，小陈帮她接活，记账；一边还可以由小陈卖绒花丝线。小陈可以不必再挑货郎担——愿意挑也可以，只是一天磨鞋底子，太辛苦了。兢兢业业，做上几年，小日子会红火起来的。“斗升之家”还能指望什么呢？

对小玉的“蓝图”，小陈表示完全同意，只是：

“太委屈你了！”

“我愿意！”

有一个人不愿意。

谁？

小陈的妈。

小陈的父亲死得早，妈年轻守寡。她是个非常要强的女人。她眼睛有病，双眼有翳——白内障，见人只模模糊糊看见脸，眉眼分不太清，对面来人，听说话才知道是谁。就这样，她还一天不什闲，忙忙碌碌，家里收拾得“一水也似的”。儿子爱王小玉，她知道，因为儿子早在她耳朵跟前夸小玉，怎么好看，怎么能干，什么事都拿得起，放得下。老太太只是听着，不言语，转着灰白的眼珠子，好像想什么心事。

王小玉给孙家四小姐绣了一个幔帐。这孙四小姐是个很讲究的，欣赏品味很高的才女，衣着都别出心裁，不落俗套。她曾经让小玉绣过一“套”旗袍。一套三件。她一天三换衣，但是乍看看不出来。三件都绣的是白海棠，早起，海棠是骨朵；中午，海棠盛开了；晚上，海棠开败了。她要出嫁了，要小玉绣一个幔帐。她讨厌凤穿牡丹这样大红大绿的花样，叫小玉给她绣一幅“百蝶图”。她收藏了一套《滕王蛱蝶》大册页，叫小玉照着绣。

小玉花了一个月，绣得了，张挂在王家亭，请孙四小姐来验看。孙四小姐一进门，只说了一个字：“好！”王小玉绣的《百蝶图》轰动一城，来看的人很多。

小陈三的妈也来了。经过一个眼科名医金针拨治，她的眼睛好多了，已经能看清楚黄瓜茄子。她凑近去细看了《百蝶图》，越看越有气。

小陈跟老太太提出要把小玉娶过来，他妈瞪着浑浊的眼睛喊叫起来：

“不行！”

小玉太好看，太聪明，太能干，是个人尖子。她的家里，绝对不能有个人尖子。她不能接受，不能容忍！

她宁可要一个窝窝囊囊的平庸的儿媳。

来了一个人尖子，把她往哪儿搁？

“你要娶王小玉，除非等我死了！”

小陈三不明白母亲为什么生那么大的气。小陈是个孝子。“顺者为孝”。他只好听妈的，没有在家里吵嚷吼叫，日子过得还是平平静静的。但是小陈的妈知道，儿子和妈之间在感情上发生了很大的变化，她知道儿子对她有一种刻骨的怨恨。他一天不说话。他们的关系已经不是母亲和儿子，而是仇敌。

小陈的妈有时也觉得做了一件错事。她也想求儿子原谅她，但是，决不！她没有错！

她为什么有如此恶毒的感情，连她自己也莫名其妙。

一九九六年七月二十三日

侯银匠[1]

※

白果子树，开白花，
南面来了小亲家。
亲家亲家你请坐，
你家女儿不成个货。
叫你家女儿开开门，
指着大门骂门神。
叫你家女儿扫扫地，
拿着笤帚舞把戏。
……

侯银匠店是个不大点的小银匠店。从上到下，老板、工匠、伙计，就他一个人。他用一把灯草浸在油盏里，用一个弯头的吹管把银子烧软，然后用一个小锤子在一个钢模子或一个小铁砧上丁丁笃笃敲打一气，就敲出各种银首饰。麻花银镯、小孩子虎头帽上钉的银罗汉、系围裙的银链子、发蓝簪子、点翠簪子……侯银匠一天就这样丁丁笃笃地敲，戴着一副老花镜。

侯银匠店特别处是附带出租花轿。有人要租，三天前订好，到时候就由轿夫抬走。等新娘拜了堂，再把空轿抬回来。这顶花轿平

---

① 初刊时间及初刊处未详，初收于《矮纸集》。

常就停在屏门前的廊檐上，一进侯银匠家的门槛就看得见。银匠店出租花轿，不知是一个什么道理。

侯银匠中年丧妻，身边只有一个女儿。他这个女儿很能干。在别的同年的女孩子还只知道梳妆打扮，抓子儿、踢毽子的时候，她已经把家务全撑了起来。开门扫地、掸土抹桌、烧茶煮饭、浆洗缝补，事事都做得很精到。她小名叫菊子，上学之后学名叫侯菊。街坊四邻都很羡慕侯银匠有这么个好女儿。有的女孩子躲懒贪玩，妈妈就会骂一句："你看人家侯菊！"

一家有女百家求，头几年就不断有媒人来给侯菊提亲。侯银匠总是说："孩子还小，孩子还小！"千挑选万挑选，侯银匠看定了一家。这家姓陆，是开粮行的。弟兄三个，老大老二都已经娶了亲，说的是老三。侯银匠问菊子的意见，菊子说："爹作主！"侯银匠拿出一张小照片让菊子看，菊子噗嗤一声笑了。"笑什么？"——"这个人我认得！他是我们学校的老师，教过我英文。"从菊子的神态上，银匠知道女儿对这个女婿是中意的。

侯菊十六那年下了小定。陆家不断派媒人来催侯银匠早点把事办了。三天一催，五天一催。陆家老三倒不着急，着急的是老人。陆家的大儿媳妇、二儿媳妇进门后都没有生养，陆老头子想三媳妇早进陆家门，他好早一点抱孙子。三天一催，五天一催，侯菊有点不耐烦，说："总得给人家一点时间准备准备。"

侯银匠拿出一堆银首饰叫菊子自己挑。菊子连正眼都不看，说："我都不要！你那些银首饰都过了时。现在只有乡下人才戴银镯子。发蓝簪子、点翠簪子，我往哪儿戴，我又不梳纂！你那些银五事现在人都不知道是干什么用的！"侯银匠明白了，女儿是想要金的。他搜罗了一点金子给女儿打了一对秋叶形的耳坠、一条金链子、一个五钱重的戒指。侯菊说："不是我稀罕金东西。大嫂子、二嫂子家里都是有钱的，金首饰戴不完。我嫁过去，有个人来客往的，戴两件金的，也显得不过于寒碜。"侯银匠知道这也是给当爹做脸，于是加工细做，心里有点甜，又有点苦。

爹问菊子还要什么，菊子指指廊檐下的花轿，说："我要这顶花轿。"

"要这顶花轿？这是顶旧花轿，你要它干什么？"

"我看了看，骨架都还是好的。这是紫檀木的。我会把它变成一顶新的！"

侯菊动手改装花轿，买了大红缎子、各色丝绒，飞针走线，一天忙到晚。轿顶绣了丹凤朝阳，轿顶下一周圈鹅黄丝线流苏走水。"走水"这词儿想得真是美妙，轿子一抬起来，流苏随轿夫脚步轻轻地摆动起伏，真像是水在走。四边的帏子上绣的是八仙庆寿。最出色的是轿帘前的一对飘带，是"纳锦"的。"纳"的是两条金龙，金龙的眼珠是用桂圆核剪破了钉上去的（得好些桂圆才能挑得出四只眼睛），看起来乌黑闪亮。她又请爹打了两串小银铃，作为飘带的坠脚。轿子一动，银铃碎响。轿子完工，很多人都来看，连声称赞：菊子姑娘的手真巧，也想得好！

转过年来，春暖花开，侯菊就坐了这顶手制的花轿出门。临上轿时，菊子说了声："爹！您多保重！"鞭炮一响，老银匠的眼泪就下来了。

花轿没有再抬回来，侯菊把轿子留下了。这顶簇崭新的花轿就停在陆家的廊檐下。

侯菊有侯菊的打算。

大嫂、二嫂家里都有钱。大嫂子娘家有田有地，她的嫁妆是全堂红木，压箱底一张田契，这是她的陪嫁。二嫂子娘家是开糖坊的。侯菊有什么呢？她有这顶花轿。她把花轿出租。全城还有别家出租花轿，但都不如侯菊的花轿鲜亮，接亲的人家都愿意租侯菊的花轿。这样她每月都有进项。她把钱放在迎桌抽屉里。这是她的私房钱，她想怎么花就怎么花。她对新婚的丈夫说："以后你要买书，订杂志，要用钱，就从这抽屉里拿。"

陆家一天三顿饭都归侯菊管起来。大嫂子、二嫂子好吃懒做，饭摆上桌，拿碗盛了就吃，连洗菜剥葱、涮锅、刷碗都不管。陆家人多，众口难调。老大爱吃硬饭，老二爱吃软饭，公公婆婆爱吃烂饭。各人吃菜爱咸爱淡也都不同。侯菊竟能在一口锅里煮出三样饭，一个盘子里炒出不同味道的菜。

公公婆婆都喜欢三儿媳妇。婆婆把米柜的钥匙交给了她，公公连粮行账簿都交给了她，她实际上成了陆家的当家媳妇。她才十七岁。

侯银匠有时以为女儿还在身边。他的灯碗里油快干了，就大声喊："菊子！给我拿点油来！"及至无人应声，才一个人笑了："老了！糊涂了！"

女儿有时提了两瓶酒回来看看他，椅子还没有坐热就匆匆忙忙走了。侯银匠想让女儿回来住几天，他知道这办不到，陆家一天也离不开她。

侯银匠常常觉得对不起女儿，让她过早地懂事，过早地当家。她好比一树桃子，还没有开足了花，就结了果子。

女儿走了，侯银匠觉得他这个小银匠店大了许多，空了许多。他觉得有些孤独，有些凄凉。

侯银匠不会打牌，也不会下棋。他能喝一点酒，也不多。而且喝的是慢酒。两块从连万顺买来的茶干，二两酒，就够他消磨一晚上。侯银匠忽然想起两句唐诗，那是他錾在“一封书”样式的银簪子上的（他记得的唐诗本不多）。想起这两句诗，有点文不对题：

姑苏城外寒山寺，
夜半钟声到客船。

历史[1]

※

童阿杏是苏州乡下人。她的家里贴了很多张毛主席像。堂屋、卧房、灶披间，一张挨着一张，一点空隙没有。墙上都贴满了，就用纳鞋底的麻线在空中横一根、竖一根拉成天线，把主席像用曲别针别起来，好像“万国旗”似的。“早请示，晚汇报”，从不耽误。还给毛主席洗脸，用一方干净毛巾擦拭这些像。于是童阿杏被树成典型，出了名。到童阿杏家参观的人络绎不绝。报社、电视台的记者来采访，拍照、拍新闻纪录片，画家来画速写像……

童阿杏忙得团团转。除了接触各色人等，她还得抽出时间准备讲用稿。

童阿杏是学习毛主席著作的积极分子。她很会讲，讲学习毛主席著作的心得。从乡里讲到市里，又讲到省里，最后讲到北京。她的名气越来越大。她的讲稿摞在一起，大概会有半尺高。

但是童阿杏不识字。

——不识字她怎么会读毛著？

听的。广播里、电视里一天到晚讲毛选。

——她有讲稿，她怎么能写讲稿呢？

别人写的。

——别人写的她也认不下来呀！

---

① 初收于北师大版《汪曾祺全集》第二卷。

是画的。

——画的？

领导上给她配备了一个画家。她讲一个意思，画家就按照她的意思画了出来。她的讲稿上画的都是小人呀、小马呀、小河呀、小桥呀……

——具体的东西好画，抽象的概念怎么画呀？

我也不知道！

中国革命有中国的内容，中国的方式。“诉苦”是其一。

我在江西进贤参加土改。这个村子很穷，全村只有一户小地主，土地分散，不集中，土质不好，淤积很深，牛下了田，淤泥深及牛腹，亩产很低，是“冷水田”。因此农民对土地没有要求，对土改没有多大兴趣。他们感兴趣的只是分浮财，浮财也就是“绒线夹袄子”（毛衣）之类的不值钱的东西，还有阿斯匹灵之类的“洋药”。群众发动不起来。土改工作队很着急，把希望寄托在诉苦上。诉苦也不会诉，有的简直不知所云。有人诉得比较好，说起他们穷苦，是有内容的，语言也很生动。一个妇女诉道：她靠打柴维持生活，——打柴是打马尾松毛。一担松毛挑到集上，换不了一升米。多大的雨，也得去。雨水在竹扁担的槽里积得满满的，花花地往下流（当地扁担都是竹制，毛竹一剖为二，担起来青皮的一面朝下，槽面朝上，故能积水）。“雨水花花地流呀，也得去！”这个细节给我留下很深的印象。但是这跟阶级压迫、剥削好像没有多大关系。工作队一再启发，叫她说说她受的苦的根源，是谁造成她这样贫穷，她受的剥削压迫。

“剥削……压迫？”

“有没有谁压迫过你？”

“有！”

“什么人？”

“兔子！”

“兔子？”

“兔子！兔子好可恨呀！我在山坡上点种了豆子，兔子就把豆种翻出来吃了！种一次，吃一次！害得我颗粒无收！”

她对兔子控诉了半天，说：

“我诉完了。”

我在海拉尔听到一个区人民代表其其格的故事。她出身很苦，是个穷牧民，按成份应当说是奴隶。她非常能诉苦。她就是靠到处诉苦而当上人民代表的。她不会汉话。领导上派了一个青年作家给她当翻译。不过她的诉苦都是那一套。她诉苦有一个特点，上了讲坛，首先把靴子、袜子都脱了，露出光脚。她说：冬天，下大雪，她两只脚冷得不行，就把脚伸进牛粪里。她的十个脚趾都冻掉了……青年作家看她的脚趾，好好的！青年作家给她翻译了多次，实在忍不住了。有一次，当着很多听众，说：“你的脚趾好好的呀，一个也不缺！”人民代表说：“后来我就走呀，走呀，走呀……它就又长出来了。”

为什么要树童阿杏、其其格这样的典型？

这也是历史。

历史，有时是荒谬的。

河上[1]

※

在乡下住了这些日子，甚么都惯了。在先有些不便，就原谅这是乡下，将就着过去，住了些时，连这些不便都觉不到了，对于乡下的爱慕则未稍减一分，而且变得更固执，他不断在掘发一些更美丽的。

清晨真好，小小的风吹进鲜嫩的叶子里，在里面休息一下，又吹了出来，拂到人脸上，那么顽皮的，要想绷起脸，那简直是不可能，他把嘴唇这么舔了舔有点无可奈何的望着它们。

田埂上干干净净的，但两旁的草常常想伸头到另一边去看看，带了累累的露珠，脚一碰到，便纷纷的落下来，那么嫩，沾到鞋上不肯再离身，他的脚全湿了，但他毫不注意，还有意去撩拨撩拨。

“山外青山楼外楼”，

他笑了，不知是为了这声音，还是因为这声音所唱出的歌，还是低着头也照样用假嗓子接唱下句：

“情郎哥哥住在村后头。”

“哈哈，李大爹，好嗓子，教你儿媳妇听见不怕笑话吗？”

“城里人还唱这个呢。早，少爷，恁早，敢是？”

“一早上麻雀打架就醒了。下田？小秧子都绿得要滴了，今年年成好，该替你娶二媳妇了。”

---

① 初刊于一九四一年七月二十七日、二十九日昆明《中央日报》，署名“西门鱼”。

“我那二小子才十五哩，噢——，取笑取笑，嚇嚇，回见，少爷。昨晚上在秧池里又弄到两尾鲫鱼，过会儿跟你送来吧？”

“今儿我上城去一趟，你养在水缸里吧，晚上我自己来拿。你要点甚么我给带来，怎么样，还是酒我知道！”

“不敢领，不敢领，谢谢了。”

他回头看看，老头子笑着走了，还拾起一块石头往河里一丢，又撮起嘴吹起嘹亮的哨子，逗那歇在柳梢上逞能的画眉。

“老东西，你当心跌进河里去，水凉着哪。”

“你！”

他放过老头子，在老头子笑着回头时转了湾。

…………

“是甚么时候来的现在连那个瘫子王八都认识我了。要不是医生说我神经衰弱我怎么会来呢，这一住真不知到甚么时候才回去，我现在才知道乡下人为甚么那么看重他们的家。可是他们还一直叫我城里人，城里人城里人！”

“蛇，蛇，蛇，一条大土谷蛇！”

他猛地嚇了一跳但很快的辨出这是谁的声音，便不怕了。

“你才是蛇，蛇会变个好看的女人迷人，三儿。”

“城里人怕蛇，喝喝，……”

三儿不理他，跳蹦着家去了。

迎出来的是王大妈。

“早，少爷，我们马上就要下田了。早饭这就好了，吃了跟我们一块车水去。”

“谁跟他踩，笨手笨脚的，乡下生活他甚么也干不好，就学会了唱歌！”

三儿在里面摆着碗筷，大着声音说。

“不给你们去了，白做了一天，工钱也不给，还硬逼人吃豆油炒鸡蛋！王大妈，我今儿要上城去一趟呢。”

早饭摆在桌上，两碗烫饭，一碗清汤蛋。三儿一听他说完那句话，便把鸡蛋抢过来吃。

“不吃蛋，我吃！”

“这死丫头，看噎住了。”

“王大妈，你藏着这么个大姑娘在家里，家神灶神都不得安宁。也不怕人恨你。”

王大妈笑着坐下了，她心里脸上有许多话。

“王大妈，我上城去，问你借两样东西，你把那条双舞剑借给我——”

“不借，不借，船是妈的，妈是我的，我不借！”

“不借，我划了就走。”

“我叫乡长拿你。”

“乡长替你做媒呢。”

“呸！”三儿摔了筷子进她自己的房里去了。妈的早饭还没吃完，她又出来。

“妈，我先下田去了。”

“下田干吗要换身新衣裳，嗨。”

不理，一溜烟走了。

王大妈到屋后湾头找船，船不在了，岸上还有新渍的水。

“死丫头，把船划到哪儿去了。三儿——三——儿——”

"三儿。"

转过村头，三儿在哩，一个人，把船摇在河中央，自由自在一身轻，头也不扭，只当甚么也没听见。

"我要到越娃沟去采野蔷薇去，不等到船上装不下时不回来！"

"三儿！再不划回来妈要生气了。"

三儿知道妈不会生气，如果妈会生气，三儿就不会把船划了走。

岸上人互相笑笑。

他一直由河岸上赶着，赶到快到越娃沟，才找个地方跳上了船。三儿托地把桨往下一搁，坐到船头上去了。他拾起荡在船尾的两支桨，噙着笑划起来。船渐渐平稳的前进了。

两岸的柳树交拱着，在疏稀的地方漏出蓝天，都一桨一桨落到船后去了。野花的香气烟一样的飘过来飘过去，像烟一样的飞升，又沉入草里，溶进水里。水里有长长的发藻，不时缠住桨叶，轻轻一抖又散开了。

"三儿，你再不理我，我要跳河了。"

"跳河，跳河，你跳河我就理你。"

他真的跳了。

三儿惊了一下，但记起他游水游得很好，便又安安稳稳的坐着。本来也并未生甚么气，不过略有点不高兴，像小小的雾一样，教风一吹早没有了，可是经他一说出生气，倒真不能不生气了。她装得不理他。他知道女孩子在这些事情上不必守信用。

她本想坐到后稍来划桨，但觉得船仍旧行着，知道有人在水里推着呢，于是又不动身。

水轻轻的向东流，可是靠边的地方有一小股却被激得向西流，乡下人说那是“回溜”。三儿想着一些好笑的事情，她知道自己笑了。一些歌泛在她的心上，不自觉的，她竟轻轻的唱出声了。

“三儿，让我上船吧，你唱得那么低，不靠近你的嘴简直就听不见。我浑身都湿透了，再不上来到城都晒不干。”

“我唱了么，我唱了么？不许上来，上来我拿桨打你。”

她不免回头看看，他已经爬上船舷了，船身侧了过来。赶紧到后面来抵住他。

小船很调皮的翻了，两个人都落在水里。

再把船翻正了，谁也不上船。

在水里的人就忘了水上面的事情，三儿咬着嘴唇笑了。

“你看！”

“你看！”

“我们到那边草滩上把衣服晒干了再走吧。”

“你把船拴在草窝里人家认得那是我家的船。”

滩上的草长得齐齐的，脚踏下去惊起几只虮蚱，格格的飞了，露出绿翅里红的颜色。

衣裳都贴在身上了，三儿很着恼地用手挤出衣上的水，又抹平了。

“不行，你背过脸去，不许看我。”

“好。”

他折下一根蟋蟀草，把根儿咬在嘴里，有点甜，他知道嚼到完全绿的地方便有点苦，但是不嚼到那儿。一根一根的换着嚼，只嚼白里带红的地方。

“喂，你在那儿干甚么？”

“我在吃草。”

“吃草，哈，你有甚么病，大概是吃草吃出来的，那么粗的胳臂，夹得人直叫妈，脸也晒得跟乡下人一般黑，舞起锄头来比谁也不弱，还成天唱不长进的歌，你，你有病！”

“我本来没有甚么病。可是在乡下住了这些时倒真害上一些病，三儿，你不信摸摸我的胸脯，我的心跳得厉害呢。喝，一条大鱼，好大一个水花儿。”

“不早了罢，锣鼓声都找不到了，是午饭时候了。你饿不饿？我不饿。”

“我也不饿，因为你不饿。三儿，你说我这回上城干甚么，我几乎有点厌恶城里，既然？”

“我哪知道！”

“你知道！”

“你，哼，你是去看有没有信，那个人的！”

“谁的？”

“那个相信你那些傻话和谎话的人的！”

“谁？”

“谁！谁！谁！那个挂在你桌子前面的那个大照片的人的。”

“随你说罢！”

三儿看他那平板板的脸像腌过一般，忍不住笑了，她的身子随转过的头转过来，用手指往他鼻子上一戳。又笑了。

“衣服都快干了，那一点湿也不要紧了。五月的太阳真够厉害的，上船罢，一会儿叉蛤蟆的该来了。再迟就赶不到城了，还有一半路呢。”

两个人都坐向船尾。互相望了望，坐在左边的用左手划右边的桨，坐在右边的用右手划左边的桨。桨的快慢随着大家呼吸的快慢。一路上非常安稳平静除了谁的头发拂上谁的脸，谁瞪一瞪眼，用自己的身体推一推别人的身体。推不开别人，却推近了自己。

他们互相量着自己和旁人凸出的胸部的起伏也量着自己的。

绿柳，蓝天，锣鼓，歌声，风，云，船，桨，都知趣的让人忽视他们的存在。

嚇，城楼的影子展开了，青色。平凡又微丑的。

“三儿，到我家，我掐许多花给你。现在能开的花我家的园里都有。”

“我不要，你家那条大黄狗也看不起乡下人我不去。小姐们会说我要是换上旗袍多好，我不愿而且你家里知道你成天跟我们乡下女孩儿玩，一定要骂你，他们会马上要你搬回去。啊，到码头了，你到前面去插上船桩。我的脸红不红？”

“不，不要插上船桩，划回去，我不要回家了。”

“唔？”

“你等等，我跳上去买一点吃的来。”

“唔？”

码头上有各色的颜面与计谋，有各种声音与手势，城里的阴沟汇集起来，成了不小的数股流入河里。一会儿是屠宰户的灰红色，一会是染布坊的紫色，还有许多夹杂物，这么源远深长的流着使其出口处不断堆积起白色的泡沫。三儿看着想这些污水会渐渐带到乡下去的，是的会带去……

“这是甜瓜，这不是你喜欢的牛角酥么？你划船，我替你剥去瓜子，剥了瓜皮。三儿，你看月亮已经上来。浮萍上有萤火虫在住家了。”

小船刺破了流银的梦。

“三儿，我将永远不回城里。”

“永远住在乡下。妈会煮了新剥的茆豆等我们，还有茄子，还有虾，还有豆油炒鸡蛋哈哈。”

纳凉的扇子下有安逸。

拴上船，三儿奔向妈的怀里。

“三儿，你的新衣裳怎么皱成这样子？”

“李老爹来过一趟，送来两条鲫鱼我给你们清炖了。”

“哦酒忘了。……”

“王大妈，我明儿不再教三儿认字了。认了字要变坏的，变得和城里女人一样坏。她已经会逼人，逼得人差点儿想哭——啊，你看柳条，拖在水里，直扫得浮萍们不得安身呢。”

七月二十日

羊舍一夕[1]

——又名：四个孩子和一个夜晚

※

一、夜晚

火车过来了。

“216！往北京的上行车。”老九说。

于是他们放下手里的工作，一起听火车。老九和小吕都好像看见：先是一个雪亮的大灯，亮得叫人眼睛发胀。大灯好像在拼命地往外冒光，而且冒着汽，嗤嗤地响。乌黑的铁，锃黄的铜。然后是绿色的车身，排山倒海地冲过来。车窗蜜黄色的灯光连续地映在果园东边的树墙子上，一方块，一方块，川流不息地追赶着……每回看到灯光那样猛烈地从树墙子上刮过去，你总觉得会刮下满地枝叶来似的。可是火车一过，还是那样：树墙子显得格外的安详，格外的绿。真怪。

这些，老九和小吕都太熟悉了。夏天，他们睡得晚，老是到路口去看火车。可现在是冬天了。那么，现在是什么样子呢？小吕想象，灯光一定会从树墙子的枝叶空隙处漏进来，落到果园的地面上来吧。可能！他想象着那灯光映在大梨树地间的葱畦里，照着一地的大葱蓬松的，干的，发白的叶子……

① 初刊于《人民文学》一九六二年六月号，初收于《羊舍的夜晚》，改题《羊舍的夜晚》，此据《汪曾祺短篇小说选》所收作者修改本排印。

车轮的声音逐渐模糊成为一片，像刮过一阵大风一样，过去了。

“十点四十七。”老九说。老九在附近山头上放了好几年羊了，他知道每一趟火车的时刻。

留孩说：“贵甲哥怎么还不回来？”

老九说：“他又排戏去了，一定回来得晚。”

小吕说：“这是什么奶哥！奶弟来了也不陪着，昨天是找羊，今天又去排戏！”

留孩说：“没关系，以后我们就常在一起了。”

老九说：“咱们烧山药吃，一边说话，一边等他。小吕，不是还有一包高山顶[①]吗？坐上！外屋缸里还有没有水？”

“有！”

于是三个人一起动手：小吕拿沙锅舀了多半锅水，抓起一把高山顶来撮在里面。这是老九放羊时摘来的。老九从麻袋里掏山药——他们在山坡上自己种的。留孩把炉子通了通，又加了点煤。

屋里一顺排了五张木床，联成一个大炕。一张是张士林的，他到狼山给场里去买果树苗子去了。隔壁还有一间小屋，锅灶俱全，是老羊倌住的。老羊倌请了假，看他的孙子去了。今天这里只剩下四个孩子：他们三个，和那个正在排戏的。

屋里有一盏自造的煤油灯——老九用墨水瓶子改造的，一个炉子。外边还有一间空屋，是个农具仓库，放着硫铵、石灰、DDT、

① 一种野生植物，可以当茶喝。

铁桶、木叉、喷雾器……外屋门插着。门外，右边是羊圈，里边卧着四百只羊；前边是果园，什么都没有了，只剩下一点葱，还有一堆没有窖好的蔓菁。现在什么也看不见，外边是无边的昏黑。方圆左近，就只有这个半山坡上有一点点亮光。夜，正在深浓起来。

二、小吕

小吕是果园的小工。这孩子长得清清秀秀的。原在本堡念小学。念到六年级了，忽然跟他爹说不想念了，要到农场做活去。他爹想：农场里能学技术，也能学文化，就同意了。后来才知道，他还有个心思。他有个哥哥，在念高中，还有个妹妹，也在上学。他爹在一个医院里当炊事员。他见他爹张罗着给他们交费，买书，有时要去跟工会借钱，他就决定了：我去做活，这样就是两个人养活五个人，我哥能够念多高就让他念多高。

这样，他就到农场里来做活了。他用一个牙刷把子，截断了，一头磨平，刻了一个小手章：吕志国。每回领了工资，除了伙食、零用（买个学习本，配两节电池……），全部交给他爹。有一次，不知怎么弄的（其实是因为他从场里给家里买了不少东西：菜，果子），拿回去的只有一块五毛钱。他爹接过来，笑笑说：

“这就是两个人养活五个人吗？”

吕志国的脸红了。他知道他偶然跟同志们说过的话传到他爹那里去了。他爹并不是责怪他，这句嘲笑的话里含着疼爱。他爹想：困难是有一点的，哪里就过不去呢？这孩子！究竟走怎样一条路好：继续上学？还是让他在这个农场里长大起来？

小吕已经在农场里长大起来了。在菜园干了半年，后来调到果园，也都半年了。

在菜园里，他干得不坏，组长说他学得很快，就是有点贪玩。调他来果园时，征求过他本人的意见，他像一个成年的大工一样，很爽快地说："行！在哪里干活还不是一样。"乍一到果园时，他什么都不摸头，不大插得上手，有点别扭。但没过多久，他就发现，原来果园对他说来是个更合适的地方。果园里有许多活，大工来做有点窝工，一般女工又做不了，正需要一个伶俐的小工。登上高凳，爬上树顶，绑老架的葡萄条，果树摘心，套纸袋，捉金龟子，用一个小铁丝钩疏虫果，接了长长的竿子喷射天蓝色的波尔多液……在明丽的阳光和葱茏的绿叶当中做这些事，既是严肃的工作，又是轻松的游戏，既"起了作用"，又很好玩，实在叫人快乐。这样的活，对于一个十四岁的孩子，不论在身体上、情绪上，都非常相投。

小吕很快就对果园的角角落落都熟悉了。他知道所有果木品种的名字：金冠、黄奎、元帅、国光、红玉、祝；烟台梨、明月、二十世纪；蜜肠、日面红、秋梨、鸭梨、木头梨；白香蕉、柔丁香、老虎眼、大粒白、秋紫、金铃、玫瑰香、沙巴尔、黑汗、巴勒斯坦、白拿破仑……而且准确地知道每一棵果树的位置。有时组长给一个调来不久的工人布置一件工作，一下子不容易说清那地方，小吕在旁边，就说："去！小吕，你带他去，告诉他！"小吕有一件大红的球衣，干活时他喜欢把外面的衣裳脱去，于是，在果园里就经常看见通红的一团，轻快地、兴冲冲地弹跳出没于高高低低、深深浅浅的丛绿之中，惹得过路的人看了，眼睛里也不由得漾出笑意，觉得天色也明朗，风吹得也舒服。

小吕这就真算是果园的人了。他一回家就是说他的果园。他娘、他妹妹都知道，果园有了多少年了，有多少棵树，单葡萄就有八十多种，好多都是外国来的。葡萄还给毛主席送去过。有个大干部要路过这里，毛主席跟他说：“你要过沙岭子，那里葡萄很好啊！”毛主席都知道的。果园里有些什么人，她们也都清清楚楚的了，大老张、二老张、大老刘、陈素花、恽美兰……还有个张士林！连这些人的家里的情形，他们有什么能耐，她们也都明明白白。连他爹对果园熟悉得也不下于他所在的医院了。他爹还特为上农场来看过他儿子常常叨念的那个年轻人张士林。他哥放暑假回来，第二天，他就拉他哥爬到孤山顶上去，指给他哥看：

“你看，你看！我们的果园多好看！一行一行的果树，一架一架的葡萄，整整齐齐，那么大一片，就跟画报上的一样，电影上的一样！”

小吕原来在家里住。七月，果子大起来了，需要有人下夜护秋。组长照例开个会，征求大家的意见。小吕说，他愿意搬来住。一来夏天到秋天是果园最好的时候。满树满挂的果子，都着了色，发出香气，弄得果园的空气都是甜甜的，闻着都醉人。这时节小吕总是那么兴奋，话也多，说话的声音也大，好像家里在办喜事似的。二来是，下夜，睡在窝棚里，铺着稻草，星星，又大又蓝的天，野兔子窜来窜去，鸹鸹悠[①]叫，还可能有狼！这非常有趣。张士林曾经笑他：“这小子，浪漫主义！”还有，搬过来，他可以和张

① 鸹鸹悠即猫头鹰。

士林在一起，日夜都在一起。

他很佩服张士林。曾经特为去照了一张相，送给张士林，在背面写道："给敬爱的士林同志！"他用的字眼是充满真实的意思的。他佩服张士林那么年轻，才十九岁，就对果树懂得那么多。不论是修剪，是嫁接，都拿得起来，而且能讲一套。有一次林业学校的学生来参观，由他领着给他们讲，讲得那些学生一愣一愣的，不停地拿笔记本子记。领队的教员后来问张士林："同志，你在什么学校学习过？"张士林说："我上过高小。我们家世代都是果农，我是在果树林里长大的。"他佩服张士林说玩就玩，说看书就看书，看那么厚的，比一块城砖还厚的《果树栽培学各论》。佩服张士林能文能武，正跟场里的技术员合作搞试验，培养葡萄抗寒品种，每天拿个讲义夹子记载。佩服张士林能"代表"场里出去办事。采花粉呀，交换苗木呀……每逢张士林从场长办公室拿了介绍信，背上他的挎包，由宿舍走到火车站去，他就在心里非常羡慕。他说张士林是去当"大使"去了。小张一回来，他看见了，总是连蹦带跳地跑到路口去，一面接过小张的挎包，一面说："嗬！大使回来了！"

他愿意自己也像一个真正的果园技工。可是自己觉得不像。缺少两样东西：一样是树剪子。这里凡是固定在果园做活的，每人都有一把树剪子，装在皮套子里，挎在裤腰带后面，远看像支伯朗宁手枪。他多希望也有一把呀，走出走进——赫！可是他没有。他也有使树剪子的时候。大的手术他不敢动，比如矫正树形，把一个茶杯口粗细的枝丫截掉，他没有那么大的胆子。像是丁个头什么的，这他可不含糊，拿起剪子叭叭地剪。只是他并不老使树剪子，因此没有他专用的，要用就到小仓库架子上去拿“官中”剪子。这不带劲！“官中”的玩意儿总是那么没味道，而且，当然总是，不那么好使。净“塞牙”，不快，费那么大劲，还剪不断。看起来倒像是你不会使剪子似的！气人。

组长大老张见小吕剪两下看看他那剪子，剪两下看看他那剪子，心里发笑。有一天，从他的锁着的柜子里拿出一把全新的苏式树剪，叫：“小吕！过来！这把剪子交给你，由你自己使：钝了自己磨，坏了自己修，绷簧掉了——跟公家领，可别老把绷簧搞丢了。小人小马小刀枪，正合适！”周围的人都笑了：因为这把剪子特别轻巧，特别小。小吕这可高了兴了，十分得意地说：“做啥像啥，卖啥吆喝啥嘛！”这算了了一桩心事。

自从有了这把剪子，他真是一日三摩挲。除了晚上脱衣服上床才解下来，一天不离身。没事就把剪子拆开来，用砂纸打磨得锃亮，拿在手里都是精滑的。

今天晚上没事，他又打磨他的剪子了，在216次火车过去以前，一直在细细地磨。磨完了，涂上一层凡士林，用一块布包起来——明年再用。葡萄条已经铰完，今年不再有使剪子的活了。

另外一样，是嫁接刀。他想明年自己就先练习削树码子，练得熟熟的，像大老刘一样！也不用公家的刀，自己买。用惯了，趁手。他合计好了：把那把双箭牌塑料把的小刀卖去，已经说好了，猪倌小白要。打一个八折。原价一块六，六八四十八，八得八，一块二毛八。再贴一块钱，就可以买一把上等的角柄嫁接刀！他准备明天就去托黄技师，黄技师两三天就要上北京。

三、老九

老九用四根油浸过的细皮条编一条一根葱的鞭子。这是一种很难的编法，四股皮条，这么绕来绕去的，一走神，就错了花，就拧成麻花要子了。老九就这么聚精会神地绕着，一面舔着他的舌头。绕一下，把舌头用力向嘴唇外边舔一下，绕一下，舔一下。有时忽然“唔”的一声，那就是绕错了花了，于是拆掉重来。他的确是用的劲儿不小，一根鞭子，道道花一般紧，地道活计！编完了，从墙上把那根旧鞭子取下来，拆掉皮鞘，把新鞭鞘结在那个楸子木刨出来的又重又硬又光滑的鞭杆子上，还挂在原来的地方。

可是这根鞭子他自己是用不成了。

老九算是这个场子里的世袭工人。他爹在场里赶大车，又是个扶耧的好手。他穿着开裆裤的时候，就在场里到处乱钻。使砖头砸杏儿、摘果子、偷萝卜、刨甜菜，都有他。稍大一点，能做点事了，就什么也做，放鸭子，喂小牛，搓玉米，锄豆埂……最近三年正式固定在羊舍，当“羊伴子”——小羊倌。老九是土生土长（小吕家是从外地搬来的），这一带地方，不论是哪个山豁豁，渠坳坳，他都去过，用他自己的说法是“尿尿都尿遍了”。这一带的人，不问老少男女，也无不知道有个秦老九。每天早起，日头上来，露水稍干的时候，只要听见：

蓝蓝的天上白云飘，
白云下边马儿跑……

就知是老九来了。——这孩子，生了一副上低音的宽嗓子！他每天把羊从圈里放出来，上了路，走在羊群前面，一定是唱这一支歌。一挥鞭子：

挥动鞭儿响四方——
百鸟齐飞翔……

矮粗矮粗的个子，方头大脸，黑眉毛大眼睛，大嘴，大脚。老九这双鞋也是奇怪，实纳帮，厚布底，满底钉了扁头铁钉，还特别大，走起来忒楞忒楞地响。一摇一晃的，来了！后面是四百只白花花的，挨挨挤挤，颤颤游游的羊，无数的小蹄子踏在地上，走过去像下了一阵暴雨。

老九发育得快，看样子比小吕魁伟壮实得多，像个小大人了。可是，有一次，他拿了家里的碗去食堂买饭，那碗可跟食堂的碗一样，恰好食堂里这两天丢了几个碗，管理员看见了，就说是食堂的，并且大声宣告“秦老九偷了食堂的碗！”老九把脸涨得通红，一句话说不出，忽然嚎叫起来：

“我×你妈！”

一面毫不克制地咧开大嘴哇哇地哭起来，使得一食堂的人都喝吼起来：

“嗨嘻，不兴骂人！”

“有话慢慢说，别哭！”

老九要是到了一个新地方，在一个新单位，做了真正的“工人”，若是又受了点委屈，觉得自尊心受了损伤，还会这样哭，这样破口骂人么？

老九真的要走了，要去当炼钢工人去了。他有个舅舅，在第二炼钢厂当工人，早就设法让老九进厂去学徒，他爹也愿意。有人问老九：

“老九，你咋啦，你不放羊了么？”

这叫老九很难回答。谁都知道炼钢好，光荣，工人阶级是老大哥。但是放羊呢？他就说：

“我爹不愿意我放羊，他说放羊不好。”

他也竭力想同意他爹的看法，说：

“放羊不好，把人都放懒了，啥也不会！”

其实他心里一点也不同意！如果这话要是别人说的，他会第一个起来大声反驳：“你瞎说！你凭什么！”

放羊？嘿——

每天早起，打开羊圈门，把羊放出来。挥着鞭子，打着唿哨，嘴里“嗄！嗄！”地喝唤着，赶着羊上了路。按照老羊倌的嘱咐，上哪一座山。到了坡上，把羊打开，一放一个满天星——都匀匀地撒开；或者凤凰单展翅——顺着山坡，斜斜地上去，走成一溜。羊安安驯驯地吃开草，就不用操什么心了。羊群缓缓地往前推移，远看，像一片云彩在坡上流动。天也蓝，山也绿，洋河的水在树林子后面白亮白亮的。农场的房屋、果树，都看得清清楚楚。一列一列的火车过来过去，看起来又精巧又灵活，简直不像是那么大的玩意。真好呀，你觉得心都轻飘飘的。

“放羊不是艺，笨工子下不地！[①]”不会放羊的，打都打不开。

① “笨工子”是外行。“下不地”是说应付不了。

羊老是恋成一疙瘩，挤成一堆，走不成阵势，吃不好草。老九刚放羊时，也是这样。老九蹦过来，追过去，累得满头大汗，心里急得咚咚地跳，还是弄不好！有一次，老羊倌病了，就他跟丁贵甲两个人上山，丁贵甲也还没什么经验，竟至弄得羊散了群，几乎下不了山。现在，老羊倌根本不怎么上山了，他俩也满对付得了这四百只羊了。问老九："放羊是咋放法？"他也说不出，但是他会告诉你老羊倌说过的：看羊群一走，就知道这羊倌放了几年羊了。

放羊的能吃到好东西。山上有野兔子，一个有六七斤重。有石鸡子，有半鸩子。石鸡子跟小野鸡似的，一个准有十两肉。半鸩子一个准是半斤。你听："呱格丹，呱格丹！呱格丹！"那是母石鸡子唤她汉子了。你不要忙，等着，不大一会，就听见对面山上"呱呱呱呱呱呱……"，你轻手轻脚地去，一捉就是一对。山上还有鸬鸬，就是野鸽子。"天鹅、地鹊，鸽子肉、黄鼠"，这是上讲究的。鸬鸬肉比鸽子还好吃。黄鼠也有，不过滩里更多。放羊的吃肉，只有一种办法：和点泥，把打住的野物糊起来，拾一把柴架起火来，烧熟。真香！山上有酸枣，有榛子，有橹林，有红姑蔫，有酸溜溜，有梭瓜瓜，有各色各样的野果。大北滩有一片大桑树林子，夏天结了满树的大桑椹，也没有人去采，落在地下，把地皮都染紫了。每回放羊回来经过，一定是"饱餐一顿"，吃得嘴唇、牙齿、舌头，都是紫的，真过瘾！……

放羊苦么？

咋不苦！最苦是夏天。羊一年上不上膘，全看夏天吃草吃得好不好。夏天放羊，又全靠晌午。"打柴一日，放羊一晌"。早起的露水草，羊吃了不好。要上膘，要不得病，就得吃太阳晒过的蔫筋草。可是这时正是最热的时候。不好找个荫凉地方躲着么？不行啊！你怕热，羊也怕热哩。它不给你好好地吃！它也躲荫凉。你看：都把头埋下来，挤成一疙瘩，净想躲在别的羊的影子里，往别个的肚子底下钻。这你就得不停地打。打散了，它就吃草了。可是打散了，一会会，它又挤到一块去！打散了，一会会，它又挤到一块去了。你想休息？甭想。一夏天这么大太阳晒着，烧得你嘴唇、上颚都是烂的！

真渴呀。这会，农场里给预备了行军壶，自然是好了。若是在旧社会，给地主家放羊，他不给你带水。给你一袋炒面，你就上山吧！你一个人，又不敢走远了去弄水，狼把羊吃了怎办？渴急了，就只好自己喝自己的尿。这在放羊的不是稀罕事。老羊倌就喝过，丁贵甲小时当小羊伴子，也喝过，老九没喝过。不过他知道这些事。就是有行军壶，你也不敢多喝。若是敞开来，由着性儿喝，好家伙，那得多少水？只好抿一点儿，抿一点儿，叫嗓子眼潮润一下就行。

好天还好说，就怕刮风下雨。刮风下雨也好说，就怕下雹子。老九就遇上过。有一回，在马脊梁山，遇了一场大雹子！下了足有二十分钟，足有鸡蛋大。砸得一群羊惊惶失措，满山乱跑，咩咩地叫成一片。砸坏了二三十只，跛了腿，起不来了。后来是老羊倌、丁贵甲和老九一趟一趟地抱回来的。吓得老九那天沉不住了，脸上一阵白，一阵紫，他觉得透不出气来。不是老羊倌把他那个竹皮大斗笠给他盖住，又给他喝了几口他带在身上的白酒，说不定就回不来啦。

但是这些，从来也没有使老九告过孬，发过怵。他现在回想起来倒都觉得很痛快，很甜蜜，很幸福。他甚至觉得遇上那场雹子是运气。这使他觉得生活丰富、充实，使他觉得自己能够算得上是一个有资格，有经验的羊倌了，是个见识过的，干过一点事情的人了，不再是只知道要窝窝吃的毛孩子了。这些，苦热、苦渴、风雨、冰雹，将和那些蓝天、白云、绿山、白羊、石鸡、野兔、酸枣、桑椹互相融和调合起来，变成一幅浓郁鲜明的图画，永远记述着秦老九的十五岁的少年的光阴，日后使他在不同的环境中还会常常回想。他从这里得到多少有用的生活的技能和知识，受了多好的陶冶和锻炼啊。这些，在他将来炼钢的时候，或者履行着别样的职务时，都还会在他的血液里涌洑，给予他持续的力量。

但是他的情绪日渐向往于炼钢了。他在电影里，在招贴画上，看过不少炼钢的工人，他的关于炼钢的知识和印象也就限于这些。他不止一次设想自己下一个阶段的样子——一个炼钢工人：戴一顶大八角鸭舌帽，帽舌下有一副蓝颜色的像两扇小窗户一样的眼镜，穿着水龙布的工作服——他不知那是什么布，只觉得很厚，很粗，场子里有水泵，水泵上用的管子也是用布做的，也很厚，很粗，他以为工作服就是那种布——戴了很大很大的手套，拿着一个很长的后面有个大圈的铁家伙……没人的时候，他站在床上，拿着小吕护秋用的标枪，比划着，比划着。他觉得前面，偏左一点，是炼钢的炉子，轰隆轰隆的熊熊的大火。他觉得火光灼着他的眼睛，甚至感觉得到他左边的额头和脸颊上明明有火的热度。他的眼睛眯细起来，眯细起来……他出神地体验着，半天，半天，一动也不动。果园的大老张一头闯进来，看见老九脸上的古怪表情（姿势赶快就改了，标枪也撂了，可是脸上没有来得及变样——他这么眯细着太久了，肌肉一下子也变不过来），忍不住问："老九，你在干啥呢?

你是怎么啦？”

今天晚上，老九可是专心致意地打了一晚上鞭子。你已经要去炼钢了，还编什么鞭子呢？

一来是习惯。他不还没有走吗？他明天把行李搬回去，叫他娘拆洗拆洗，三天后才动身呢。那么，既在这里，总要找点事做。这根鞭子早就想到要编了。编起来，他不用，总有人用。何况，他本来已经想好，在编着的时候又更确实地重复了一遍他的决定：这根鞭子送给留孩，明天走的时候送给他。

四、留孩和丁贵甲

留孩和丁贵甲是奶兄弟。这一带风俗，对奶亲看得很重。结婚时先给奶爹奶母磕头；奶爹奶母死了，像给自己的爹妈一样的戴孝。奶兄弟，奶姊妹，比姨姑兄弟姊妹都亲。丁贵甲的亲娘还没有出月子就死了，丁贵甲从小在留孩娘跟前寄奶。后来丁贵甲的爹得了腰疼病，终于也死了。他在给人家当小羊伴子以前，一直就在留孩家长大。丁贵甲有时请假说回家看看，就指的是留孩的家。除此之外，他的家便是这个场了。

留孩一年也短不了来看他奶哥。过去大都是他爹带他来，这回是他自己来的——他爹在生产队里事忙，三五天内分不开身；而且他这回来和往回不同：他是来谈工作的。他要来顶老九的手。留孩早就想过这个场里来工作。他奶哥也早跟场领导提了。这回谈妥了，老九一走，留孩就搬过来住。

留孩，你为什么想到场子里来呢？这儿有你奶哥；还有？——

“这里好。”这里怎么好？——“说不上来。”

…………

这里有火车。

这里有电影，两个星期就放映一回，常演打仗片子，捉特务。

这里有很多小人书。图书馆里有一大柜子。

这里有很多机器。播种机、收割机、脱粒机……张牙舞爪，排成一大片。

这里庄稼都长得整齐。先用个大三齿耙似的家伙在地里划出线，长出来，笔直。

这里有花生、芝麻、红白薯……这一带都没有种过，也长得挺好。

有果园，有菜园。

有玻璃房子，好几排，亮堂堂的，冬天也结西红柿，结黄瓜。黄瓜那么绿，西红柿那么红，跟上了颜色一样。

有很多鸡，都一色是白的；有很多鸭，也一色是白的。风一吹，白毛儿忒勒勒飘翻起来，真好看。有很多很多猪，都是短嘴头子，大腮帮子，巴克夏，约克夏。这里还有养鱼池，看得见一条一条的鱼在水里游……

这里还有羊。这里的羊也不一样。留孩第一次来，一眼就看到：这里的羊都长了个狗尾巴。不是像那样扁不塌塌的沉甸甸颤巍巍的坠着，遮住屁股蛋子，而是很细很长的一条，当郎着。他先初以为这不像样子，怪寒碜的。后来当然知道，这不是本地羊，是本地羊和高加索绵羊的杂交种。这种羊，一把都抓不透的毛子，做一件皮袄，三九天你尽管躺到洋河冰上去睡觉吧！既是这样，那么尾巴长得不大体面，也就可以原谅了。

那两头“高加索”，好家伙，比毛驴还大。那么大个脑袋（老羊倌说一个脑袋有十三斤肉），两盘大角，不知绕了多少圈，最后还旋扭着向两边支出来。脖子下的皮皱成数不清的折子，鼓鼓囊囊的，像围了一个大花领子。老是慢吞吞地，稳稳重重地在草地上踱着步。时不时地，停下来，斜着眼，这边看看，那边看看，样子很威严，很尊贵。留孩觉得它很像张士林的一本游记书上画的盛装的非洲老酋长。老九叫他骑一骑。留孩说：“羊嘛，咋骑得！”老九说：“行！”留孩当真骑上去，不想它立刻围着羊舍的场子开起小跑来，步子又匀，身子又稳！原来这两只羊已经叫老九训练得很善于做本来是驴应做的事了。

留孩，你过两天就是这个场子里的一个农业工人了。就要每天和这两个老酋长，还有那四百只狗尾巴的羊作伴了，你觉得怎么样，好呢还是不好？——“好。”

场子里老一点的工人都还记得丁贵甲刚来的时候的样子。又干又瘦，披了件丁令当郎的老羊皮，一卷行李还没个枕头粗。问他多大了，说是十二，谁也不相信。待问过他属什么，算一算，却又不错。不论什么时候，都是那么寒簌簌的；见了人，总是那么怯生生的。有的工人家属见他走过，私下担心：这孩子怕活不出来。场子里支部书记有一天远远地看了他半天，说，这孩子怎么的呢，别是有病吧，送医院里检查检查吧。一检查：是肺结核。在医院整整住了一年，好了，人也好像变了一个。接着，这小子，好像遭了掐脖旱的小苗子，一朝得着足量的肥水，嗖嗖地飞长起来，三四年工夫，长成了一个肩阔胸高腰细腿长的，非常匀称挺拔的小伙子。一身肌肉，晒得紫黑紫黑的。照一个当饲养员的王全老汉的说法：像个小马驹子。

这马驹子如今是个无事忙，什么事都有他一份。只要是球，他都愿意摸一摸。放了一天羊，爬了一天山，走了那么远的路，回来扒拉两大碗饭，放下碗就到球场上去。逢到节日，有球赛，连打两场，完了还不休息。别人都已经走净了，他一个人在月亮地里还绷楞绷楞地投篮。摸鱼，捉蛇，掏雀，撵兔子，只要一声吆唤，马上就跟你走。哪里有夜战，临时突击一件什么工作，挑渠啦，挖沙啦，不用招呼，他扛着铁锨就来了。也不问青红皂白，吭吭就干起来。冬天刨冻粪，这是个最费劲的活，常言说："刨过个冻粪哪！作过个怕梦哪！"他最愿意揽这个活。使尖镐对准一个口子，憋足了劲："许一个猪头——开！许一个羊头——开！开——开！狗头也不许了①！"这小伙子好像有太多过剩的精力，不找点什么重实点的活消耗消耗，就觉得不舒服似的。

小伙子一天无忧无虑，不大有心眼。什么也不盘算。开会很少发言，学习也不大好，在场里陆续认下的两个字还没有留孩认得的多。整天就知道干活、玩。也喜欢看电影。他把所有的电影分成两大类：一类是打仗的，一类是找媳妇的。凡是打仗的，就都"好"！凡是找媳妇的，就"唼噫，不看不看"！找媳妇的电影尚且不看，真的找媳妇那更是想都不想了。他奶母早就想张罗着给他寻一个对象了。每次他回家，他奶母都问他场子里有没有好看的姑娘，他总是回答得不得要领。他说林凤梅长得好，五四也长得好。

---

① 这本来是开山的石匠的习语。在石头未破开前许愿：如果开了，则用一个羊头、猪头作贡献；但当真开了，即什么也不许了。

问了问，原来林凤梅是场里生产队长的爱人，已经生过三个孩子；五四是个幼儿园的孩子，一九五四年生的！好像恰恰是和他这个年龄相当的，他都没有留心过。奶母没法，只好摇头。其实场子里这个年龄的，很有几个，也有几个长得不难看的。她们有时谈悄悄话的时候，也常提到他。有一个念过一年初中的菜园组长的女儿，给他做了个鉴定，说："他长得像周炳，有一个名字正好送给他：《三家巷》第一章的题目！"其余几个没有看过《三家巷》的，就找了这本小说来看。一看，原来是："长得很俊的傻孩子"，她们格格格地笑了一晚上。于是每次在丁贵甲走过时，她们就更加留神看他，一面看，一面想想这个名字，便格格格地笑。这很快就固定下来，成为她们私下对于他的专用的称呼，后来又简化、缩短，由"长得很俊的傻孩子"变成"很俊的——"。正在做活，有人轻轻一嘀咕："嗨！很俊的来了！"于是都偷眼看他，于是又格格格地笑。

这些，丁贵甲全不理会。他一点也不知道他有这么一个名字。起先两回，有人在他身后格格地笑，笑得他也疑惑，怕是老九和小吕在他歇晌时给他在脸上画了眼镜或者胡子。后来听惯了，也不以为意，只是在心里说：丫头们，事多！

其实，丁贵甲因为从小失去爹娘，多受苦难，在情绪上智慧上所受的启发诱导不多；后来在这样一个集体的环境中成长，接触的人事单纯，又缺少一点文化，以致形成他思想单纯，有时甚至显得有点愣，不那么精灵。这是一块璞，如果在一个更坚利精微的砂轮上磨铣一回，就会放出更晶莹的光润。理想的砂轮，是部队。丁贵甲正是日夜念念不忘地想去参军。他之所以一点也不理会"丫头们”的事，也和他的立志作解放军战士有关。他现在正是服役适龄。上个月底，刚满十八足岁。

丁贵甲这会儿正在演戏。他演戏，本来不合适，嗓子不好，唱起来不搭调。而且他也未必是对演戏本身真有兴趣。真要派他一个重要一点的角色，他会以记词为苦事，背锣经为麻烦。他的角色也不好派，导演每次都考虑很久，结果总是派他演家院。就是演家院，他也不像个家院。照一个天才鼓师（这鼓师即猪倌小白，比丁贵甲还小两岁，可是打得一手好鼓）说：“你根本就一点都不像一个古人！”可不是，他直直地站在台上，太健康，太英俊，实在不像那么一回事，虽则是穿了老斗衣，还挂了一副白满。但是他还是非常热心地去。他大概不过是觉得排戏人多，好玩，红火，热闹，大锣大鼓地一敲，哇哇地吼几嗓子，这对他的蓬勃炽旺的生命，是能起鼓扬疏导作用的。他觉得这么闹一阵，舒服。不然，这么长的黑夜，你叫他干什么去呢，难道像王全似的摊开盖窝睡觉？现在秋收工作已经彻底结束，地了场光，粮食入库，冬季学习却还没有开始，所以场里决定让业余剧团演两晚上戏，劳逸结合。新排和重排的三个戏里都有他，两个是家院，一个是中军。以前已经拉了几场了，最近连排三个晚上，可是他不能去，这把他着急坏了。

因为丢了一只半大羊羔子。大前天，老九舅舅来了，早起老九和丁贵甲一起把羊放上山，晌午他先回一步，丁贵甲一个人把羊赶回家的。入圈的时候，一数，少了一只。丁贵甲连饭也没吃，告诉小吕，叫他请大老张去跟生产队说一声，转身就返回去找了。找了一晚上，十二点了，也没找到。前天，叫老九把羊赶回来，给他留点饭，他又一个人找了一晚上，还是没找到。回来，老九给他把饭热好了，他吃了多半碗就睡了。这两天老羊倌又没在，也没个人讨主意！昨天，生产队说：找不到就算了，算是个事故，以后不要麻痹。看样子是找不到了，两夜了，不是叫人拉走，也要叫野物吃了。但是他不死心，还要找。他上山时就带了一点干粮，对老九说："我准备找一通夜！找不到不回来。若是人拉走了，就不说了；若是野物吃了，骨头我也要找它回来，它总不能连皮带骨头全都咽下去。不过就是这么几座山，几片滩，它不能土遁了，我一个脚印一个脚印地把你盖遍了，我看你跑到哪里去！"老九说他把羊赶回去也来，还可以叫小吕一起来帮助找，丁贵甲说："不。家里没有人怎么行？晚上谁起来看羊圈？还要闷料——玉黍在老羊倌屋里，先用那个小麻袋里的。小吕子不行，他路不熟，胆子也小，黑夜没有在山野里呆过。"正说着，他奶弟来了。他知道他这天来的，就跟奶弟说："我今天要找羊。事情都说好了，你请小吕陪你到办公室，填一个表，我跟他说了。晚上你先睡吧，甭等我。我叫小吕给你借了几本小人书，你看。要是有什么问题，你先找一下大老张，让他告给你。"

晚上，老九和留孩都已经睡实了，小吕也都正在迷糊着了——他们等着等着都困了，忽然听见他连笑带嚷地来了：

"哎！找到啦！找到啦！还活着哩！哎！快都起来！都起来！找到啦！我说它能跑到哪里去呢？哎——"

这三个人赶紧一骨碌都起来，小吕还穿衣裳，老九是光着屁股就跳下床来了。留孩根本没脱——他原想等他奶哥的，不想就这么睡着了，身上的被子也不知是谁给搭上的。

"找到啦？"

“找到啦！”

“在哪儿哪？”

“在这儿哪。”

原来他把自己的皮袄脱下来给羊包上了，所以看不见。大家于是七手八脚地给羊舀一点水，又倒了点精料让它吃。这羔子，饿得够呛，乏得不行啦。一面又问：

“在哪里找到的？”

“怎么找到的？”

“黑咕嚨咚的，你咋看见啦？”

丁贵甲嚼着干粮（他干粮还没吃哩），一面喝水，一面说：

“我哪儿哪儿都找了。沿着我们那天放羊走过的地方，来回走了三个过儿——前两天我都来回地找过了：没有！我心想：哪儿去了呢？我一边找，一边捉摸它的个头、长相，想着它的叫声，忽然，我想起：叫叫看，怎么样？试试！我就叫！满山遍野地叫。不见答音。四外静悄悄的，只有宁远铁厂的吹风机好像远远地呼呼地响，也听不大真切，就我一个人的声音。我还叫。忽然，——‘咩……’我说，别是我耳朵听差了音，想的？我又叫——‘咩……咩……’这回我听真了，没错！这还能错？我天天听惯了的，娇声娇气的！我赶紧奔过去——看我膝盖上摔的这大块青，——破了！路上有棵新伐树桩子，我一喜欢，忘了，叭叉摔出去丈把远，喔唷，真他妈的！肿了没有？老九，给我拿点碘酒——不要二百二，要碘酒，妈的，辣辣的，有劲！——把我帽子都摔丢了！我找了羊，又找帽子。找帽子又找了半天！真他妈缺德！他早不伐树晚不伐树，赶爷要找羊了，他伐树！

"你说在哪儿找到的？太史弯不有个荒沙梁子吗？拐弯那儿不是叫山洪冲了个豁子吗？笔陡的，那底下不是坟滩吗？前天，老九，我们不是看见人家迁坟吗，刨了一半，露了棺材，不知为什么又不刨了！这毬东西，爷要打你！它不是老爱走外手边[①]吗，大概是豁口那儿沙软了，往下塌，别的羊一挤，它就滚下去了！有那么巧，可正掉在坟窟窿里！掉在烂棺材里！出不来了！棺材在土里埋了有日子了，糟朽了，它一砸，就折了，它站在一堆死人骨头里，——那里头倒不冷！不然饿不杀你也冻杀你！外边挺黑。可我在黑里头久了，有点把星星的光就能瞅见。我又叫一声——'咩……'不错！就在这里。它是白的，我模模糊糊看见有一点白晃晃的，下面一摸，正是它！小东西！可把爷担心得够呛！累得够呛！明天就叫伙房宰了你！我看你还爱走外手边！还爱走外手边？唔？"

等羊缓过一点来，有了精神，把它抱回羊圈里去，收拾睡下，已经是后半夜了。

今天，白天他带着留孩上山放了一天羊，告诉他什么地方的草好，什么地方有毒草。几月里放阳坡，上什么山；几月里放阴坡，上什么山；什么山是半椅子臂[②]，该什么时候放。哪里蛇多，哪里有个暖泉，哪里地里有碱。看见大栅栏落下来了，千万不能过——火车要来了。片石山每天十一点五十要放炮崩山，不能去那里……其实日子长着呢，非得赶今天都告诉你奶弟干什么？

---

① 外手边是右边。这本来是赶车人的说法。赶车人都习惯于跨坐在左辕，所以称左边为里手边或里边，右边为外手边或外边。

② 南北方向的小岭，两边坡上都常见阳光，形状略似椅臂。

晚上，烧了一个小吕在果园里拾来的刺猬，四个人吃了，玩了一会，他就急急忙忙去侍候他的家爷和元帅去了，他知道奶弟不会怪他的。到这会还不回来。

五、夜，正深浓起来

小吕从来没放过羊，他觉得很奇怪，就问老九和留孩：

“你们每天放羊，都数么？”

留孩和老九同声回答：

“当然数，不数还行哩？早起出圈，晚上回来进圈，都数。不数，丢了你怎么知道？”

“那咋数法？”

咋数法？留孩和老九不懂他的意思，两个人互相看看。老九想了想，哦！

“也有两个一数的，也有三个一数的，数得过来五个一数也行，数不过来一个一个地数！”

“不是这意思！羊是活的嘛！它要跑，这么窜着蹦着挨着挤着，又不是数一筐箩梨，一把树码子，摆着。这你怎么数？”

老九和留孩想一想，笑起来。是倒也是，可是他们小时候放羊用不着他们数，到用到自己数的时候，自然就会了。从来没发生这样的问题。老九又想了想，说：

“看熟了。羊你都认得了，不会看花了眼的。过过眼就行。猪舍那么多猪，我看都是一样。小白就全都认得，小猪娃子跑出来了，他一把抱住，就知往哪个圈里送。也是熟了，一样的。”

小吕想象，若叫自己数，一定不行，非数乱了不可！数着数着，乱了——重来；数着数着，乱了——重来！那，一天早上也出不了圈，晚上也进不了家，净来回数了！他想着那情景，不由得嘿嘿地笑起来，下结论说：

"真是隔行如隔山。"

老九说：

"我看你给葡萄花去雄授粉，也怪麻烦的！那么小的花须，要用镊子夹掉，还不许蹭着柱头！我那天夹了几个，把眼都看酸了！"

小吕又想起昨天晚上丁贵甲一个人满山叫小羊的情形，想起那么黑，那么静，就只听见自己的声音，想起坟窟窿，棺材，对留孩说：

"你奶哥胆真大！"

留孩说："他现在胆大，人大了。"

小吕问留孩和老九：

"要叫你们去，一个人，敢么？"

老九和留孩都没有肯定地回答。老九说：

"丁贵甲叫羊急的，就是怕，也顾不上了。事到临头，就得去。这一带他也走熟了。他晚上排戏还不老是十一二点回来。也就是解放后。我爹说，十多年头里，过了扬旗，晚上就没人敢走了。那里不清静，劫过人，还把人杀了。"

"在哪里？"

"过了扬旗。准地方我也不知道。"

"…………"

“——这里有狼么？”小吕想到狼了。

“有！”

“河南[1]狼多，”留孩说，“这两年也少了。”

“他们说是五八年大炼钢铁炼的，到处都是火，烘烘烘，狼都吓得进了大山了。有还是有的。老郑黑夜浇地还碰上过。”

“那我怎么下了好几个月夜，也没碰上过？”

“有！你没有碰上就是了。要是谁都碰上，那不成了口外的狼窝沟了！这附近就有，还来果园。你问大老刘，他还打死过一只——一肚子都是葡萄。”

小吕很有兴趣了，留孩也奇怪，怎么都是葡萄，就都一起问：

“咋回事？咋回事？”

“那年，还是李场长在的时候哩！葡萄老是丢，而且总是丢白香蕉。大老刘就夜夜守着，原来不是人偷的，是一只狼。李场长说：‘老刘，你敢打么？’老刘说：‘敢！’老刘就对着它每天来回走的那条车路，挖了一道壕子，趴在里面，拿上枪，上好子弹，等着——”

“什么枪，是这支火枪么？”

“不是，”老九把羊舍的火枪往身边靠了靠，说，“是老陈守夜的快枪——等了它三夜，来了！一枪就给撂倒了。打开膛：一肚子都是葡萄，还都是白香蕉！这老家伙可会挑嘴哩，它也知道白香蕉葡萄好吃！”

留孩说：“狼吃葡萄么？狼吃肉，不是说‘狼行千里吃肉’么？”

---

① 洋河以南。

老九说："吃。狼也吃葡萄。"

小吕说："这狼大概是个吃素的，是个把斋的老道！"

说得留孩和老九都笑起来。

"都说狼会赶羊，是真的么？狼要吃哪只羊，就拿尾巴拍拍它，像哄孩子一样，羊就乖乖地在前头走，是真的么？"

"哪有这回事！"

"没有！"

"那人怎么都这么说？"

"是这样——狼一口咬住羊的脖子，拖着羊，羊疼哩，就走，狼又用尾巴抽它，——哪是拍它！嗯擞——嗯擞——嗯擞，看起来轻轻的，你看不清楚，就像狼赶羊，其实还是狼拖羊。它要不咬住它，它跟你走才怪哩！"

"你们看见过么？留孩，你见过么？"

"我没见过，我是在家听贵甲哥说过的。贵甲哥在家给人当羊伴子时候，可没少见过狼。他还叫狼吓出过毛病，这会不知好了没有，我也没问他。"

这连老九也不知道，问：

"咋回事？"

"那年，他跟上羊倌上山了。我们那里的山高，又陡，差不多的人连羊路都找不到。羊倌到沟里找水去了，叫贵甲哥一个人看一会。贵甲哥一看，一群羊都惊起来了，一个一个哆里哆嗦的，又低低地叫唤。贵甲哥心里嗯通一下——狼！一看，灰黄灰黄的，毛茸茸的，挺大，就在前面山杏丛里。旁边有棵树，吓得贵甲哥一蹿就上了树。狼叼了一只大羔子，使尾巴赶着，嗯啦一下子就从树下过去了，吓得贵甲哥尿了一裤子。后来，只要有点着急事，下面就会津津地漏出尿来。这会他胆大了，小时候，——也怕。”

“前两天丢了羊，也着急了，咱们问问他尿了没有！”

“对！问他！不说就扒他的裤子检查！”

茶开了。小吕把沙锅端下来，把火边的山药翻了翻。老九在挎包里摸了摸，昨天吃剩的朝阳瓜子还有一把，就兜底倒出来，一边喝着高山顶，一边嗑瓜子。

“你们说，有鬼没有？”这回是老九提出问题。

留孩说：“有。”

小吕说：“没有。”

“有来，”老九自己说，“就在咱们西南边，不很远，从前是个鬼市，还有鬼饭馆。人们常去听，半夜里，乒乒乓乓地炒菜，勺子铲子响，可热闹啦！”

“在哪里？”这小吕倒很想去听听，这又不可怕。

“现在没有了。现在那边是兽医学校的牛棚。”

“哎噫——”小吕失望了，“我不相信，这不知是谁造出来的！鬼还炒菜？！”

留孩说：“怎么没有鬼？我听我大爷说过：

“有一帮河南人，到口外去割莜麦。走到半路上，前不巴村，后不巴店，天也黑夜了，有一个旧马棚，空着，也还有个门，能插上，他们就住进去了。在一个大草滩子里，没有一点人烟。都睡下了。有一个汉子烟瘾大，点了个蜡头在抽烟。听到外面有人说：

“‘你老们，起来解手时多走两步噢，别尿湿了我这疙瘩毡子，我就这么一块毡子啊！’

“这汉子也没理会，就答了一声：

“‘知道啦。’

“一会儿，又是：

“‘你老们，起来解手时多走两步噢，别尿湿了我这疙瘩毡子，我就这么一块毡子啊！’

“‘知道啦。’

“一会会，又来啦：

“‘你老们，起来解手时多走两步噢，我就这么一块疙瘩毡子！’

“‘知道啦！你怎么这么噜苏啊！’

“‘我怎么噜苏啦？’

“‘你就是噜苏！’

“‘我怎么噜苏！’

“‘你噜苏！’

“两个就隔着门吵起来，越吵越凶。外面说：

“‘你敢给爷出来！’

“‘出来就出来！’

“那汉子伸手就要拉门，回身一看：所有的人都拿眼睛看住他，一起轻轻地摇头。这汉子这才想起来，吓得脸煞白——”

“怎么啦？”

“外边怎么可能有人啊，这么个大草滩子里？撒尿怎么会尿湿了他的毡子啊？他们都想，来的时候仿佛离墙不远有一疙瘩土，像是一个坟。这是鬼，也是像他们一样背了一块毡子来割莜麦的，死在这里了。这大概还是一个同乡。

“第二天，他们起来看，果然有一座新坟。他们给他加加土，就走了。”

这故事倒不怎么可怕，只是说得老九和小吕心里都为这个客死在野地里的只有一块毡子的河南人很不好受。夜已经很深了，他们也不想喝茶了，瓜子还剩一小撮，也不想吃了。

过了一会，忽然，老九的脸色一沉：

“什么声音？”

是的！轻轻的，但是听得很清楚，有点像羊叫，又不太像。老九一把抓起火枪：

“走！”

留孩立刻理解：羊半夜里从来不叫，这是有人偷羊了！他跟着老九就出来。两个人直奔羊圈。小吕抓起他的标枪，也三步抢出门来，说：“你们去羊圈看看，我在这里，家里还有东西。”

老九、留孩用手电照了照几个羊圈，都好好的，羊都安安静静地卧着，门、窗户，都没有动。正察看着，听见小吕喊：

“在这里了！”

他们飞跑回来，小吕正闪在门边，握着标枪，瞄着屋门：

“在屋里！”

他们略一停顿，就一齐踢开门进去。外屋一照，没有。上里屋。里屋灯还亮着，没有。床底下！老九的手电光刚向下一扫，听见床下面“扑嗤”的一声——

“他妈的，是你！”

“好！你可吓了我们一跳！”

丁贵甲从床底下爬出来，一边爬，一边笑得捂着肚子。

“好！耍我们！打他！”

于是小吕、老九一齐扑上去，把丁贵甲按倒，一个压住脖子，一个骑住腰，使劲打起来。连留孩也上了手，拽住他企图往上翻拗的腿。一边打，一边说，骂；丁贵甲在下面一边招架，一边笑，说。

“我看见灯……还亮着……我说，试试这几个小鬼！……我早就进屋了！拨开门划，躲在外屋……我嘻嘻嘻……叫了一声，听见老九，嘻嘻嘻嘻——”

“妈的！我听见‘啕——咩’的一声，像是只老公羊！是你！这小子！这小子！”

“老九……拿了手电嘻嘻就……走！还拿着你娘的……火枪嘻嘻，呜噫，别打头！小吕嘻嘻嘻拿他妈一根破标……枪嘻嘻，你们只好……去吓鸟！”

这么一边说着，打着，笑着，滚着，闹了半天，直到丁贵甲在下面说：

“好香！煨了……山药……煨了！哎哟……我可饿了！”

他们才放他起来。留孩又去捅了捅炉子，把高山顶又坐热了，大家一边吃山药，一边喝茶，一边又重复地演述着刚才的经过。

他们吃着，喝着，说了又说，笑了又笑。当中又夹着按倒，拳击，捧腹，搂抱，表演，比划。他们高兴极了，快乐极了，简直把这间小屋要闹翻了，涨破了，这几个小鬼！他们完全忘记了现在是很深的黑夜。

六、明天

明天，他们还会要回味这回事，还会说、学、表演、大笑，而且等张士林回来一定会告诉张士林，会告诉陈素花、恽美兰，并且也会说给大老张听的。将来有一天，他们聚在一起，还会谈起这一晚上的事，还会觉得非常愉快。今夜，他们笑够了，闹够了，现在都安静了，睡下了。起先，隔不一会还有人含含糊糊地说一句什么，不知是醒着还是在梦里，后来就听不到一点声息了。这间在昏黑中哗闹过、明亮过的半坡上的羊舍屋子，沉静下来，在拥抱着四山的广阔、丰美、充盈的暗夜中消融。一天就这样的过去了。夜在进行着，夜和昼在渗入，交递，开往北京的216次列车也正在轨路上奔驰。

明天，就又是一天了。小吕将会去找黄技师，置办他的心爱的嫁接刀。老九在大家的帮助下，会把行李结束起来，走上他当一个钢铁工人的路。当然，他会把他新编得的羊鞭交给留孩。留孩将要来这个很好的农场里当一名新一代的牧羊工。征兵的消息已经传开，说不定场子里明天就接到通知，叫丁贵甲到曾经医好他肺结核的医院去参加体格检查，准备入伍、受训，在他所没有接触过的山水风物之间，在蓝天或绿海上，戴起一顶缀着红徽的军帽。这些，都在夜间趋变为事实。

这也只是一个平常的夜。但是人就是这样一天一天，一黑夜一黑夜地长起来的。正如同庄稼，每天观察，差异也都不太明显，然而它发芽了，出叶了，拔节了，孕穗了，抽穗了，灌浆了，终于成熟了。这四个现在在一排并睡着的孩子（四个枕头各托着一个蓬蓬松松的脑袋），他们也将这样发育起来。在党无远弗及的阳光照煦下，经历一些必要的风风雨雨，都将迅速、结实、精壮地成长起来。

现在，他们都睡了。灯已经灭了。炉火也封住了。但是从煤块的缝隙里，有隐隐的火光在泄漏，而映得这间小屋充溢着薄薄的，十分柔和的，蔼然的红晖。

睡吧，亲爱的孩子。

一九六一年十一月二十五日写成

王全[1]

※

马号今天晚上开会。原来会的主要内容是批评王升，但是临时不得不改变一下，因为王全把王升打了。

我到这个农业科学研究所没有几天，就听说了王全这个名字。业余剧团的小张写了一个快板，叫做《果园奇事》，说的是所里单株培育的各种瓜果“大王”，说道有一颗大牛心葡萄掉在路边，一个眼睛不好的工人走过，以为是一只马的眼珠子掉下来了，大惊小怪起来。他把这个快板拿给我看。我说最好能写一个具体的人，眼睛当真不好的，这样会更有效果。大家一起哄叫起来：“有！有！瞎王全！他又是饲养员，跟马搭得上的！”我说这得问问他本人，别到时候上台数起来，惹得本人不高兴。正说着，有一个很粗的，好像吵架似的声音在后面叫起来：

“没意见！”

原来他就是王全。听别人介绍，他叫王全，又叫瞎王全，又叫俅六。叫他什么都行，他都答应的。

他并不瞎。只是有非常严重的砂眼，已经到了睫毛内倒的地步。他身上经常带着把镊子，见谁都叫人给他拔眼睫毛。这自然也会影响视力的。他的眼睛整天眯缝着，成了一条线。这已经有好些年了。因此落下一个瞎王全的名字。

---

① 初刊于《人民文学》一九六二年十一月号。初收《羊舍的夜晚》，此据《汪曾祺短篇小说选》所收作者修改本排印。

这地方管缺个心眼叫“俏”，读作“俏”。王全行六，据说有点缺心眼，故名“俏六”。说是，你到他的家乡去，打听王全，也许有人不知道，若说是俏六，就谁都知道的。

这话不假。我就听他自己向新来的刘所长介绍过自己：

“我从小当长工，挑水，垫圈，烧火，扫院。长大了还是当长工。十三吊大钱，五石小米！解放军打下姑姑洼，是我带的路。解放军还没站稳脚，成立了区政府，我当通讯员，区长在家，我去站岗；区长下乡，我就是区长。就咱俩人。我不识字，还是当我的长工。我这会不给地主当长工，我是所里的长工。李所长说我是国家的长工。我说不来话。你到姑姑洼去打听，一问俏六，他们都知道！”

这人很有意思。每天晚上他都跑到业余剧团来，——在农闲排戏的时候。有时也帮忙抬桌子，挂幕布，大半时间都没事，就定定地守着看，嗬嗬地笑，而且不管妨碍不妨碍排戏，还要一个人大声地议论。那议论大都非常简短：“有劲！”“不差！”最常用的是含义极其丰富的两个字：“看看！”

最妙的是，我在台上演戏，正在非常焦灼，激动，全场的空气也都很紧张，他在台下叫我：“老汪，给我个火！”（我手里捏着一支烟。）我只好作势暗示他“不行！”不料他竟然把他的手伸上来了。他就坐在第一排——他看戏向来是第一排，因为他来得最早。所谓第一排，就是台口。我的地位就在台角，所以咱俩离得非常近。他嘴里还要说：“给我点个火嘛！”真要命！我只好小声地说：“嗐！”他这才明白过来，又独自嗬嗬地笑起来。

王全是个老光棍，已经四十六岁了，有许多地方还跟个孩子似的。也许因为如此，大家说他倯。

不知道究竟为什么，他不当饲养员了。这人是很固执的，说不当就不当，而且也不说理由。他跑到生产队去，说："哎！我不喂牲口了，给我个单套车，我赶车呀！"马号的组长跟他说，没用；生产队长跟他说，也没用。队长去找所长，所长说："大概是有情绪，一时是说不通的。有这样的人。先换一个人吧！"于是就如他所愿，让他去赶车，把原来在大田劳动的王升调进马号喂马。

这样我们有时就搭了伙计。我参加劳动，有时去跟车，常常跟他的车。他嘴上是不留情的。我上车，敛土，装粪，他老是回过头来眯着眼睛看我。有时索性就停下他的铁锹，拄着，把下巴搁在锹把上，歪着头，看。而且还非常压抑和气愤地从胸膛里发出声音："嗯！"忽然又变得非常温和起来，很耐心地教我怎么使家伙。"敛土嘛，左手胳膊肘子要靠住肐膝，肐膝往里一顶，借着这个劲，胳膊就起来了。嗳！嗳！对了！这样多省劲！是省劲不是？像你那么似的，架空着，单凭胳膊那点劲，我问你：你有多少劲？一天下来，不把你累乏了？真笨！你就是会演戏！要不是因为你会演戏呀，嗯！——"慢慢地，我干活有点像那么一回事了，他又言过其实地夸奖起我来："不赖！不赖！像不像，三分样！你能服苦，能咬牙。不光是会演戏了，能文能武！你是个好样儿的！毛主席的办法就是高，——叫你们下来锻炼！"于是叫我休息，他一个人干。"我多上十多锹，就有了你的了！当真指着你来干活哪！"这是不错的。他的铁锹是全所闻名的，特别大，原来铲煤用的洋锹，而且是个大号的，他拿来上车了。一锹能顶我四锹。他叫它"跃进锹"。他那车也有点特别。这地方的大车，底板有四块是活的，前两块，后两块。装粪装沙，到了地，铲去一些，把这四块板一抽，就由这里往下拨拉。他把他的车底板全部拆成活的，到了地，一抽，哗啦——整个就漏下去了。这也有了名儿，叫“跃进车”。靠了他的跃进车和跃进锹，每天我们比别人都能多拉两趟。因此，他就觉得有权力叫我休息。我不肯。他说：“嗐！这人！叫你休息就休息！怕人家看见，说你？你们啊，老是怕人说你！不怕得！该咋的就是咋的！”他这个批评实在相当尖刻，我就只好听他，在一旁坐下来，等他三下五除二把车装满，随他一路唱着：“老王全在大街扬鞭走马！”回去。

他的车来了，老远就听见！不是听见车，是听见他嚷。他不大使唤鞭子，除非上到高坡顶上，马实在需要抽一下，才上得去，他是不打马的。不使鞭子，于是就老嚷：

“喔喝！喔喝！咦喔喝！”

还要不停地跟马说话，他说是马都懂的。絮絮叨叨，没完没了。本来是一些只能小声说的话，他可是都是放足了嗓子喊出来的。——这人不会小声说话。这当中照例插进许多短短的亲热的野话。

有一回，从积肥坑里往上拉绿肥。他又高了兴，跃进锹多来了几锹，上坑的坡又是暄的，马怎么也拉不上去。他拼命地嚷：

“喔喝！喔喝！咦喔喝！”

他生气了，拿起鞭子。可忽然又跳在一边，非常有趣地端详起他那匹马来，说：

“笑了！噫！笑了！笑啥来？”

这可叫我忍不住噗嗤笑了。马哪里是笑哩！它是叫嚼子拽的在那里咧嘴哩！这么着“笑”了三次，到了也没上得去。最后只得把装到车上去的绿肥，又挖出一小半来，他在前头领着，我在后面扛着，才算上来了。

他这匹马，实在不怎么样！他们都叫它青马，可实在是灰不灰白不白的。他说原来是青的，可好看着哪！后来就变了。灰白的马，再搭上红红的眼皮和嘴唇，总叫我想起吉诃德先生，虽然我也不知道吉诃德先生的马到底是什么样子的。他说这是一匹好马，干活虽不是太顶事，可是每年准下一个驹。

“你想想，每年一个！一个骡子一万二，一个马，八千！它比你和我给国家挣的钱都多！”

他说它所以上不了坡，是因为又“有”了。于是走一截，他就要停下来，看看马肚子。用手摸，用耳朵贴上去听。他叫我也用手放在马的后胯上部，摸，——我说要摸也是摸肚子底下，马怀驹子怎么会怀到大腿上头来呢？他大笑起来，说：“你真是外行！外行！”好吧，我就摸。

“怎么样？”

“热的。”

“见你的鬼！还能是凉的吗？凉的不是死啦！叫你摸，——小驹子在里面动哪！动不动？动不动？”

我只好说：“——动。”

后来的确连看也看出小驹子在动了，他说得不错。可是他最初让我摸的时候，我实在不能断定到底摸出动来没有；并且连他是不是摸出来了，我也怀疑。

我问过他为什么不当饲养员了，他不说，说了些别的话，片片段段的，当中又似乎不大连得起来。

他说马号组的组长不好。什么事都是个人逞能，不靠大伙。旗杆再高，还得有两块石头夹着；一个人再能，当不了四堵墙。

可是另一时候，我又听他说过组长很好，使牲口是数得着的，这一带地方也找不出来。又会修车，小小不言的毛病，就不用拿出去，省了多少钱！又说他很辛苦，晚上还老加班，还会修电灯，修水泵……

他说，每回评先进工作者，红旗手，光凭嘴，净评会说的，评那会做在人面前的。他就是看不惯这号人！

他说，喂牲口是件操心事情。要熬眼。马无夜草不肥。要把草把料——勤倒勤添，一把草一把料地喂。搁上一把草，洒上一层料，有菜有饭地，它吃着香。你要是不管它，哗啦一倒，它就先尽料吃，完了再吃草，就不想了！牲口嘛！跟孩子似的，它懂个屁事！得一点一点添。这样它吃完了还想吃，吃完了还想吃。跟你似的，给你三大碗饭，十二个馒头，都堆在你面前！还是得吃了一碗再添一碗。马这东西也刁得很。也难怪。少搁，草总是脆的，一嚼，就酥了。你要是搁多了，它的鼻子喷气，把草疙节都弄得蔫筋了，它嚼不动。就像是脆锅巴，你一咬就酥了；要是蔫了，你咬得动么；——咬得你牙疼！嚼不动，它就不吃！一黑夜你就老得守着侍候它，甭打算睡一点觉。

说，咱们农科所的牲口，走出去，不管是哪里，人们都得说：“还是人家农科所的牲口！”毛色发亮，屁股蛋蛋都是圆的。你当这是简单的事哩！

他说得最激动的是关于黑豆。他说得这东西简直像是具有神奇的效力似的。说是什么东西也没有黑豆好。三斗黄豆也抵不上一斗黑豆。不管什么乏牲口，拿上黑豆一催，一成黑豆，三成高粱，包管就能吃起来。可是就是没有黑豆。

“每年我都说，俺们种些黑豆，种些黑豆。——不顶！”

我说：“你提意见嘛！”

“提意见？哪里我没有提过意见？——不顶！马号的组长！生产队！大田组！都提了，——不顶！提意见？提意见还不是个白！”

“你是怎么提意见的？一定是也不管时候，也不管地方，提的也不像是个意见。也不管人家是不是在开会，在算账，在商量别的事，只要你猛然想起来了，推门就进去：‘哎！俺们种点黑豆啊！’没头没脑，说这么一句，抹头就走！”

“咦！咋的？你看见啦？”

“我没看见，可想得出来。”

他笑了。说他就是不知道提意见还有个什么方法。他说，其实，黑豆牲口吃了好，他们都知道，生产队，大田组，他们谁没有养活过个牲口？可是他们要算账。黄豆比黑豆价钱高，收入大。他很不同意他们这种算账法。

“我问你，是种了黄豆，多收入个几百元——嗯，你就说是多收入千数元，上算？还是种了黑豆，牲口吃上长膘、长劲，上算？一个骡子一万二！一个马八千！我就是算不来这种账！嗯！哼，我可知道，增加了收入，这笔账算在他们组上，喂胖了牲口，算不到他们头上！就是这个鬼心眼！我俅，这个我可比谁都明白！”

他越说越气愤，简直像要打人的样子。是不是他的不当饲养员，主要的原因就是不种黑豆？看他那认真、执着的神情，好像就是的。我对于黄豆、黑豆，实在一无所知，插不上嘴，只好说：

“你要是真有意见，可以去跟刘所长提。”

“他会管么？这么芝麻大的事？”

“我想会。”

过了一些时，他真的去跟刘所长去提意见了。这可真是一个十分新鲜、奇特、出人意料的意见。不是关于黄豆、黑豆的，要大得多。那天我正在刘所长那里。他一推门，进来了：

“所长，我提个意见。”

“好啊，什么意见呢？”

“我说，我给你找几个人，把你所里这点地包了！三年，我包你再买这样一片地。说的！过去地主手里要是有这点地，几年工夫就能再滚出来一片。咱们今天不是给地主作活，大伙全泼上命！俺们为什么还老是赔钱，要国家十万八万的往里贴？不服这口气。你叫他们别搞什么试验研究了，赔钱就赔在试验研究上！不顶！俺们祖祖辈辈种地，也没听说过什么试验研究。没听说过，种下去庄稼，过些时候，拔起来看看，过些时候，拔起来看看。可倒好，到收割的时候倒省事，地里全都光了！没听说过，还给谷子盖一座小房！你就是试验成了，谁家能像你这么种地啊？嗯！都跑到谷地里盖上小房？瞎白嘛！你要真能研究，你给咱家所里多挣两个。嗯！不要国家贴钱！嗯！我就不信技师啦，又是技术员啦，能弄出个什么名堂来！上一次我看见咱们邵技师锄地啦，哈哈，老人家倒退着锄！就凭这，一个月拿一百多，小二百？赔钱就赔在他们身上！正经！你把地包给我，莫让他们胡糟践！就这个意见，没啦！”

刘所长尽他说完，一面听，一面笑，一直到“没啦”，才说：

“你这个意见我不能接受。我这个所里不要买地。——你上哪儿去给我买去啊？咱们这个所叫什么？——叫农业科学研究所。国家是拿定主意要往里赔钱的，——如果能少赔一点，自然很好。咱们的任务不是挣钱。倒退着锄地，自然不大好。不过你不要光看人家这一点，人家还是有学问的。把庄稼拔起来看，给谷子盖房子，这些道理一下子跟你说不清。农业研究，没有十年八年，是见不出效果的。但是要是有一项试验成功了，值的钱就多啦，你算都算不过来。我问你，咱们那一号谷比你们原来的小白苗是不是要打得多？”

“敢是！”

“八个县原来都种小白苗，现在都改种了一号谷，你算算，每年能多收多少粮食？这值到多少钱？咱们要是不赔钱呢，就挣不出这个钱来。当然，道理还不只是赔钱、挣钱。我要到前头开会去，就是讨论你说的拔起庄稼来看，给谷子盖小房这些事。你是个好人，是个‘忠臣’，你提意见是好心。可是意见不对。我不能听你的。你回去想想吧。王全，你也该学习学习啦。听说你是咱们所里的老文盲了。去年李所长叫你去上业余文化班，你跟他说：‘我给你去拉一车粪吧！’是不是？叫你去上课，你宁愿套车去拉一车粪！今年冬天不许再溜号啦，从‘一’字学起，从‘王全’两个字学起！”

刘所长走了，他指指他的背影，说：

“看看！”

一缩脑袋，跑了。

这是春天的事。这以后我调到果园去劳动，果园不在所部，和王全见面说话的机会就不多了。知道他一直还是在赶单套车，因为他来果园送过几回粪。等到冬天，我从果园回来，看见王全眼睛上蒙着白纱布，由那个顶替他原来职务的王升领着。我问他是怎么了，原来他到医院开刀了。他的砂眼已经非常严重，是刘所长逼着他去的，说公家不怕花这几个钱，救他的眼睛要紧。手术很成功。现在每天去换药。因为王升喂马是夜班，白天没事，他俩都住在马号，所以每天由王升领着他去。

过了两天，纱布拆除了，王全有了一双能够睁得大大的眼睛！可是很奇怪，他见了人就抿着个大嘴笑，好像为了眼睛能够睁开而怪不好意思似的。他整个脸也似乎清亮多了，简直是年轻了。王全一定照过镜子，很为自己的面容改变而惊奇，所以觉得不好意思。不等人问，他就先回答了：

“敢是，可爽快多了，啥都看得见，这是一双眼睛了。”

他又说他这眼不是大夫给他治的，是刘所长给他治的，共产党给他治的。逢人就说。

拆了纱布，他眼球还有点发浑，刘所长叫他再休息两天，暂时不要出车。就在这两天里，发生了这么一场事，他把王升打了。

王升到所里还不到三年。这人是个“老闷”，平常一句话也不说。他也没个朋友，也没有亲近一点人。虽然和大家住在一个宿舍里，却跟谁也不来往。工人们有时在一起喝喝酒，没有他的事。大家在一起聊天，他也不说，也不听，就是在一边坐着。他也有他的事，下了班也不闲着。一件事是鼓捣吃的。他食量奇大，一顿饭能吃三斤干面。而且不论什么时候，吃过了还能再吃。甜菜、胡萝卜、蔓菁疙瘩、西葫芦，什么都弄来吃。这些东西当然来路都不大正当。另一件事是整理他的包袱。他床头有个大包袱。他每天必要把它打开，一件一件地反复看过，折好，——这得用两个钟头，因此他每天晚上一点都不空得慌。整理完了，包扎好，挂起来，老是看着它，一直到一闭眼睛，立刻睡着。他真能置东西！全所没一个能比得上。别人给他算得出来，他买了几床盖窝，一块什么样的毛毯，一块什么线毯，一块多大的雨布……他这包袱逐渐增大。大到一定程度，他就请假回家一次。然后带了一张空包袱皮来，再从头攒起。他最近做了件叫全所干部工人都非常吃惊的事：一次买进了两件老羊皮袄，一件八十，另一件一百七！当然，那天立刻就请了假，甚至没等到二十八号。

二十八号，这有个故事。这个所里是工资制，双周休息，每两周是一个“大礼拜”。但是不少工人不愿意休息，有时农忙，也不能休息。大礼拜不休息，除了工资照发外，另加一天工资，习惯叫做“双工资”。但如果这一个月请假超过两天，即大礼拜上班，双工资也不发，一般工人一年难得回家一两次，一来一去，总得四五天，回去了就准备不要这双工资了。大家逐渐发现，觉得非常奇怪：王升常常请假，一去就是四天，可是他一次也没扣过双工资。有人再三问他，他嘻嘻地笑着，说，“你们别去告诉领导，我就告诉你。”原来：他每次请假都在二十八号（若是大尽就是二十九）！这样，四天头里，两天算在上月，两天算在下月，哪个月也扣不着他的双工资。这事当然就传开了。凡听到的，没有个不摇头叹息：你说他一句话不说，他可有这个心眼！——全所也没有比他更精的了！

他吃得多，有一把子傻力气，庄稼活也是都拿得起的。要是看着他，他干活不比别人少多少。可是你哪能老看着他呢？他呆过几个组，哪组也不要他。他在过试验组。有一天试验组的组长跟他说，叫他去锄锄山药秋播留种的地，——那块地不大，一个人就够了。晌午组长去检查工作，发现他在路边坐着，问他，他说他找不到那块地！组长气得七窍生烟，直接跑到所长那里，说："国家拿了那么多粮食，养活这号后生！在我组里干了半年活，连哪块地在哪里他都不知道！吃粮不管闲事，要他作啥哩！叫他走！"他在稻田组呆过。插秧的时候，近晌午，快收工了，组长一看进度，都差不多。他那一畦，再有两行也齐了，就说钢厂一拉汽笛，就都上来吧。过了一会，拉汽笛了，他见别人上了，也立刻就上来到河边去洗了腿。过了两天，组长去一看，他那一畦齐刷刷地就缺了方桌大一块！稻田组长气得直哼哼。"请吧，你老！"谁也不要，大田组长说："给我！"这大田组长出名地手快，他在地里干活，就是庄户人走过，都要停下脚来看一会的。真是风一样的！他就老让王升跟他一块干活。王升也真有两下子，不论是锄地、撒粪……拉不下多远。

一晃，也多半年了，大田组长说这后生不赖。大家对他印象也有点改变。这回王全不愿喂牲口了，不知怎么就想到他了。想是因为他是老闷，不需要跟人说话，白天睡觉，夜里整夜守着哑吧牲口，有这个耐性。

初时也好。慢慢地，车倌就有了意见，因为牲口都瘦了。他们发现他白天搞吃的，夜里老睡觉。喂牲口根本谈不上把草把料，大碗儿端！最近，甚至在马槽里发现了一根钉子！于是，生产队决定，去马号开一个会，批评批评他。

这钉子是在青马的槽里发现的！是王全发现的。王全的眼睛整天蒙着，但是半夜里他还要瞎戳戳地摸到马圈里去，伸手到槽里摸，把蔫筋的草节拨出去。摸着摸着，他摸到一根冰凉铁硬的，——放在嘴里，拿牙咬咬：是根钉子！这王全浑身冒火了，但是，居然很快就心平气和下来。——人家每天领着他上医院，这不能不起点作用。他拿了这根钉子，摸着去找到生产队长，说是无论如何得“批批”他，这不是玩的！往后筛草、打料一定要过细一点。

前天早上反映的情况，连着两天所里有事，决定今天晚上开会。不料，今天上午，王全把王升打了，打得相当重。

原来王全发现，王升偷马料！他早就有点疑心，没敢肯定。这一阵他眼睛开刀，老在马号里呆着，仿佛听到一点动响。不过也还不能肯定。这两天他的纱布拆除了，他整天不出去，原来他随时都在盯着王升哩。果然，昨天夜里，他看见王升在门背后端了一大碗煮熟的料豆在吃！他居然沉住了气，没有发作。因为他想：单是吃，问题还不太大。今天早上，他乘王升出去弄甜菜的时候，把王升的大枕头拆开：——里面不是塞的糠皮稻草，是料豆！一不做二不休，翻开他那包袱，里边还有一个枕头，也是一枕头的料豆。——本来他带了两个特大的枕头，却只枕一个；每回回去又都把枕头带回去，这就奇怪。“嗯！”王全把他的外衣脱了，等着。王升从外面回来，一看，包袱里东西摊得一床，枕头拆开了；再一看王全那神情，连忙回头就跑。王全一步追上，大拳头没头没脑地砸下来，打得王升孩子似地哭，爹呀妈的乱叫，一直到别人闻声赶来，剪住王全的两手，才算住。——王升还没命地嚎哭了半天。

这样，今天的会的内容不得不变一下，至少得增加一点。

但是改变得也不多。这次会是一个扩大的会，除了马号全体参加外，还有曾经领导过王升的各个组的组长，和跟他在一起干过活的老工人。大家批评了王升，也说了王全。重点还是在王升，说到王全，大都是带上一句：——“不过打人总是不对的，有什么情况，什么意见，应当向领导反映，由领导来处理。”有的说：“牛不知力大，你要是把他打坏了怎办？”也有人联系到年初王全坚决不愿喂马，这就不对！关于王升，可就说起来没完了。他撒下一块秧来就走这一类的事原来多着哩，每个人一说就是小半点钟！因此这个会一直开到深夜。最后让王升说话。王升还是那样，一句话没有，“说不上来”。再三催促，还是“说不上来”。大家有点急了，问他：“你偷料豆，对不对？”——“不对。”“马草里混进了钉子，对不对？”——“不对。”……看来实在挤不出什么话来了，天又实在太晚，明天还要上班，只好让王全先说说。

“嗯！我打了他，不对！嗯！解放军不兴打人，打人是国民党。嗯！你偷吃料豆，还要往家里拿！你克扣牲口。它是哑巴，不会说话，它要是会说话，要告你！你剥削它，你是资本家！是地主！你！你故意拿钉子往马槽里放，你安心要害所里的牲口，国家的牲口！×你娘的！你看看你把俩牲口喂成啥样了？×你娘！×你娘！”

说着，一把揪住王升，大家赶紧上来拉住，解开，才没有又打起来。这个会暂时只好就这样开到这里了。

过了两天，我又在刘所长那里碰见他。还是那样，一推门，进来了，没头没脑：

“所长，我提个意见。”

“好啊。”

“你是个好人！是个庄户佬出身！赶过个车，养活过个牲口！你是好人！是个共产党！你如今又领导这些技师啦技术员的，他们都服你——”

看见有我在座，又回过头来跟我说：

“看看！”

这是怎么一回事呢？原来所里在拟定明年的种植计划，让大家都来讨论，这里边有一条，是旱地二号地六十亩全部复种黑豆！

一边说着，一边把他的衣兜往桌上一掀，倒得一桌子都是花生。非常腼腆地说：

“我侄儿子给我捎来五斤花生。”

说完了抹头就走。

刘所长叫住他：

“别走。你把人家打了，怎么办呢？”

“我去喂牲口呀。”

“好。把你的花生拿去，——我不‘剥削’你，人家是给你送来的！”

王全赶紧拉开门就跑，头都不回，生怕刘所长会追上来似的。——后来，这花生还是刘所长叫他的孩子给他送回去了。

过了一个多月，所里的冬季文化学习班办起来，王全来报了名，是刘所长亲自送他来上学的。我有幸当了他的启蒙的老师。可是我要说老实话，这个学生真不好教，真也难怪他宁可套车去拉一车粪。他又不肯照着课本学，一定先要教他学会四个字。他用铅笔写了无数遍，终于有了把握了，就把我写对子用的大抓笔借去，在马圈粉墙上写下四个斗大的黑字：

“王全喂马”。

字的笔划虽然很幼稚，但是写得恭恭正正，一笔不苟。谁都可以看出来，这四个字包含很多意思，这是一个人一辈子的誓约。

王全喂了牲口，生产队就热闹了。三天两头就见他进去：

“人家孩子回来，也不吃，也不喝，就是卧着，这是使狠了，累乏了！告他们，不能这样！”

“人家孩子快下了，别叫它驾辕了！”

“人家孩子”怎样怎样了……

我在这个地方呆了一些时候了，知道这是这一带的口头语，管小猫小狗、小鸡小鸭，甚至是小板凳，都叫做“孩子”。但是这无论如何是一种爱称。尤其是王全说起来，有一种特殊的味道。那么高大粗壮的汉子，说起牲口来，却是那么温柔。

我离开这个农业科学研究所已经好几个月了，王全一直在喂马。现在，在我写这篇文章的时候，他就正在喂着马。夜已经很深了。这会，全所的灯都一定已经陆续关去，连照例关得最晚的刘所长和邵技师的屋里的灯也都关了。只有两处的灯还是亮着的。一处是大门外植保研究室的诱捕灯，这是通夜不灭的，现在正有各种虫蛾围绕着飞舞。一处是马圈。灯光照见槽头一个一个马的脑袋。它们正在安静地、严肃地咀嚼着草料。时不时的，喷一个响鼻，摇摇耳朵，顿一顿蹄子。偢六——王全，正在夹着料笸箩，弯着腰，无声地忙碌着，或者停下来，用满怀慈爱的、喜悦的眼色，看看这些贵重的牲口。

王全的胸前佩着一枚小小的红旗，这是新选的红旗手的标志。

“看看！”

塞下人物记[1]

※

一、陈银娃

农民大都能赶车，但不是所有的农民都能当一个出色的车倌。

星期天，有三辆马车要到片石山去拉石头。我那天没有什么事，就提出跟他们的车到片石山看看。我在这个地方住了一年多了，每天上午十一点半，下午五点半，都听见片石山放炮。风雨无阻，准时不误。一直想去看看。片石山就是采石场。不知道为什么本地人都叫它片石山。

马车一进山，不由得人要挺挺胸脯，深吸一口气。这是个雄壮的地方。采石的山头已经劈去了半个，露出扇面一样的青灰色的石骨，间或有几条铁锈色蜿蜒的纹道。这石骨是第一次接触空气呀。人，是了不起的。一个老把式正在清除残石。放了炮，并不是所有的石头都崩落下来，有一些仍粘连在石壁上。老把式在腰里系了一根粗绳，绳头固定在山顶，他悬在半空，拿了一根钢钎，这里捅一下，那里戳一下，——轰隆！门板大的石块就从四五层楼那样的高处落到地面。

这是个石头的世界。到处是石头。

好些人在干活，搬运石头。他们把石头按大小块分别堆放。这

① 初刊于《北京文艺》一九八〇年第九期，初收于《汪曾祺短篇小说选》。

些石头各有不同用处。大的可制碾盘、磨扇，重量都在千斤以上。有两个已经斫好的石磨就在旁边搁着。中等的有四五百斤，可做阶石、刻墓碑。小块的二三十斤、四五十斤不等，砌墙，垒堤坝。搬运石头，没有工具。四五百斤，就是搁在后腰上背着，——有的垫一条麻袋。他们都是不出声地，慢慢地，一步一步地走着。不唱歌，也不喊号子。那么多的人在活动，可是山里静悄悄的。

三辆大车装满了石头，——都是小块的。下山的路，车走得很快。三辆三套大车，前后相跟，九匹马，三十六只马蹄，郭答郭答响成一片，很威风，很气派。忽然，头一辆车"误"住了。快到平地时，有一个坑。前天下过雨，积水未干。不知道是谁，拿浮土把它垫了。上山是空车，不觉得。下山是重载，一下子崴在里面了。

车倌是个很精干，也很要强的小伙子。叭——叭！接连抽了几鞭子，——没上来。他跳下车，拿铁锨把胶皮轱辘前面的土铲去一些，上车又是几鞭子。"哦嗬！——咦哦嗬！"不顶！车倌的脸通红，"咳！我日你妈！"手里的鞭子抽得山响，辕马和拉套的马一齐努力，马蹄子乱响，噼哩叭啦！噼哩叭啦！还是不顶！越陷越深，车身歪得厉害，眼见得这辆车要"扣"。第二辆车上的是个老车倌，跳下来，到前面看了看，说："卸吧！"

这一车石头，卸下来，再装上，得多少时候？正在这时，第三辆上的车倌高声喊道："陈银娃来啦！"

我听人们说起过陈银娃，没见过。

陈银娃是个二十五六的小伙子，眉清目秀，穿了一副大红牡丹花的"腰子"，布衫搭在肩头。——这一带夏天一天温差很大，"早穿皮袄午穿纱"，男人们兴穿一种薄棉的紧身背心，叫做"腰子"。

“腰子”的布料都很鲜艳。六七十岁的老汉也穿红的，年轻人就不用提了。像陈银娃穿的这件大红牡丹花的“腰子”，并非罕见。

老车倌跟银娃说了几句话。银娃看了看车上的石头，说：“你们真敢装！这一车够四千八百斤！”又看了看三匹马，称赞道：“好牲口！”然后掏出烟袋，点了一锅烟，说：“牲口打毛了，它不知道往哪里使劲，让它缓一缓。”

三锅烟抽罢，他接过鞭子，腾地跳上车辕，甩了一个响鞭，“叭——！”三匹牲口的耳朵都竖得直直的。“喔嗬！”辕马的肌肉直颤。紧接着，他照着辕马的两肩之间狠抽了一鞭，辕马全身力量都集中在两只前腿上，往前猛力一蹬，挽套的马就势往前一冲，——车上来了。

他跳下车，把鞭子还给车倌。

三个车倌同声向他道谢，“嗳！谢啥咧！”他已经走进了高粱地。只见他的黑黑的头发和大红牡丹花的“腰子”在油绿油绿的高粱丛中一闪一闪，走远了。

老车倌告诉我，陈银娃赶车是家传，他父亲就是一个有名的车倌。有人曾经跟他打赌：那人戴了一顶毡帽，银娃的父亲一鞭子抽过去，毡帽劈成了两半，那人的头皮却纹丝未动。

也有人说，没有那么回事。

二、王大力

小车站有个搬运队，有二十几个人。他们搬运的东西主要是片石山下来的石头。车站两边的月台上经常堆满了石料。他们每天要把四五百斤一块的石头，一块一块地背上火车去。他们也是那样不声不响地工作着，迈着稳稳的步子，一步一步走上月台和车厢之间的跳板。

他们的宿舍就在离车站不远的路边。夏天中午路过时，可以看到他们半躺在铺上休息，有的在抽烟。他们似乎在休息时也是不声不响的。

有时有一个女人上他们宿舍来。她带着一个包袱，打开来，把拆洗缝补好的衣服分送给几个人；又收走一些换下来的衣服。这个女人也不说话，也是那么不声不响的。搬运工人对她好像很尊重。她来了，躺着的就都坐起来。这女人有五十上下年纪。

有人告诉我，这是王大力的媳妇。

王大力也是个搬运工，前五年死了。

大家都叫他王大力，没有多少人知道他的真名字。

离车站二里有一个扬旗。扬旗对面有一座孤山头，人们就叫它孤山。——这一带的山都是当地人依山的形貌取的名字，如孤山、红山、马脊梁山。孤山不算很高，不过爬到山顶，周围几十里都看得清清楚楚。我曾经上去过。空着手也不能一口气走到山顶，当中总得歇一会。有人跟王大力打赌，问他能不能扛三麻袋绿豆一口气上山。粮食里最重的是绿豆。一麻袋绿豆二百七十斤。三麻袋，八百多斤。王大力一口气扛上去了，跟没事似的。

他吃两个人的饭，干三个人的活。

有一次，火车过了扬旗，已经拉了汽笛，王大力发现，轨道上有一堆杉篙，——不知道这是谁干的事。他二话没说，跳下月台，一手抓起一根，乒乒乓乓往月台上扔。最后一根杉篙扔上去，火车到了。他爬上月台，脱了力，瘫下来，死了。

火车一阵风似的开过去了，谁也不知道车站上发生过什么事。

他留下一个媳妇，一个儿子。现在，他原先的同伴共同养活着他的家属。他们按月凑齐了钱，给他的老伴送去。她就给这些搬运工缝缝补补，洗洗涮涮。

孤山下有两间矮矮的房子，碱土抹墙，青瓦盖顶，房顶上爬着瓜藤。有人指给我看："那就是王大力的家。"

人们每年都要念叨："王大力死了三年了"，"王大力死了四年了"，"王大力死了五年了"……

三、说话押韵的人

我要到宁远铁厂的仓库去办一点事，找一个捡粪的老人问路。他告诉我：起这里一直往东，穿过一片大叶桑树。多会看见地皮通红，不远就是铁厂仓库。我道了谢，往前走。忽然发现：嗯？这人说话是押韵的？

这人有六十开外年纪，还一点不显衰老。他是一个退休的工人，现在的任务是看守着一堆焦炭。这堆焦炭是大炼钢铁的时候存下来的。不老少，像一座小山。不知道为什么，一直不处理，也不运走，一直就在一片空地上放着。从夏天到冬天，一直放着。

他就在路边一间泥墙瓦顶的房子里住着，一个人。这间房子原是大炼钢铁时的指挥所，现在还可以看到贴在墙上的褪了色的标语。

他是个不安于闲坐的人，不常在家。但是你可以走进去，一切自便。门锁着，熟人都知道钥匙藏在什么地方。口渴了，喝水。他随时都温着一大锅开水。天气冷，可以烧一把豆秸火烤烤。甚至还可以掏出几个山药放在火里烤熟了吃。山药就在麻袋里放着，放在一个显眼的地方，敞着口。

他每天出去巡视几遍，看看那一堆焦炭。其余时间，多半是去捡粪。

不远的田地上矗立着一排一排土高炉，整整齐齐，四四方方。再过三五年，没有见过大炼钢铁的盛景的年轻人将会不知道这些黄土筑成的方形建筑物是干什么用的。也许会以为这是古代一场什么战争留下的遗物。——这地方是李克用的故乡，说不定有一个考古学家会考证出这跟沙陀国有关。当年，这个地方曾经是炉火通红，照亮了半个天，——吓得几十里之内的狼都把家搬进深山里去了。现在呢，这些土高炉已经无声无息。里面毫无例外，全都结了一层厚厚的焦子。焦子结实得很。刨不动，凿不开。除非用炸药才能把它炸碎。可是谁也没想起用炸药来炸它。因此，在这片本来是好地的田野上就一直保留着一群古迹。这些古迹有一个很大的优点，既避风，走进去外面又看不见，于是就变成过往行人的一个合乎理想的厕所。这个退休工人每天就到高炉里去捡粪，在那座焦炭山旁边堆成了另一座山。这座粪山高到一定程度，他就通知公社套车来把它拉走。

我和别人到他的小屋里去过几次，喝过水，烤过火，都没有见到他。人们告诉我，他只有三顿饭时在家。

冬天，我又和别人路过他的家，他在。那是前半晌，他已经在做饭了。我说："这么早就做饭？"别人说："他到冬天都是吃两顿。"他把小米饭闷上，说：

三顿饭一顿吃两碗；
两顿饭一顿吃三碗。
算来算去一边儿多，
就是少抓一遍儿锅。[1]

人们告诉过我，这人说话从来就是这样，张口就押韵。我活到这么大，还没有遇见过一个说话全部押韵的人。莫里哀喜剧里的汝尔丹说了四十年散文，此人说了六十年韵文！

他的韵押得还很精巧。不是一韵到底，是转韵的。而且很复杂。除了两个“碗”字互押，“多”与“锅”押；“一边儿”、“一遍儿”也是相押的。节奏也很灵活，不是像快板或是戏曲，倒像是口语化的新诗。他说话还有个特点，很形象。结构方法也和一般人不一样。

这个人并不爱滑稽逗乐，平常连话也不多，就是说起话来就押韵，真怪！

四、乡下的阿基米德

阿基米德，古希腊学者。生于叙拉古。曾发现杠杆定律和阿基米德定律，确定许多物体的表面积和体积的计算方法，并设计了多种机械和建筑物。罗马进犯叙拉古时，他应用机械技

① 此地方言，把锅烧热了做饭，叫做“抓”。

术来帮助防御，城破时被害。

——《辞海》

此人可以说是其貌不扬。长脸，很长。鼻子下面的人中也特别的长。他有两个特点。一个是脾气好。多会也没见他和人红过脸嚷嚷过。不论是开会，是私底下，他总是慢条斯理的说话，脸上带着笑，眯缝着眼，有一点结巴，不厉害。他不是随风倒的人，凡事自有主见。但是表达的方式很含蓄，很简短。对某人的行为不以为然，只是说："看看！——这人！"对某种意见不同意，只是说："嗯！——说的！"因此得了个外号：老蔫。另一个特点是：内秀。

他是这个农业科学研究所的老工人了。主要工作是管理马铃薯试验田。但这只是相对固定。哪里需要人，他就被调去。大田、果园、菜园，都干过。粉房的师傅请假回家探亲，他去漏几天粉。酒厂的师傅病了，他去烧两锅。过年杀猪，那是他的活。骡马得了小病，不用送兽医院，他会扎针。他是个好木匠，能开料，能算工。什么地方开农具革新展览会，所里总是派他去。回来后，不用图纸，两三天内，他就能照样鼓捣出几件。

他有一对好耳朵，一个好记性。不论什么乐器，凡是他见过的，他都能摆弄，甭管是横的，竖的，吹的，拉的，弹的。他不识谱，一般的曲子，他听两遍，就能背下来。所里有个李技师，业余爱拉小提琴。这玩意工人们没有见过，给它起了个名儿，叫"歪脖拉"。他很爱这洋乐器，常常到李技师屋里去看他拉，听他拉。有一次李技师被所长请去研究问题。回来时听见有人在他屋下拉他常拉的练习曲。心想：这是谁呀？推门一看，是他！李技师当时目瞪口呆了半天。

为了旱涝保收，所里决定冬天打井。没有人会。派他到公社打井队住了一个星期，回来，支起架子就开工了。两个冬天，打出了八口井。再打两口，就完成了计划。打井不能打打停停，因此得三班倒。为了提高效率，搞了竞赛，逐日公布各班进度。在手的这口井已经打穿了沙层，打到石层了，一两天就能出水了。井筒、油毡都已经准备好，净等着敲锣打鼓报喜了。打到石层，可就费劲了。一班出不了多少活。夜班的带班的是个干部。他搞了点物质刺激，说是拿下多少进度，他买五包牡丹烟请客。这一下，哥儿几个玩了命，而且违反了操作规程，该起锥时不起锥，该灌泥浆时不灌，一个劲地把井锥往下砸。——一下把个井锥夹住了，起不出来了。全班十二个棒小伙子鼓楸了多半夜，人人汗透了棉袄，这井锥像是生了根，动都不动，他娘的！

天亮了，全所的干部、工人轮流来看过，出了很多主意，全都不解决问题，锥还是一动不动。大家都很丧气。得！费了半个月，四百四十个工，还扔了一个崭新的火箭锥，这口井报废了。

老蔫来看了看，围着井转了几圈，坐下来愣了半天神。后晌，他找了几个工人，扛来三十来根杉篙，一大捆粗铁丝。先在井架四角立了四根柱子，然后把杉篙横一根竖一根用铁丝绑紧，一头绑在锥杆上，一头坠了一块千数来斤重的大石头。都弄完了，天已经擦黑了。他拍拍手，对几个伙计说：“走！吃饭！饿了！”工人们走来，看看这个奇形怪状的杉木架子，都纳闷：“这是闹啥咧？”我也来看了看，心里有点明白。凭我那点物理学常识，我知道这是一套相当复杂的杠杆。

天刚刚亮，一个工人起来解手，大声嚷嚷起来：“嗨！起来啦！井锥起来啦！”

老蔫来看看，没有说什么话。还跟平常一样，扛着铁锹下地，脸上笑眯眯的。

按说，他够当一个劳模。几年来的评选会上，工人们都提了他。但是领导不同意。原因很简单：他不是党员。

五、俩老头

郭老头、耿老头，俩老头。这两个老头，从前面看，像五十岁；从后面看像三十岁，他们今年都已经做过七十整寿了。身体真好！郭老头能吃饭。斤半烙饼卷成一卷，攥在手里，蘸一点汁，几口就下去了。他这辈子没有牙疼过。耿老头能喝酒。他拿了茶碗上供销社去打酒，一手接酒，一手交钱。售货员找了钱给他，他亮着个空碗：“酒呢？”售货员有点恍惚：记得是打给他了呀？——售货员低头数钱的功夫，二两酒已经进了他的肚了。俩老头非常“要好”，——这地方的方言，“要好”是爱干净爱整齐的意思。不论什么时候，上唇的胡子平斩乌黑，下巴的胡子刮得溜光。浑身的衣服，袖子是袖子，领子是领子，一个纽扣也不短。俩老头还都爱穿撒鞋，斜十字实纳帮，皮梁、薄底，是托人在北京步云斋买的。这种鞋过去是专门卖给抬轿的轿夫穿的，后来拉包月车的车夫也爱穿，抱脚，精神！俩老头焦不离孟，孟不离焦。年下办年货，一起去；四月十八奶奶庙庙会，一起去；开会，一起到场；送人情出份子，一起进门。生产队有事找他们，队长总是说："去！找找俩老头！""俩老头"不是"两个老头"的意思，是说他们特别亲密的关系。类似"哥俩"、"姐俩"。按说应该叫他们"老头俩"，不过没有这么说话的，所以人们只能叫他们"俩老头"。

两个老头现在都是生产队的技术顾问。郭老头精通瓜菜，也懂大田；耿老头精通大田，也懂瓜菜。

两个人的身世可不一样。

我第一次遇见郭老头是在一个卖老豆腐的小饭铺里。他坐在我对面，我对他看了又看，总觉得他脸上有点什么地方和别人不大一样。他看着我，知道我心里琢磨什么，搭了碴："耳朵"。可不是！他的耳朵没有耳轮。"你拿牙咬咬！"那可不行，哪能咬人的耳朵呢！"那你用手撕撕！"我也没有撕，倒真用手指头捏了捏：他的耳朵是棒硬的！——"这是摔跤的褡膊磨出来的。"

他告诉我，他不是此地人，是北京人，——他说的是一口地道北京话。安定门外住家，就在桥根底下。种一片小菜园子，自种自卖。从小爱摔跤。那会摔跤，新手初下场子，对方上来就用褡膊蹭你的耳朵。那会的褡膊都是粗帆布纳的，两下，血就下来了。他的耳朵就这么磨出来了。

怎么会到这里来了呢？那年大旱，河净井干。种菜没水哪行呀？逃荒吧。逃到张家口，人地两生。怎么吃饭呢？就撂了地摔跤。不是表演，是陪人摔。那会有那么一帮阔公子，学了一招两式，喜欢下场显示显示。他陪着摔，摔完了人家给钱。这在阔公子们叫做"耗财买脸"。他说："不能摔着他，还不能让他摔着了。让他摔着了，倒了牌子；摔着他，那哪成呀！——这跤摔的！"混了两年，觉得陪着人家“耗财买脸”，太没意思了！遇到一个熟人，在这里落了户，他也就搬了过来。一晃，四十年了。

我有一天傍晚从城里回来，那天是八月中秋，远远听见大队的大谷仓里有个小姑娘唱《五哥放羊》。真是好嗓子，又甜，又脆，又亮。哪来这么个小姑娘呀？去看看！走进门，是耿老头！

耿老头唱过二人台。艺名骆驼旦。“骆驼”和“旦”怎么能联在一起呢？再说，他哪儿也不像骆驼呀？既不驼背，也不是庞然大物，——他是个瘦瘦小小的身材，本地人所谓“三料个子”，据说年轻的扮相俊着呢。也许他小名叫个骆驼。这一点我到现在还没弄清楚。他这个“旦”是半业余的。逢年过节，成个小班子，七八个人，赶集趁庙，火红几天。平常还是在家种地。

俩老头都是在江湖上闯过的人，可是他们在作务庄稼上，都是一把好手。

他们现在不常下地干活了，每天只是到处转转，看看，问问，说说。

俩老头转到一块瓜地。西瓜才窜出苗来，长了几片蓝绿蓝绿的叶子，水灵灵的，好看得很。俩老头围着瓜地转了一圈，咬了一会耳朵，发了话：“把这片瓜都刨了吧，种别的庄稼，种小叶芥菜吧，还能落点猪食。”——“咋啦？”——“你们把瓜籽安得太浅了，这一片瓜秧全都吊死了！”瓜籽安浅了，扎下根，够不着下面的底肥，长不大，这叫“吊死”。“看你俩说的！青苗绿叶的，就能吊死啦！你们的眼睛能看穿了沙层土板啦！真是神了！不信！”——“不信？不信，看吧！”过了两天，蓝绿蓝绿的瓜叶果然全都黄了，蔫了。刨开来看看，果然，吊死了！

也许因为俩老头闯过江湖，他们不怕官。

“大跃进”那年月，市里下来一个书记，到大队蹲点。在预报产量的会上，他要求一再加码。有人害怕，有人拍马，产量高得不像个话。耿老头说：“这是种庄稼？是起哄哪？你们当官的，起了哄，一走！俺们秋后咋办呢？拿什么往上交，拿什么吃呀？”书记有点恼火，说：“你这是秋后算账派。”郭老头说：“秋后算账派有什么不好呀？就是要秋后算账嘛！秋后算账比春前瞎闹强！”胳膊拧不过大腿，产量还是按照书记要求的天文数字报上去了。措施呢？主要是密植。小麦试验田一亩下了二百斤麦种！高粱、玉米、谷子，一律缩小株行距，下种超过往年三倍。郭老头、耿老头坚决不同意，书记下不来台，又不能拍桌子，气得他说：“啊呀！你就做一次社会主义的冒失鬼行不行？”

到了锄地时，俩老头拿着小锄，下地干起活来。他们把谷子地过密的小苗全给锄掉了。锄一棵，骂一句：“去你娘的！”——锄一棵，骂一句：“去你娘的！”队长知道了，赶紧来拦住：“啊呀！你们这是干啥呢！这是反领导呀！”俩老头一起说：“怕啥！他打不了我反革命！”

秋后，大田全部减产，有的地根本没有秀穗，只能割了喂老牛。只有俩老头锄过的地获得了大丰收。

在市里召开的丰产经验交流会上，俩老头当了代表，发了言，题目是：《要做老实庄稼人，不当社会主义的冒失鬼》。主持会议的就是来蹲过点的那位书记。书记致过开幕词，郭老头头一个发言，头一句话就是：“×书记叫俺们做社会主义冒失鬼……”

俩老头后来一见这位书记，当面就叫他“社会主义的冒失鬼”。书记一点办法没有。看来他这顶“冒失鬼”的帽子得戴几年。

一九八〇年一月五日写成

五月廿九日修改

黄油烙饼[1]

※

萧胜跟着爸爸到口外去。

萧胜满七岁，进八岁了。他这些年一直跟着奶奶过。他爸的工作一直不固定。一会儿修水库啦，一会儿大炼钢铁啦。他妈也是调来调去。奶奶一个人在家乡，说是冷清得很。他三岁那年，就被送回老家来了。他在家乡吃了好些萝卜白菜，小米面饼子，玉米面饼子，长高了。

奶奶不怎么管他。奶奶有事。她老是找出一些零碎料子给他接衣裳，接褂子，接裤子，接棉袄，接棉裤。他的衣服都是接成一道一道的，一道青，一道蓝。倒是挺干净的。奶奶还给他做鞋。自己打袼褙，剪样子，纳底子，自己绱。奶奶老是说："你的脚上有牙，有嘴？""你的脚是铁打的！"再就是给他做吃的。小米面饼子，玉米面饼子，萝卜白菜——炒鸡蛋，熬小鱼。他整天在外面玩。奶奶把饭做得了，就在门口嚷："胜儿！回来吃饭咧！——"

后来办了食堂。奶奶把家里的两口锅交上去，从食堂里打饭回来吃。真不赖！白面馒头，大烙饼，卤虾酱炒豆腐，闷茄子，猪头肉！食堂的大师傅穿着白衣服，戴着白帽子，在蒸笼的白蒙蒙的热气中晃来晃去，拿铲子敲着锅边，还大声嚷叫。人也胖了，猪也肥了。真不赖！

① 初刊于《新观察》一九八〇年第二期，初收于《汪曾祺短篇小说选》。

后来就不行了。还是小米面饼子，玉米面饼子。

后来小米面饼子里有糠，玉米面饼子里有玉米核磨出的碴子，拉嗓子。人也瘦了，猪也瘦了。往年，撵个猪可费劲哪。今年，一伸手就把猪后腿攥住了。挺大一个克郎，一挤它，咕咚就倒了。掺假的饼子不好吃，可是萧胜还是吃得挺香。他饿。

奶奶吃得不香。她从食堂打回饭来，掰半块饼子，嚼半天。其余的，都归了萧胜。

奶奶的身体原来就不好。她有个气喘的病。每年冬天都犯。白天还好，晚上难熬。萧胜躺在炕上，听奶奶喝喽喝喽地喘。睡醒了，还听她喝喽喝喽。他想，奶奶喝喽了一夜。可是奶奶还是喝喽着起来了，喝喽着给他到食堂去打早饭，打掺了假的小米饼子，玉米饼子。

爸爸去年冬天回来看过奶奶。他每年回来，都是冬天。爸爸带回来半麻袋土豆，一串口蘑，还有两瓶黄油。爸爸说，土豆是他分的；口蘑是他自己采，自己晾的；黄油是"走后门"搞来的。爸爸说，黄油是牛奶炼的，很"营养"，叫奶奶抹饼子吃。土豆，奶奶借锅来蒸了，煮了，放在灶火里烤了，给萧胜吃了。口蘑过年时打了一次卤。黄油，奶奶叫爸爸拿回去："你们吃吧。这么贵重的东西！"爸爸一定要给奶奶留下。奶奶把黄油留下了，可是一直没有吃。奶奶把两瓶黄油放在躺柜上，时不时地拿抹布擦擦。黄油是个啥东西？牛奶炼的？隔着玻璃，看得见它的颜色是嫩黄嫩黄的。去年小三家生了小四，他看见小三他妈给小四用松花粉扑痱子。黄油的颜色就像松花粉。油汪汪的，很好看。奶奶说，这是能吃的。萧胜不想吃。他没有吃过，不馋。

奶奶的身体越来越不好。她从前从食堂打回饼子，能一气走到家。现在不行了，走到歪脖柳树那儿就得歇一会。奶奶跟上了年纪的爷爷、奶奶们说：“只怕是过得了冬，过不得春呀。”萧胜知道这不是好话。这是一句骂牲口的话。“暖！看你这乏样儿！过得了冬过不得春！”果然，春天不好过。村里的老头老太太接二连三地死了。镇上有个木业生产合作社，原来打家具、修犁耙，都停了，改了打棺材。村外添了好些新坟，好些白幡。奶奶不行了，她浑身都肿。用手指按一按，老大一个坑，半天不起来。她求人写信叫儿子回来。

爸爸赶回来，奶奶已经咽了气了。

爸爸求木业社把奶奶屋里的躺柜改成一口棺材，把奶奶埋了。晚上，坐在奶奶的炕上流了一夜眼泪。

萧胜一生第一次经验什么是“死”。他知道“死”就是“没有”了。他没有奶奶了。他躺在枕头上，枕头上还有奶奶的头发的气味。他哭了。

奶奶给他做了两双鞋。做得了，说：“来试试！”——“等会儿！”吱溜，他跑了。萧胜醒来，光着脚把两双鞋都试了试。一双正合脚，一双大一些。他的赤脚接触了搪底布，感觉到奶奶纳的底线，他叫了一声“奶奶！”又哭了一气。

爸爸拜望了村里的长辈，把家里的东西收拾收拾，把一些能应用的锅碗瓢盆都装在一个大网篮里。把奶奶给萧胜做的两双鞋也装在网篮里。把两瓶动都没有动过的黄油也装在网篮里。锁了门，就带着萧胜上路了。

萧胜跟爸爸不熟。他跟奶奶过惯了。他起先不说话。他想家，想奶奶，想那棵歪脖柳树，想小三家的一对大白鹅，想蜻蜓，想蝈蝈，想挂大扁飞起来格格地响，露出绿色硬翅膀底下的桃红色的翅膜……后来跟爸爸熟了。他是爸爸呀！他们坐了汽车，坐火车，后来又坐汽车。爸爸很好。爸爸老是引他说话，告诉他许多口外的事。他的话越来越多，问这问那。他对“口外”产生了很浓厚的兴趣。

他问爸爸啥叫“口外”。爸爸说“口外”就是张家口以外，又叫“坝上”。“为啥叫坝上？”他以为“坝”是一个水坝。爸爸说到了就知道了。

敢情“坝”是一溜大山。山顶齐齐的，倒像个坝。可是真大！汽车一个劲地往上爬。汽车爬得很累，好像气都喘不过来，不停地哼哼。上了大山，嘿，一片大平地！真是平呀！又平又大。像是擀过的一样。怎么可以这样平呢！汽车一上坝，就撒开欢了。它不哼哼了，“刷——”一直往前开。一上了坝，气候忽然变了。坝下是夏天，一上坝就像秋天。忽然，就凉了。坝上坝下，刀切的一样。真平呀！远远有几个小山包，圆圆的。一棵树也没有。他的家乡有很多树。榆树，柳树，槐树。这是个什么地方！不长一棵树！就是一大片大平地，碧绿的，长满了草。有地。这地块真大。从这个小山包一匹布似的一直扯到了那个小山包。地块究竟有多大？爸爸告诉他：有一个农民牵了一头母牛去犁地，犁了一趟，回来时候母牛带回来一个新下的小牛犊，已经三岁了！

汽车到了一个叫沽源的县城，这是他们的最后一站。一辆牛车来接他们。这车的样子真可笑，车轱辘是两个木头饼子，还不怎么圆，骨鲁鲁，骨鲁鲁，往前滚。他就仰面躺在牛车上，上面是一个很大的蓝天。牛车真慢，还没有他走得快。他有时下来掐两朵野花，走一截，又爬上车。

这地方的庄稼跟口里也不一样。没有高粱，也没有老玉米，种莜麦，胡麻。莜麦干净得很，好像用水洗过，梳过。胡麻打着把小蓝伞，秀秀气气，不像是庄稼，倒像是种着看的花。

喝，这一大片马兰！马兰他们家乡也有，可没有这里的高大。长齐大人的腰那么高，开着巴掌大的蓝蝴蝶一样的花。一眼望不到边。这一大片马兰！他这辈子也忘不了。他像是在一个梦里。

牛车走着走着。爸爸说：到了！他坐起来一看，一大片马铃薯，都开着花，粉的、浅紫蓝的、白的，一眼望不到边，像是下了一场大雪。花雪随风摇摆着，他有点晕。不远有一排房子，土墙、玻璃窗。这就是爸爸工作的“马铃薯研究站”。土豆——山药蛋——马铃薯。马铃薯是学名，爸说的。

从房子里跑出来一个人。“妈妈——！”他一眼就认出来了！妈妈跑上来，把他一把抱了起来。

萧胜就要住在这里了，跟他的爸爸、妈妈住在一起了。

奶奶要是一起来，多好。

萧胜的爸爸是学农业的，这几年老是干别的。奶奶问他：“为什么总是把你调来调去的？”爸说：“我好欺负。”马铃薯研究站别人都不愿来，嫌远。爸愿意。妈是学画画的，前几年老画两个娃娃拉不动的大萝卜啦，上面张个帆可以当作小船的豆荚啦。她也愿意跟爸爸一起来，画“马铃薯图谱”。

妈给他们端来饭。真正的玉米面饼子，两大碗粥。妈说这粥是草籽熬的。有点像小米，比小米小，绿盈盈的，挺稠，挺香。还有一大盘鲫鱼，好大。爸说别处的鲫鱼很少有过一斤的，这儿“淖”里的鲫鱼有一斤二两的，鲫鱼吃草籽，长得肥。草籽熟了，风把草籽刮到淖里，鱼就吃草籽。萧胜吃得很饱。

爸说把萧胜接来有三个原因。一是奶奶死了，老家没有人了。二是萧胜该上学了，暑假后就到不远的一个完小去报名。三是这里吃得好一些。口外地广人稀，总好办一些。这里的自留地一个人有五亩！随便刨一块地就能种点东西。爸爸和妈妈就在“研究站”旁边开了一块地，种了山药，南瓜。山药开花了，南瓜长了骨朵了。用不了多久，就能吃了。

马铃薯研究站很清静，一共没有几个人。就是爸爸、妈妈，还有几个工人。工人都有家。站里就是萧胜一家。这地方，真安静。成天听不到声音，除了风吹莜麦穗子，沙沙地像下小雨；有时有小燕吱喳地叫。

爸爸每天戴个草帽下地跟工人一起去干活，锄山药。有时查资料，看书。妈一早起来到地里掐一大把山药花，一大把叶子，回来插在瓶子里，聚精会神地对着它看，一笔一笔地画。画的花和真的花一样！萧胜每天跟妈一同下地去，回来鞋和裤脚沾得都是露水。奶奶做的两双新鞋还没有上脚，妈把鞋和两瓶黄油都锁在柜子里。

白天没有事，他就到处去玩，去瞎跑。这地方大得很，没遮没挡，跑多远，一回头还能看到研究站的那排房子，迷不了路。他到草地里去看牛、看马、看羊。

他有时也去莳弄莳弄他家的南瓜、山药地。锄一锄，从机井里打半桶水浇浇。这不是为了玩。萧胜是等着要吃它们。他们家不起火，在大队食堂打饭，食堂里的饭越来越不好。草籽粥没有了，玉米面饼子也没有了。现在吃红高粱饼子，喝甜菜叶子做的汤。再下去大概还要坏。萧胜有点饿怕了。

他学会了采蘑菇。起先是妈妈带着他采了两回，后来，他自己也会了。下了雨，太阳一晒，空气潮乎乎的，闷闷的，蘑菇就出来了。蘑菇这玩意很怪，都长在“蘑菇圈”里。你低下头，侧着眼睛一看，草地上远远的有一圈草，颜色特别深，黑绿黑绿的，隐隐约约看到几个白点，那就是蘑菇圈。的溜圆。蘑菇就长在这一圈深颜色的草里。圈里面没有，圈外面也没有。蘑菇圈是固定的。今年长，明年还长。哪里有蘑菇圈，老乡们都知道。

有一个蘑菇圈发了疯。它不停地长蘑菇，呼呼地长，三天三夜一个劲地长，好像是有鬼，看着都怕人。附近七八家都来采，用线穿起来，挂在房檐底下。家家都挂了三四串，挺老长的三四串。老乡们说，这个圈明年就不会再长蘑菇了，它死了。萧胜也采了好些。他兴奋极了，心里直跳。“好家伙！好家伙！这么多！这么多！”他发了财了。

他为什么这样兴奋？蘑菇是可以吃的呀！

他一边用线穿蘑菇，一边流出了眼泪。他想起奶奶，他要给奶奶送两串蘑菇去。他现在知道，奶奶是饿死的。人不是一下饿死的，是慢慢地饿死的。

食堂的红高粱饼子越来越不好吃，因为掺了糠。甜菜叶子汤也越来越不好喝，因为一点油也不放了。他恨这种掺糠的红高粱饼子，恨这种不放油的甜菜叶子汤！

他还是到处去玩，去瞎跑。

大队食堂外面忽然热闹起来。起先是拉了一牛车的羊砖来。他问爸爸这是什么，爸爸说："羊砖。"——"羊砖是啥？"——"羊粪压紧了，切成一块一块。"——"干啥用？"——"烧。"——"这能烧吗？"——"好烧着呢！火顶旺。"后来盘了个大灶。后来杀了十来只羊。萧胜就站在旁边看杀羊。他还没有见过杀羊。嘿，一点血都流不到外面，完完整整就把一张羊皮剥下来了！

这是要干啥呢？

爸爸说，要开三级干部会。

"啥叫三级干部会？"

"等你长大了就知道了！"

三级干部会就是三级干部吃饭。

大队原来有两个食堂，南食堂，北食堂，当中隔一个院子，院子里还搭了个小棚，下雨天也可以两个食堂来回串。原来"社员"们分在两个食堂吃饭。开三级干部会，就都挤到北食堂来。南食堂空出来给开会干部用。

三级干部会开了三天，吃了三天饭。头一天中午，羊肉口蘑潲子蘸莜面。第二天炖肉大米饭。第三天，黄油烙饼。晚饭倒是马马虎虎的。

"社员"和"干部"同时开饭。社员在北食堂，干部在南食堂。北食堂还是红高粱饼子，甜菜叶子汤。北食堂的人闻到南食堂里飘过来的香味，就说："羊肉口蘑潲子蘸莜面，好香好香！""炖肉大米饭，好香好香！""黄油烙饼，好香好香！"

萧胜每天去打饭，也闻到南食堂的香味。羊肉、米饭，他倒不稀罕；他见过，也吃过。黄油烙饼他连闻都没闻过。是香，闻着这种香味，真想吃一口。

回家，吃着红高粱饼子，他问爸爸："他们为什么吃黄油烙饼？"

"他们开会。"

"开会干嘛吃黄油烙饼？"

"他们是干部。"

"干部为啥吃黄油烙饼？"

"哎呀！你问得太多了！吃你的红高粱饼子吧！"

正在咽着红饼子的萧胜的妈忽然站起来，把缸里的一点白面倒出来，又从柜子里取出一瓶奶奶没有动过的黄油，启开瓶盖，挖了一大块，抓了一把白糖，兑点起子，擀了两张黄油发面饼。抓了一把莜麦秸塞进灶火，烙熟了。黄油烙饼发出香味，和南食堂里的一样。妈把黄油烙饼放在萧胜面前，说：

"吃吧，儿子，别问了。"

萧胜吃了两口，真好吃。他忽然咧开嘴痛哭起来，高叫了一声："奶奶！"

妈妈的眼睛里都是泪。

爸爸说："别哭了，吃吧。"

萧胜一边流着一串一串的眼泪，一边吃黄油烙饼。他的眼泪流进了嘴里。黄油烙饼是甜的，眼泪是咸的。

受戒[1]

※

明海出家已经四年了。

他是十三岁来的。

这个地方的地名有点怪，叫庵赵庄。赵，是因为庄上大都姓赵。叫做庄，可是人家住得很分散，这里两三家，那里两三家。一出门，远远可以看到，走起来得走一会，因为没有大路，都是弯弯曲曲的田埂。庵，是因为有一个庵。庵叫菩提庵，可是大家叫讹了，叫成荸荠庵。连庵里的和尚也这样叫。“宝刹何处？”——“荸荠庵。”庵本来是住尼姑的。“和尚庙”、“尼姑庵”嘛。可是荸荠庵住的是和尚。也许因为荸荠庵不大，大者为庙，小者为庵。

明海在家叫小明子。他是从小就确定要出家的。他的家乡不叫“出家”，叫“当和尚”。他的家乡出和尚。就像有的地方出劁猪的，有的地方出织席子的，有的地方出箍桶的，有的地方出弹棉花的，有的地方出画匠，有的地方出婊子，他的家乡出和尚。人家弟兄多，就派一个出去当和尚。当和尚也要通过关系，也有帮。这地方的和尚有的走得很远。有到杭州灵隐寺的、上海静安寺的、镇江金山寺的、扬州天宁寺的。一般的就在本县的寺庙。明海家田少，老大、老二、老三，就足够种的了。他是老四。他七岁那年，他当

---

① 初刊于《北京文学》一九八〇年第十期，初收《汪曾祺短篇小说选》。

和尚的舅舅回家，他爹、他娘就和舅舅商议，决定叫他当和尚。他当时在旁边，觉得这实在是在情在理，没有理由反对。当和尚有很多好处。一是可以吃现成饭。哪个庙里都是管饭的。二是可以攒钱。只要学会了放瑜伽焰口，拜梁皇忏，可以按例分到辛苦钱。积攒起来，将来还俗娶亲也可以；不想还俗，买几亩田也可以。当和尚也不容易，一要面如朗月，二要声如钟磬，三要聪明记性好。他舅舅给他相了相面，叫他前走几步，后走几步，又叫他喊了一声赶牛打场的号子："格当嘚——"，说是"明子准能当个好和尚，我包了！"要当和尚，得下点本，——念几年书。哪有不认字的和尚呢！于是明子就开蒙入学，读了《三字经》、《百家姓》、《四言杂字》、《幼学琼林》、《上论下论》、《上孟下孟》，每天还写一张仿。村里都夸他字写得好，很黑。

舅舅按照约定的日期又回了家，带了一件他自己穿的和尚领的短衫，叫明子娘改小一点，给明子穿上。明子穿了这件和尚短衫，下身还是在家穿的紫花裤子，赤脚穿了一双新布鞋，跟他爹、他娘磕了一个头，就随舅舅走了。

他上学时起了个学名，叫明海。舅舅说，不用改了。于是"明海"就从学名变成了法名。

过了一个湖。好大一个湖！穿过一个县城。县城真热闹：官盐店，税务局，肉铺里挂着成边的猪，一个驴子在磨芝麻，满街都是小磨香油的香味，布店，卖茉莉粉、梳头油的什么斋，卖绒花的，卖丝线的，打把式卖膏药的，吹糖人的，耍蛇的，……他什么都想看看。舅舅一劲地推他："快走！快走！"

到了一个河边，有一只船在等着他们。船上有一个五十来岁的瘦长瘦长的大伯，船头蹲着一个跟明子差不多大的女孩子，在剥一个莲蓬吃。明子和舅舅坐到舱里，船就开了。

明子听见有人跟他说话，是那个女孩子。

“是你要到荸荠庵当和尚吗？”

明子点点头。

“当和尚要烧戒疤呕！你不怕？”

明子不知道怎么回答，就含含糊糊地摇了摇头。

“你叫什么？”

“明海。”

“在家的时候？”

“叫明子。”

“明子！我叫小英子！我们是邻居。我家挨着荸荠庵。——给你！”

小英子把吃剩的半个莲蓬扔给明海，小明子就剥开莲蓬壳，一颗一颗吃起来。

大伯一桨一桨地划着，只听见船桨泼水的声音：

“哗——许！哗——许！”

…………

荸荠庵的地势很好，在一片高地上。这一带就数这片地高，当初建庵的人很会选地方。门前是一条河。门外是一片很大的打谷场。三面都是高大的柳树。山门里是一个穿堂。迎门供着弥勒佛。不知是哪一位名士撰写了一副对联：

大肚能容容天下难容之事

开颜一笑笑世间可笑之人

弥勒佛背后，是韦驮。过穿堂，是一个不小的天井，种着两棵白果树。天井两边各有三间厢房。走过天井，便是大殿，供着三世佛。佛像连龛才四尺来高。大殿东边是方丈，西边是库房。大殿东侧，有一个小小的六角门，白门绿字，刻着一副对联：

一花一世界

三藐三菩提

进门有一个狭长的天井，几块假山石，几盆花，有三间小房。

小和尚的日子清闲得很。一早起来，开山门，扫地。庵里的地铺的都是箩底方砖，好扫得很，给弥勒佛、韦驮烧一炷香，正殿的三世佛面前也烧一炷香、磕三个头，念三声“南无阿弥陀佛”，敲三声磬。这庵里的和尚不兴做什么早课、晚课，明子这三声磬就全都代替了。然后，挑水，喂猪。然后，等当家和尚，即明子的舅舅起来，教他念经。

教念经也跟教书一样，师父面前一本经，徒弟面前一本经，师父唱一句，徒弟跟着唱一句。是唱哎。舅舅一边唱，一边还用手在桌上拍板。一板一眼，拍得很响，就跟教唱戏一样。是跟教唱戏一样，完全一样哎。连用的名词都一样。舅舅说，念经：一要板眼准，二要合工尺。说：当一个好和尚，得有条好嗓子。说：民国二十年闹大水，运河倒了堤，最后在清水潭合龙，因为大水淹死的人很多，放了一台大焰口，十三大师——十三个正座和尚，各大庙的方丈都来了，下面的和尚上百。谁当这个首座？推来推去，还是石桥——善因寺的方丈！他往上一坐，就跟地藏王菩萨一样，这就不用说了；那一声“开香赞”，围看的上千人立时鸦雀无声。说：嗓子要练，夏练三伏，冬练三九，要练丹田气！说：要吃得苦中苦，方为人上人！说：和尚里也有状元、榜眼、探花！要用心，不要贪玩！舅舅这一番大法说得明海和尚实在是五体投地，于是就一板一眼地跟着舅舅唱起来：

“炉香乍爇——”

“炉香乍爇——”

“法界蒙薰——”

“法界蒙薰——”

“诸佛现金身……”

“诸佛现金身……”

……

等明海学完了早经，——他晚上临睡前还要学一段，叫做晚经，——荸荠庵的师父们就都陆续起床了。

这庵里人口简单，一共六个人。连明海在内，五个和尚。

有一个老和尚，六十几了，是舅舅的师叔，法名普照，但是知道的人很少，因为很少人叫他法名，都称之为老和尚或老师父，明海叫他师爷爷。这是个很枯寂的人，一天关在房里，就是那“一花一世界”里。也看不见他念佛，只是那么一声不响地坐着。他是吃斋的，过年时除外。

下面就是师兄弟三个，仁字排行：仁山、仁海、仁渡。庵里庵外，有的称他们为大师父、二师父；有的称之为山师父、海师父。只有仁渡，没有叫他“渡师父”的，因为听起来不像话，大都直呼之为仁渡。他也只配如此，因为他还年轻，才二十多岁。

仁山，即明子的舅舅，是当家的。不叫“方丈”，也不叫“住持”，却叫“当家的”，是很有道理的，因为他确确实实干的是当家的职务。他屋里摆的是一张帐桌，桌子上放的是帐簿和算盘。帐簿共有三本。一本是经帐，一本是租帐，一本是债帐。和尚要做法事，做法事要收钱，——要不，当和尚干什么？常做的法事是放焰口。正规的焰口是十个人。一个正座，一个敲鼓的，两边一边四个。人少了，八个，一边三个，也凑合了。荸荠庵只有四个和尚，要放整焰口就得和别的庙里合伙。这样的时候也有过。通常只是放半台焰口。一个正座，一个敲鼓，另外一边一个。一来找别的庙里合伙费事；二来这一带放得起整焰口的人家也不多。有的时候，谁家死了人，就只请两个，甚至一个和尚咕噜咕噜念一通经，敲打几声法器就算完事。很多人家的经钱不是当时就给，往往要等秋后才还。这就得记帐。另外，和尚放焰口的辛苦钱不是一样的。就像唱戏一样，有份子。正座第一份。因为他要领唱，而且还要独唱。当中有一大段“叹骷髅”，别的和尚都放下法器休息，只有首座一个人有板有眼地曼声吟唱。第二份是敲鼓的。你以为这容易呀？哼，单是一开头的“发擂”，手上没功夫就敲不出迟疾顿挫！其余的，就一样了。这也得记上：某月某日、谁家焰口半台，谁正座，谁敲鼓……省得到年底结帐时赌咒骂娘。……这庵里有几十亩庙产，租给人种，到时候要收租。庵里还放债。租、债一向倒很少亏欠，因为租佃借钱的人怕菩萨不高兴。这三本帐就够仁山忙的了。另外香烛灯火、油盐“福食”，这也得随时记记帐呀。除了帐簿之外，山师父的方丈的墙上还挂着一块水牌，上漆四个红字：“勤笔免思”。

仁山所说当一个好和尚的三个条件，他自己其实一条也不具备。他的相貌只要用两个字就说清楚了：黄，胖。声音也不像钟磬，倒像母猪。聪明么？难说，打牌老输。他在庵里从不穿袈裟，连海青直裰也免了。经常是披着件短僧衣，袒露着一个黄色的肚子。下面是光脚趿拉着一双僧鞋，——新鞋他也是趿拉着。他一天就是这样不衫不履地这里走走，那里走走，发出母猪一样的声音：“呣——呣——”。

二师父仁海。他是有老婆的。他老婆每年夏秋之间来住几个月，因为庵里凉快。庵里有六个人，其中之一，就是这位和尚的家眷。仁山、仁渡叫她嫂子，明海叫她师娘。这两口子都很爱干净，整天的洗涮。傍晚的时候，坐在天井里乘凉。白天，闷在屋里不出来。

三师父是个很聪明精干的人。有时一笔帐大师兄扒了半天算盘也算不清，他眼珠子转两转，早算得一清二楚。他打牌赢的时候多，二三十张牌落地，上下家手里有些什么牌，他就差不多都知道了。他打牌时，总有人爱在他后面看歪头胡。谁家约他打牌，就说“想送两个钱给你”。他不但经忏俱通（小庙的和尚能够拜忏的不多），而且身怀绝技，会“飞铙”。七月间有些地方做盂兰会，在旷地上放大焰口，几十个和尚，穿绣花袈裟，飞铙。飞铙就是把十多斤重的大铙钹飞起来。到了一定的时候，全部法器皆停，只几十副大铙紧张急促地敲起来。忽然起手，大铙向半空中飞去，一面飞，一面旋转。然后，又落下来，接住。接住不是平平常常地接住，有各种架势，“犀牛望月”、“苏秦背剑”……这哪是念经，这是耍杂技。也许是地藏王菩萨爱看这个，但真正因此快乐起来的是人，尤其是妇女和孩子。这是年轻漂亮的和尚出风头的机会。一场大焰口过后，也像一个好戏班子过后一样，会有一个两个大姑娘、小媳妇失踪，——跟和尚跑了。他还会放“花焰口”。有的人家，亲戚中多风流子弟，在不是很哀伤的佛事——如做冥寿时，就会提出放花焰口。所谓“花焰口”就是在正焰口之后，叫和尚唱小调，拉丝弦，吹管笛，敲鼓板，而且可以点唱。仁渡一个人可以唱一夜不重头。仁渡前几年一直在外面，近二年才常住在庵里。据说他有相好的，而且不止一个。他平常可是很规矩，看到姑娘媳妇总是老老实实的，连一句玩笑话都不说，一句小调山歌都不唱。有一回，在打谷场上乘凉的时候，一伙人把他围起来，非叫他唱两个不可。他却情不过，说：“好，唱一个。不唱家乡的。家乡的你们都熟。唱个安徽的。”

姐和小郎打大麦，
一转子讲得听不得。
听不得就听不得，
打完了大麦打小麦。

唱完了，大家还嫌不够，他就又唱了一个：

姐儿生得漂漂的，
两个奶子翘翘的。
有心上去摸一把，
心里有点跳跳的。

…………

这个庵里无所谓清规，连这两个字也没人提起。

仁山吃水烟，连出门做法事也带着他的水烟袋。

他们经常打牌。这是个打牌的好地方。把大殿上吃饭的方桌往门口一搭，斜放着，就是牌桌。桌子一放好，仁山就从他的方丈里把筹码拿出来，哗啦一声倒在桌上。斗纸牌的时候多，搓麻将的时候少。牌客除了师兄弟三人，常来的是一个收鸭毛的，一个打兔子兼偷鸡的，都是正经人。收鸭毛的担一副竹筐，串乡串镇，拉长了沙哑的声音喊叫：

“鸭毛卖钱——！”

偷鸡的有一件家什——铜蜻蜓。看准了一只老母鸡，把铜蜻蜓一丢，鸡婆子上去就是一口。这一啄，铜蜻蜓的硬簧绷开，鸡嘴撑住了，叫不出来了。正在这鸡十分纳闷的时候，上去一把薅住。

明子曾经跟这位正经人要过铜蜻蜓看看。他拿到小英子家门前试了一试，果然！小英子的娘知道了，骂明子：

“要死了！儿子！你怎么到我家来玩铜蜻蜓了！”

小英子跑过来：

“给我！给我！”

她也试了试，真灵，一个黑母鸡一下子就把嘴撑住，傻了眼了！

下雨阴天，这二位就光临荸荠庵，消磨一天。

有时没有外客，就把老师叔也拉出来，打牌的结局，大都是当家和尚气得鼓鼓的："×妈妈的！又输了！下回不来了！"

他们吃肉不瞒人。年下也杀猪。杀猪就在大殿上。一切都和在家人一样，开水、木桶、尖刀。捆猪的时候，猪也是没命地叫。跟在家人不同的，是多一道仪式，要给即将升天的猪念一道"往生咒"，并且总是老师叔念，神情很庄重：

"……一切胎生、卵生、息生，来从虚空来，还归虚空去。往生再世，皆当欢喜。南无阿弥陀佛！"

三师父仁渡一刀子下去，鲜红的猪血就带着很多沫子喷出来。

…………

明子老往小英子家里跑。

小英子的家像一个小岛，三面都是河，西面有一条小路通到荸荠庵。独门独户，岛上只有这一家。岛上有六棵大桑树，夏天都结大桑椹，三棵结白的，三棵结紫的；一个菜园子，瓜豆蔬菜，四时不缺。院墙下半截是砖砌的，上半截是泥夯的。大门是桐油油过的，贴着一副万年红的春联：

向阳门第春常在

积善人家庆有余

门里是一个很宽的院子。院子里一边是牛屋、碓棚；一边是猪圈、鸡窠，还有个关鸭子的栅栏。露天地放着一具石磨。正北面是住房，也是砖基土筑，上面盖的一半是瓦，一半是草。房子翻修了才三年，木料还露着白茬。正中是堂屋，家神菩萨的画像上贴的金还没有发黑。两边是卧房。隔扇窗上各嵌了一块一尺见方的玻璃，明亮亮的，——这在乡下是不多见的。房檐下一边种着一棵石榴树，一边种着一棵栀子花，都齐房檐高了。夏天开了花，一红一白，好看得很。栀子花香得冲鼻子。顺风的时候，在荸荠庵都闻得见。

这家人口不多。他家当然是姓赵。一共四口人：赵大伯、赵大妈，两个女儿，大英子、小英子。老两口没有儿子。因为这些年人不得病，牛不生灾，也没有大旱大水闹蝗虫，日子过得很兴旺。他们家自己有田，本来够吃的了，又租种了庵上的十亩田。自己的田里，一亩种了荸荠，——这一半是小英子的主意，她爱吃荸荠，一亩种了茨菇。家里喂了一大群鸡鸭，单是鸡蛋鸭毛就够一年的油盐了。赵大伯是个能干人。他是一个“全把式”，不但田里场上样样精通，还会罩鱼、洗磨、凿砻、修水车、修船、砌墙、烧砖、箍桶、劈篾、绞麻绳。他不咳嗽，不腰疼，结结实实，像一棵榆树。人很和气，一天不声不响。赵大伯是一棵摇钱树，赵大娘就是个聚宝盆。大娘精神得出奇。五十岁了，两个眼睛还是清亮亮的。不论什么时候，头都是梳得滑滴滴的，身上衣服都是格挣挣的。像老头子一样，她一天不闲着。煮猪食，喂猪，腌咸菜，——她腌的咸萝卜干非常好吃，舂粉子，磨小豆腐，编蓑衣，织芦篚。她还会剪花样子。这里嫁闺女，陪嫁妆，磁坛子、锡罐子，都要用梅红纸剪出吉祥花样，贴在上面，讨个吉利，也才好看：“丹凤朝阳”呀、“白头到老”呀、“子孙万代”呀、“福寿绵长”呀。二三十里的人家都来请她：“大娘，好日子是十六，你哪天去呀？”——“十五，我一大清早就来！”

“一定呀！”——“一定！一定！”

两个女儿，长得跟她娘像一个模子里托出来的。眼睛长得尤其像，白眼珠鸭蛋青，黑眼珠棋子黑，定神时如清水，闪动时像星星。浑身上下，头是头，脚是脚。头发滑滴滴的，衣服格挣挣的。——这里的风俗，十五六岁的姑娘就都梳上头了。这两个丫头，这一头的好头发！通红的发根，雪白的簪子！娘女三个去赶集，一集的人都朝她们望。

姐妹俩长得很像，性格不同。大姑娘很文静，话很少，像父亲。小英子比她娘还会说，一天咭咭呱呱地不停。大姐说：

“你一天到晚咭咭呱呱——”

“像个喜鹊！”

“你自己说的！——吵得人心乱！”

“心乱？”

“心乱！”

“你心乱怪我呀！”

二姑娘话里有话。大英子已经有了人家。小人她偷偷地看过，人很敦厚，也不难看，家道也殷实，她满意。已经下过小定，日子还没有定下来。她这二年，很少出房门，整天赶她的嫁妆。大裁大剪，她都会。挑花绣花，不如娘。她可又嫌娘出的样子太老了。她到城里看过新娘子，说人家现在绣的都是活花活草。这可把娘难住了。最后是喜鹊忽然一拍屁股：“我给你保举一个人！”

这人是谁？是明子。明子念《上孟下孟》的时候，不知怎么得了半套《芥子园》，他喜欢得很。到了荸荠庵，他还常翻出来看，有时还把旧帐簿子翻过来，照着描。小英子说：

“他会画！画得跟活的一样！”

小英子把明海请到家里来，给他磨墨铺纸，小和尚画了几张，大英子喜欢得了不得：

“就是这样！就是这样！这就可以乱孱！”——所谓“乱孱”是绣花的一种针法：绣了第一层，第二层的针脚插进第一层的针缝，这样颜色就可由深到淡，不露痕迹，不像娘那一代绣的花是平针，深浅之间，界限分明，一道一道的。小英子就像个书僮，又像个参谋：

“画一朵石榴花！”

“画一朵栀子花！”

她把花掐来，明海就照着画。

到后来，凤仙花、石竹子、水蓼、淡竹叶、天竺果子、腊梅花，他都能画。

大娘看着也喜欢，搂住明海的和尚头：

“你真聪明！你给我当一个干儿子吧！”

小英子捺住他的肩膀，说：

“快叫！快叫！”

小明子跪在地下磕了一个头，从此就叫小英子的娘做干娘。

大英子绣的三双鞋，三十里方圆都传遍了。很多姑娘都走路坐船来看。看完了，就说：“啧啧啧，真好看！这哪是绣的，这是一朵鲜花！”她们就拿了纸来央大娘求了小和尚来画。有求画帐檐的，有求画门帘飘带的，有求画鞋头花的。每回明子来画花，小英子就给他做点好吃的，煮两个鸡蛋，蒸一碗芋头，煎几个藕团子。

因为照顾姐姐赶嫁妆，田里的零碎生活小英子就全包了。她的帮手，是明子。

这地方的忙活是栽秧、车高田水、薅头遍草，再就是割稻子、打场了。这几茬重活，自己一家是忙不过来的。这地方兴换工。排好了日期，几家顾一家，轮流转。不收工钱，但是吃好的。一天吃六顿，两头见肉，顿顿有酒。干活时，敲着锣鼓，唱着歌，热闹得很。其余的时候，各顾各，不显得紧张。

薅三遍草的时候，秧已经很高了，低下头看不见人。一听见非常脆亮的嗓子在一片浓绿里唱：

栀子哎开花哎六瓣头哎……

姐家哎门前哎一道桥哎……

明海就知道小英子在哪里，三步两步就赶到，赶到就低头薅起草来。傍晚牵牛“打汪”，是明子的事。——水牛怕蚊子。这里的习惯，牛卸了轭，饮了水，就牵到一口和好泥水的“汪”里，由它自己打滚扑腾，弄得全身都是泥浆，这样蚊子就咬不透了。低田上水，只要一挂十四轧的水车，两个人车半天就够了。明子和小英子就伏在车杠上，不紧不慢地踩着车轴上的拐子，轻轻地唱着明海向三师父学来的各处山歌。打场的时候，明子能替赵大伯一会，让他回家吃饭。——赵家自己没有场，每年都在荸荠庵外面的场上打谷子。他一扬鞭子，喊起了打场号子：

“格当嘚——”

这打场号子有音无字，可是九转十三弯，比什么山歌号子都好听。赵大娘在家，听见明子的号子，就侧起耳朵：

“这孩子这条嗓子！”

连大英子也停下针线：

“真好听！”

小英子非常骄傲地说：

“一十三省数第一！”

晚上，他们一起看场。——荸荠庵收来的租稻也晒在场上。他们并肩坐在一个石磙子上，听青蛙打鼓，听寒蛇唱歌，——这个地方以为蝼蛄叫是蚯蚓叫，而且叫蚯蚓叫“寒蛇”，听纺纱婆子不停地纺纱，“吵——”，看萤火虫飞来飞去，看天上的流星。

“呀！我忘了在裤带上打一个结！”小英子说。

这里的人相信，在流星掉下来的时候在裤带上打一个结，心里想什么好事，就能如愿。

…………

“㧟”荸荠，这是小英子最爱干的生活。秋天过去了，地净场光，荸荠的叶子枯了，——荸荠的笔直的小葱一样的圆叶子里是一格一格的，用手一捋，哔哔地响，小英子最爱捋着玩，——荸荠藏在烂泥里。赤了脚，在凉浸浸滑溜溜的泥里踩着，——哎，一个硬疙瘩！伸手下去，一个红紫红紫的荸荠。她自己爱干这生活，还拉了明子一起去。她老是故意用自己的光脚去踩明子的脚。

她挎着一篮子荸荠回去了，在柔软的田埂上留了一串脚印。明海看着她的脚印，傻了。五个小小的趾头，脚掌平平的，脚跟细细的，脚弓部分缺了一块。明海身上有一种从来没有过的感觉，他觉得心里痒痒的。这一串美丽的脚印把小和尚的心搞乱了。

…………

明子常搭赵家的船进城，给庵里买香烛，买油盐。闲时是赵大伯划船；忙时是小英子去，划船的是明子。

从庵赵庄到县城，当中要经过一片很大的芦花荡子。芦苇长得密密的，当中一条水路，四边不见人。划到这里，明子总是无端端地觉得心里很紧张，他就使劲地划桨。

小英子喊起来：

“明子！明子！你怎么啦？你发疯啦？为什么划得这么快？”

…………

明海到善因寺去受戒。

“你真的要去烧戒疤呀？”

“真的。”

“好好的头皮上烧十二个洞，那不疼死啦？”

“咬咬牙。舅舅说这是当和尚的一大关，总要过的。”

“不受戒不行吗？”

“不受戒的是野和尚。”

“受了戒有啥好处？”

“受了戒就可以到处云游，逢寺挂褡。”

“什么叫‘挂褡’？”

“就是在庙里住。有斋就吃。”

“不把钱？”

“不把钱。有法事，还得先尽外来的师父。”

“怪不得都说‘远来的和尚会念经’。就凭头上这几个戒疤？”

“还要有一份戒牒。”

“闹半天，受戒就是领一张和尚的合格文凭呀！”

“就是！”

“我划船送你去。”

“好。”

小英子早早就把船划到荸荠庵门前。不知是什么道理，她兴奋得很。她充满了好奇心，想去看看善因寺这座大庙，看看受戒是个啥样子。

善因寺是全县第一大庙，在东门外，面临一条水很深的护城河，三面都是大树，寺在树林子里，远处只能隐隐约约看到一点金碧辉煌的屋顶，不知道有多大。树上到处挂着“谨防恶犬”的牌子。这寺里的狗出名的厉害。平常不大有人进去。放戒期间，任人游看，恶狗都锁起来了。

好大一座庙！庙门的门坎比小英子的肐膝都高。迎门矗着两块大牌，一边一块，一块写着斗大两个大字：“放戒”，一块是：“禁止喧哗”。这庙里果然是气象庄严，到了这里谁也不敢大声咳嗽。明海自去报名办事，小英子就到处看看。好家伙，这哼哈二将、四大天王，有三丈多高，都是簇新的，才装修了不久。天井有二亩地大，铺着青石，种着苍松翠柏。“大雄宝殿”，这才真是个“大殿”！一进去，凉嗖嗖的。到处都是金光耀眼。释迦牟尼佛坐在一个莲花座上。单是莲座，就比小英子还高。抬起头来也看不全他的脸，只看到一个微微闭着的嘴唇和胖敦敦的下巴。两边的两根大红蜡烛，一搂多粗。佛像前的大供桌上供着鲜花、绒花、绢花，还有珊瑚树、玉如意、整棵的大象牙。香炉里烧着檀香。小英子出了庙，闻着自己的衣服都是香的。挂了好些幡。这些幡不知是什么缎子的，那么厚重，绣的花真细。这么大一口磬，里头能装五担水！这么大一个木鱼，有一头牛大，漆得通红的。她又去转了转罗汉堂，爬到千佛楼上看了看。真有一千个小佛！她还跟着一些人去看了看藏经楼。藏经楼没有什么看头，都是经书！妈吔！逛了这么一圈，腿都酸了。小英子想起还要给家里打油，替姐姐配丝线，给娘买鞋面布，给自己买两个坠围裙飘带的银蝴蝶，给爹买旱烟，就出庙了。

等把事情办齐，晌午了。她又到庙里看了看，和尚正在吃粥。好大一个“膳堂”，坐得下八百个和尚。吃粥也有这样多讲究：正面法座上摆着两个锡胆瓶，里面插着红绒花，后面盘膝坐着一个穿了大红满金绣袈裟的和尚，手里拿了戒尺。这戒尺是要打人的。哪个和尚吃粥吃出了声音，他下来就是一戒尺。不过他并不真的打人，只是做个样子。真稀奇，那么多的和尚吃粥，竟然不出一点声音！她看见明子也坐在里面，想跟他打个招呼又不好打。想了想，管他禁止不禁止喧哗，就大声喊了一句：“我走啦！”她看见明子目不斜视地微微点了点头，就不管很多人都朝自己看，大摇大摆地走了。

第四天一大清早小英子就去看明子。她知道明子受戒是第三天半夜，——烧戒疤是不许人看的。她知道要请老剃头师傅剃头，要剃得横摸顺摸都摸不出头发茬子，要不然一烧，就会“走”了戒，烧成了一片。她知道是用枣泥子先点在头皮上，然后用香头子点着。她知道烧了戒疤就喝一碗蘑菇汤，让它“发”，还不能躺下，要不停地走动，叫做“散戒”。这些都是明子告诉她的。明子是听舅舅说的。

她一看，和尚真在那里“散戒”，在城墙根底下的荒地里。一个一个，穿了新海青，光光的头皮上都有十二个黑点子。——这黑疤掉了，才会露出白白的、圆圆的“戒疤”。和尚都笑嘻嘻的，好像很高兴。她一眼就看见了明子。隔着一条护城河，就喊他：

“明子！”

“小英子！”

“你受了戒啦？”

“受了。”

“疼吗？”

“疼。”

“现在还疼吗？”

“现在疼过去了。”

“你哪天回去？”

“后天。”

“上午？下午？”

“下午。”

“我来接你！”

“好！”

…………

小英子把明海接上船。

小英子这天穿了一件细白夏布上衣，下边是黑洋纱的裤子，赤脚穿了一双龙须草的细草鞋，头上一边插着一朵栀子花，一边插着一朵石榴花。她看见明子穿了新海青，里面露出短褂子的白领子，就说："把你那外面的一件脱了，你不热呀！"

他们一人一把桨。小英子在中舱，明子扳艄，在船尾。

她一路问了明子很多话，好像一年没有看见了。

她问，烧戒疤的时候，有人哭吗？喊吗？

明子说，没有人哭，只是不住地念佛。有个山东和尚骂人：

"俺日你奶奶！俺不烧了！"

她问善因寺的方丈石桥是相貌和声音都很出众吗？

"是的。"

"说他的方丈比小姐的绣房还讲究？"

"讲究。什么东西都是绣花的。"

"他屋里很香？"

"很香。他烧的是伽楠香，贵得很。"

"听说他会做诗。会画画，会写字？"

"会。庙里走廊两头的砖额上，都刻着他写的大字。"

"他是有个小老婆吗？"

"有一个。"

"才十九岁？"

"听说。"

“好看吗？”

“都说好看。”

“你没看见？”

“我怎么会看见？我关在庙里。”

明子告诉她，善因寺一个老和尚告诉他，寺里有意选他当沙弥尾，不过还没有定，要等主事的和尚商议。

“什么叫‘沙弥尾’？”

“放一堂戒，要选出一个沙弥头，一个沙弥尾。沙弥头要老成，要会念很多经。沙弥尾要年轻，聪明，相貌好。”

“当了沙弥尾跟别的和尚有什么不同？”

“沙弥头，沙弥尾，将来都能当方丈。现在的方丈退居了，就当。石桥原来就是沙弥尾。”

“你当沙弥尾吗？”

“还不一定哪。”

“你当方丈，管善因寺？管这么大一个庙？！”

“还早呐！”

划了一气，小英子说：“你不要当方丈！”

“好，不当。”

“你也不要当沙弥尾！”

“好，不当。”

又划了一气，看见那一片芦花荡子了。

小英子忽然把桨放下，走到船尾，趴在明子的耳朵旁边，小声地说：

“我给你当老婆，你要不要？”

明子眼睛鼓得大大的。

“你说话呀！”

明子说：“嗯。”

“什么叫‘嗯’呀！要不要，要不要？”

明子大声地说：“要！”

“你喊什么！”

明子小小声说：“要——！”

“快点划！”

英子跳到中舱，两只桨飞快地划起来，划进了芦花荡。

芦花才吐新穗。紫灰色的芦穗，发着银光，软软的，滑溜溜的，像一串丝线。有的地方结了蒲棒，通红的，像一枝一枝小蜡烛。青浮萍，紫浮萍。长脚蚊子，水蜘蛛。野菱角开着四瓣的小白花。惊起一只青桩（一种水鸟），擦着芦穗，扑鲁鲁鲁飞远了。

…………

一九八〇年八月十二日，写四十三年前的一个梦

大淖记事[1]

※

一

这地方的地名很奇怪，叫做大淖。全县没有几个人认得这个淖字。县境之内，也再没有别的叫做什么淖的地方。据说这是蒙古话。那么这地名大概是元朝留下的。元朝以前这地方有没有，叫做什么，就无从查考了。

淖，是一片大水。说是湖泊，似还不够，比一个池塘可要大得多，春夏水盛时，是颇为浩淼的。这是两条水道的河源。淖中央有一条狭长的沙洲。沙洲上长满茅草和芦荻。春初水暖，沙洲上冒出很多紫红色的芦芽和灰绿色的蒌蒿[2]，很快就是一片翠绿了。夏天，茅草、芦荻都吐出雪白的丝穗，在微风中不住地点头。秋天，全都枯黄了，就被人割去，加到自己的屋顶上去了。冬天，下雪，这里总比别处先白。化雪的时候，也比别处化得慢。河水解冻了，发绿了，沙洲上的残雪还亮晶晶地堆积着。这条沙洲是两条河水的分界处。从淖里坐船沿沙洲西面北行，可以看到高阜上的几家炕房。绿柳丛中，露出雪白的粉墙，黑漆大书四个字："鸡鸭炕房"，非常

---

① 初刊于《北京文学》一九八一年第四期，初收于《汪曾祺短篇小说选》。

② 蒌蒿是生于水边的野草，粗如笔管，有节，生狭长的小叶，初生二寸来高，叫做"蒌蒿薹子"，加肉炒食极清香。苏东坡诗："竹外桃花三两枝，春江水暖鸭先知。蒌蒿满地芦芽短，正是河豚欲上时。"蒌蒿见之于诗，这大概是第一次。他很能写出节令风物之美。

显眼。炕房门外，照例都有一块小小土坪，有几个人坐在树桩上负曝闲谈。不时有人从门里挑出一副很大的扁圆的竹笼，笼口络着绳网，里面是松花黄色的，毛茸茸，挨挨挤挤，啾啾乱叫的小鸡小鸭。由沙洲往东，要经过一座浆坊。浆是浆衣服用的。这里的人，衣服被里洗过后，都要浆一浆。浆过的衣服，穿在身上沙沙作响。浆是芡实水磨，加一点明矾，澄去水分，晒干而成。这东西是不值什么钱的。一大盆衣被，只要到杂货店花两三个铜板，买一小块，用热水冲开，就足够用了。但是全县浆粉都由这家供应（这东西是家家用得着的），所以规模也不算小。浆坊有四五个师傅忙碌着。喂着两头毛驴，轮流上磨。浆坊门外，有一片平场，太阳好的时候，每天晒着浆块，白得叫人眼睛都睁不开。炕房、浆坊附近还有几家买卖荸荠、茨菇、菱角、鲜藕的鲜货行，集散鱼蟹的鱼行和收购青草的草行。过了炕房和浆坊，就都是田畴麦垅，牛棚水车，人家的墙上贴着黑黄色的牛屎粑粑，——牛粪和水，拍成饼状，直径半尺，整齐地贴在墙上晾干，作燃料，已经完全是农村的景色了。由大淖北去，可至北乡各村。东去可至一沟、二沟、三垛，直达邻县兴化。

大淖的南岸，有一座漆成绿色的木板房，房顶、地面，都是木板的。这原是一个轮船公司。靠外手是候船的休息室。往里去，临水，就是码头。原来曾有一只小轮船，往来本城和兴化，隔日一班，单日开走，双日返回。小轮船漆得花花绿绿的，飘着万国旗，机器突突地响，烟筒冒着黑烟，装货、卸货，上客、下客，也有卖牛肉、高粱酒、花生瓜子、芝麻灌香糖的小贩，吆吆喝喝，是热闹过一阵的。后来因为公司赔了本，股东无意继续经营，就卖船停业了。这间木板房子倒没有拆去。现在里面空荡荡、冷清清，只有附近的野孩子到候船室来唱戏玩，棍棍棒棒，乱打一气；或到码头上比赛撒尿。七八个小家伙，齐齐地站成一排，把一泡泡骚尿哗哗地撒到水里，看谁尿得最远。

大淖指的是这片水，也指水边的陆地。这里是城区和乡下的交界处。从轮船公司往南，穿过一条深巷，就是北门外东大街了。坐在大淖的水边，可以听到远远地一阵一阵朦朦胧胧的市声，但是这里的一切和街里不一样。这里没有一家店铺。这里的颜色、声音、气味和街里不一样。这里的人也不一样。他们的生活，他们的风俗，他们的是非标准、伦理道德观念和街里的穿长衣念过“子曰”的人完全不同。

二

由轮船公司往东往西，各距一箭之遥，有两丛住户人家。这两丛人家，也是互不相同的，各是各乡风。

西边是几排错错落落的低矮的瓦屋。这里住的是做小生意的。他们大都不是本地人，是从里下河一带，兴化、泰州、东台等处来的客户。卖紫萝卜的（紫萝卜是比荸荠略大的扁圆形的萝卜，外皮染成深蓝紫色，极甜脆），卖风菱的（风菱是很大的两角的菱角，壳极硬），卖山里红的，卖熟藕（藕孔里塞了糯米煮熟）的。还有一个从宝应来的卖眼镜的，一个从杭州来的卖天竺筷的。他们像一些候鸟，来去都有定时。来时，向相熟的人家租一间半间屋子，住上一阵，有的住得长一些，有的短一些，到生意做完，就走了。他们都是日出而作，日入而息。吃罢早饭，各自背着、扛着、挎着、举着自己的货色，用不同的乡音，不同的腔调，吟唱吆唤着上街了。到太阳落山，又都像鸟似的回到自己的窝里。于是从这些低矮的屋檐下就都飘出带点甜味而又呛人的炊烟（所烧的柴草都是半干不湿的）。他们做的都是小本生意，赚钱不大。因为是在客边，对人很和气，凡事忍让，所以这一带平常总是安安静静的，很少有吵嘴打架的事情发生。

这里还住着二十来个锡匠，都是兴化帮。这地方兴用锡器，家家都有几件锡制的家伙。香炉、蜡台、痰盂、茶叶罐、水壶、茶壶、酒壶，甚至尿壶，都是锡的。嫁闺女时都要赔送一套锡器。最少也要有两个能容四五升米的大锡罐，摆在柜顶上，否则就不成其为嫁妆。出阁的闺女生了孩子，娘家要送两大罐糯米粥（另外还要有两只老母鸡，一百鸡蛋），装粥用的就是娘柜顶上的这两个锡罐。因此，二十来个锡匠并不显多。

锡匠的手艺不算费事，所用的家什也较简单。一副锡匠担子，一头是风箱，绳系里夹着几块锡板；一头是炭炉和两块二尺见方，一面裱着好几层表芯纸的方砖。锡器是打出来的，不是铸出来的。人家叫锡匠来打锡器，一般都是自己备料，把几件残旧的锡器回炉重打。锡匠在人家门道里或是街边空地上，支起担子，拉动风箱，在锅里把旧锡化成锡水，——锡的熔点很低，不大一会就化了；然后把两块方砖对合着（裱纸的一面朝里），在两砖之间压一条绳子，绳子按照要打的锡器圈成近似的形状，绳头留在砖外，把锡水由绳口倾倒过去，两砖一压，就成了锡片；然后，用一个大剪子剪剪，焊好接口用一个木棰在铁砧上敲敲打打，大约一两顿饭工夫就成型了。锡是软的，打锡器不像打铜器那样费劲，也不那样吵人。

粗使的锡器，就这样就能交活。若是细巧的，就还要用刮刀刮一遍，用砂纸打一打，用竹节草（这种草中药店有卖的）磨得锃亮。

这一帮锡匠很讲义气。他们扶持疾病，互通有无，从不抢生意。若是合伙做活，工钱也分得很公道。这帮锡匠有一个头领，是个老锡匠，他说话没有人不听。老锡匠人很耿直，对其余的锡匠（不是他的晚辈就是他的徒弟）管教得很紧。他不许他们赌钱喝酒；嘱咐他们出外做活，要童叟无欺，手脚要干净；不许和妇道嬉皮笑脸。他教他们不要怕事，也绝不要惹事。除了上市应活，平常不让到处闲游乱窜。

老锡匠会打拳，别的锡匠也跟着练武。他屋里有好些白蜡杆，三节棍，没事便搬到外面场地上打对儿。老锡匠说：这是消遣，也可以防身，出门在外，会几手拳脚不吃亏。除此之外，锡匠们的娱乐便是唱唱戏。他们唱的这种戏叫做“小开口”，是一种地方小戏，唱腔本是萨满教的香火（巫师）请神唱的调子，所以又叫“香火戏”。这些锡匠并不信萨满教，但大都会唱香火戏。戏的曲调虽简单，内容却是成本大套：李三娘挑水推磨，生下咬脐郎；白娘子水漫金山；刘金定招亲；方卿唱道情……可以坐唱，也可以化了装彩唱。遇到阴天下雨，不能出街，他们能吹打弹唱一整天。附近的姑娘媳妇都挤过来看，——听。

老锡匠有个徒弟，也是他的侄儿，在家大排行第十一，小名就叫个十一子，外人都只叫他小锡匠。这十一子是老锡匠的一件心事。因为他太聪明，长得又太好看了。他长得挺拔四称，肩宽腰细，唇红齿白，浓眉大眼，头戴遮阳草帽，青鞋净袜，全身衣服整齐合体。天热的时候，敞开衣扣，露出扇面也似的胸脯，五寸宽的雪白的板带煞得很紧。走起路来，高抬脚，轻着地，麻溜利索。锡匠里出了这样一个一表人才，真是鸡窝里飞出了金凤凰。老锡匠心里明白：唱“小开口”的时候，那些挤过来的姑娘媳妇，其实都是来看这位十一郎的。

老锡匠经常告诫十一子，不要和此地的姑娘媳妇拉拉扯扯，尤其不要和东头的姑娘媳妇有什么勾搭：“她们和我们不是一样的人！”

三

轮船公司东头都是草房，茅草盖顶，黄土打墙，房顶两头多盖着半片破缸破瓮，防止大风时把茅草刮走。这里的人，世代相传，都是挑夫。男人、女人、大人、孩子，都靠肩膀吃饭。

挑得最多的是稻子。东乡、北乡的稻船，都在大淖靠岸。满船的稻子，都由这些挑夫挑走。或送到米店，或送进哪家大户的廒仓，或挑到南门外琵琶闸的大船上，沿运河外运。有时还会一直挑到车逻、马棚湾这样很远的码头上。单程一趟，或五六里，或七八里、十多里不等。一二十人走成一串，步子走得很匀，很快。一担稻子一百五十斤，中途不歇肩。一路不停地打着号子。换肩时一齐换肩。打头的一个，手往扁担上一搭，一二十副担子就同时由右肩转到左肩上来了。每挑一担，领一根“筹子”，——尺半长，一寸宽的竹牌，上涂白漆，一头是红的。到傍晚凭筹领钱。

稻谷之外，什么都挑。砖瓦、石灰、竹子（挑竹子一头拖在地上，在砖铺的街面上擦得刷刷地响）、桐油（桐油很重，使扁担不行，得用木杠，两人抬一桶）……因此，一年三百六十天，天天有活干，饿不着。

十三四岁的孩子就开始挑了。起初挑半担，用两个柳条笆斗。练上一二年，人长高了，力气也够了，就挑整担，像大人一样的挣钱了。

挑夫们的生活很简单：卖力气，吃饭。一天三顿，都是干饭。这些人家都不盘灶，烧的是“锅腔子”——黄土烧成的矮瓮，一面开口烧火。烧柴是不花钱的。淖边常有草船，乡下人挑芦柴入街去卖，一路总要撒下一些。凡是尚未挑担挣钱的孩子，就一人一把竹筢，到处去搂。因此，这些顽童得到一个稍带侮辱性的称呼，叫做“筢草鬼子”。有时懒得费事，就从乡下人的草担上猛力拽出一把，拔腿就溜。等乡下人撂下担子叫骂时，他们早就没影儿了。锅腔子无处出烟，烟子就横溢出来，飘到大淖水面上，平铺开来，停留不散。这些人家无隔宿之粮，都是当天买，当天吃。吃的都是脱粟的糙米。一到饭时，就看见这些茅草房子的门口蹲着一些男子汉，捧着一个蓝花大海碗，碗里是骨堆堆的一碗紫红紫红的米饭，一边堆着青菜小鱼、臭豆腐、腌辣椒，大口大口地在吞食。他们吃饭不怎么嚼，只在嘴里打一个滚，咕咚一声就咽下去了。看他们吃得那样香，你会觉得世界上再没有比这个饭更好吃的饭了。

他们也有年，也有节。逢年过节，除了换一件干净衣裳，吃得好一些，就是聚在一起赌钱。赌具，也是钱。打钱，滚钱。打钱：各人拿出一二十铜元，叠成很高的一摞。参与者远远地用一个钱向这摞铜钱砸去，砸倒多少取多少。滚钱又叫“滚五七寸”。在一片空场上，各人放一摞钱；一块整砖支起一个斜坡，用一个铜元由砖面落下，向钱注密处滚去，钱停住后，用事前备好的两根草棍量一量，如距钱注五寸，滚钱者即可吃掉这一注；距离七寸，反赔出与此注相同之数。这种古老的博法使挑夫们得到极大的快乐。旁观的闲人也不时大声喝采，为他们助兴。

这里的姑娘媳妇也都能挑。她们挑得不比男人少，走得不比男人慢。挑鲜货是她们的专业。大概是觉得这种水淋淋的东西对女人更相宜，男人们是不屑于去挑的。这些“女将”都生得颀长俊俏，浓黑的头发上涂了很多梳头油，梳得油光水滑（照当地说法是：苍蝇站上去都会闪了腿）。脑后的发髻都极大。发髻的大红头绳的发根长到二寸，老远就看到通红的一截。她们的发髻的一侧总要插一点什么东西。清明插一个柳球（杨柳的嫩枝，一头拿牙咬着，把柳枝的外皮连同鹅黄的柳叶使劲往下一抹，成一个小小球形），端午插一丛艾叶，有鲜花时插一朵栀子、一朵夹竹桃，无鲜花时插一朵大红剪绒花。因为常年挑担，衣服的肩膀处易破，她们的托肩多半是换过的。旧衣服，新托肩，颜色不一样，这几乎成了大淖妇女的特有的服饰。一二十个姑娘媳妇，挑着一担担紫红的荸荠、碧绿的菱角、雪白的连枝藕，走成一长串，风摆柳似的嚓嚓地走过，好看得很！

她们像男人一样的挣钱，走相、坐相也像男人。走起来一阵风，坐下来两条腿叉得很开。她们像男人一样赤脚穿草鞋（脚指甲却用凤仙花染红）。她们嘴里不忌生冷，男人怎么说话她们怎么说话，她们也用男人骂人的话骂人。打起号子来也是“好大娘个歪歪子咧！”——“歪歪子咧……”

没出门子的姑娘还文雅一点，一做了媳妇就简直是“姜太公在此百无禁忌”，要多野有多野。有一个老光棍黄海龙，年轻时也是挑夫，后来腿脚有了点毛病，就在码头上看看稻船，收收筹子。这老头儿老没正经，一把胡子了，还喜欢在媳妇们的胸前屁股上摸一把，拧一下。按辈份，他应当被这些媳妇称呼一声叔公，可是谁都管他叫“老骚胡子”。有一天，他又动手动脚的，几个媳妇一咬耳朵，一二三，一齐上手，眨眼之间叔公的裤子就挂在大树顶上了。有一回，叔公听见卖饺面的挑着担子，敲着竹梆走来，他又来劲了：“你们敢不敢到淖里洗个澡？——敢，我一个人输你们两碗饺面！”——“真的？”——“真的！”——“好！”几个媳妇脱了衣服跳到淖里扑通扑通洗了一会。爬上岸就大声喊叫：

“下面！”

这里人家的婚嫁极少明媒正娶，花轿吹鼓手是挣不着他们的钱的。媳妇，多是自己跑来的；姑娘，一般是自己找人。她们在男女关系上是比较随便的。姑娘在家生私孩子；一个媳妇，在丈夫之外，再“靠”一个，不是稀奇事。这里的女人和男人好，还是恼，只有一个标准：情愿。有的姑娘、媳妇相与了一个男人，自然也跟他要钱买花戴，但是有的不但不要他们的钱，反而把钱给他花，叫做“倒贴”。

因此，街里的人说这里“风气不好”。

到底是哪里的风气更好一些呢？难说。

四

大淖东头有一户人家。这一家只有两口人，父亲和女儿。父亲名叫黄海蛟，是黄海龙的堂弟（挑夫里姓黄的多）。原来是挑夫里的一把好手。他专能上高跳。这地方大粮行的“窝积”（长条芦席围成的粮囤），高到三四丈，只支一只单跳，很陡。上高跳要提着气一口气窜上去，中途不能停留。遇到上了一点岁数的或者“女将”，抬头看看高跳，有点含胡，他就走过去接过一百五斤的担子，一支箭似的上到跳顶，两手一提，把两箩稻子倒在“窝积”里，随即三五步就下到平地。因为为人忠诚老实，二十五岁了，还没有成亲。那年在车逻挑粮食，遇到一个姑娘向他问路。这姑娘留着长长的刘海，梳了一个“苏州俏”的发髻，还抹了一点胭脂，眼色张皇，神情焦急，她问路，可是连一个准地名都说不清，一看就知道是大户人家逃出来的使女。黄海蛟和她攀谈了一会，这姑娘就表示愿意跟着他过。她叫莲子。——这地方丫头、使女多叫莲子。

莲子和黄海蛟过了一年，给他生了个女儿。七月生的，生下的时候满天都是五色云彩，就取名叫做巧云。

莲子的手很巧，也勤快，只是爱穿件华丝葛的裤子，爱吃点瓜子零食，还爱唱“打牙牌”之类的小调：“凉月子一出照楼梢，打个呵欠伸懒腰，瞌睡子又上来了。哎哟，哎哟，瞌睡子又上来了……”这和大淖的乡风不大一样。

巧云三岁那年，她的妈莲子，终于和一个过路戏班子的一个唱小生的跑了。那天，黄海蛟正在马棚湾。莲子把黄海蛟的衣裳都浆洗了一遍，巧云的小衣裳也收拾在一起，闷了一锅饭，还给老黄打了半斤酒，把孩子托给邻居，说是她出门有点事，锁了门，从此就不知去向了。

巧云的妈跑了，黄海蛟倒没有怎么伤心难过。这种事情在大淖这个地方也值不得大惊小怪。养熟的鸟还有飞走的时候呢，何况是一个人！只是她留下的这块肉，黄海蛟实在是疼得不行。他不愿巧云在后娘的眼皮底下委委屈屈地生活，因此发心不再续娶。他就又当爹又当妈，和女儿巧云在一起过了十几年。他不愿巧云去挑扁担，巧云从十四岁就学会结鱼网和打芦席。

巧云十五岁，长成了一朵花。身材、脸盘都像妈。瓜子脸，一边有个很深的酒窝。眉毛黑如鸦翅，长入鬓角。眼角有点吊，是一双凤眼。睫毛很长，因此显得眼睛经常是眯睎着；忽然回头，睁得大大的，带点吃惊而专注的神情，好像听到远处有人叫她似的。她在门外的两棵树杈之间结网，在淖边平地上织席，就有一些少年人装着有事的样子来来去去。她上街买东西，甭管是买肉、买菜，打油、打酒，撕布、量头绳，买梳头油、雪花膏，买石碱、浆块，同样的钱，她买回来，份量都比别人多，东西都比别人的好。这个奥秘早被大娘、大婶们发现，她们都托她买东西。只要巧云一上街，都挎了好几个竹篮，回来时压得两个胳臂酸疼酸疼。泰山庙唱戏，人家都自己扛了板凳去。巧云散着手就去了。一去了，总有人给她找一个得看的好座。台上的戏唱得正热闹，但是没有多少人叫好。因为好些人不是在看戏，是看她。

巧云十六了，该张罗着自己的事了。谁家会把这朵花迎走呢？炕房的老大？浆坊的老二？鲜货行的老三？他们都有这意思。这点意思黄海蛟知道了，巧云也知道。不然他们老到淖东头来回晃摇是干什么呢？但是巧云没怎么往心里去。

巧云十七岁，命运发生了一个急转直下的变化。她的父亲黄海蛟在一次挑重担上高跳时，一脚踏空，从三丈高的跳板上摔下来，摔断了腰。起初以为不要紧，养养就好了。不想喝了好多药酒，贴了好多膏药，还不见效。她爹半瘫了，他的腰再也直不起来了。他有时下床，扶着一个剃头担子上用的高板凳，格登格登地走一截，平常就只好半躺下靠在一摞被窝上。他不能用自己的肩膀为女儿挣几件新衣裳，买两枝花，却只能由女儿用一双手养活自己了。还不到五十岁的男子汉，只能做一点老太婆做的事：绩了一捆又一捆的供女儿结网用的麻线。事情很清楚：巧云不会撇下她这个老实可怜的残废爹。谁要愿意，只能上这家来当一个倒插门的养老女婿。谁愿意呢？这家的全部家产只有三间草屋（巧云和爹各住一间，当中是一个小小的堂屋）。老大、老二、老三时不时走来走去，拿眼睛瞟着隔着一层鱼网或者坐在雪白的芦席上的一个苗条的身子。他们的眼睛依然不缺乏爱慕，但是减少了几分急切。

老锡匠告诫十一子不要老往淖东头跑，但是小锡匠还短不了要来。大娘、大婶、姑娘、媳妇有旧壶翻新，总喜欢叫小锡匠来；从大淖过深巷上大街也要经过这里，巧云家门前的柳阴是一个等待雇主的好地方。巧云织席，十一子化锡，正好做伴。有时巧云停下活计，帮小锡匠拉风箱。有时巧云要回家看看她的残废爹，问他想不想吃烟喝水，小锡匠就压住炉里的火，帮她织一气席。巧云的手指划破了（织席很容易划破手，压扁的芦苇薄片，刀一样地锋快），十一子就帮她吮吸指头肚子上的血。巧云从十一子口里知道他家里的事：他是个独子，没有兄弟姐妹。他有一个老娘，守寡多年了。他娘在家给人家做针线，眼睛越来越不好，他很担心她有一天会瞎……

好心的大人路过时会想：这倒真是两只鸳鸯，可是配不成对。

一家要招一个养老女婿，一家要接一个当家媳妇，弄不到一起。他们俩呢，只是很愿意在一处谈谈坐坐。都到岁数了，心里不是没有。只是像一片薄薄的云，飘过来，飘过去，下不成雨。

有一天晚上，好月亮，巧云到淖边一只空船上去洗衣裳（这里的船泊定后，把桨拖到岸上，寄放在熟人家，船就拴在这里，无人看管，谁都可以上去）。她正在船头把身子往前倾着，用力涮着一件大衣裳，一个不知轻重的顽皮野孩子轻轻走到她身后，伸出两手咯吱她的腰。她冷不妨，一头栽进了水里。她本会一点水，但是一下子懵了。这几天水又大，流很急。她挣扎了两下，喊救人，接连喝了几口水。她被水冲走了！正赶上十一子在炕房门外土坪上打拳，看见一个人冲了过来，头发在水上漂着。他褪下鞋子，一猛子扎到水底，从水里把她托了起来。

十一子把她肚子里的水控了出来，巧云还是昏迷不醒。十一子只好把她横抱着，像抱一个婴儿似的，把她送回去。她浑身是湿的，软绵绵，热乎乎的。十一子觉得巧云紧紧挨着他，越挨越紧。十一子的心怦怦地跳。

到了家，巧云醒来了。（她早就醒来了！）十一子把她放在床上。巧云换了湿衣裳（月光照出她的美丽的少女的身体）。十一子抓一把草，给她熬了半锅子姜糖水，让她喝下去，就走了。

巧云起来关了门，躺下。她好像看见自己躺在床上的样子。月亮真好。

巧云在心里说："你是个呆子！"

她说出声来了。

不大一会，她也就睡死了。

就在这一天夜里，另外一个人，拨开了巧云家的门。

五

由轮船公司对面的巷子转东大街，往西不远，有一个道士观，叫做炼阳观。现在没有道士了，里面住了不到一营水上保安队。这水上保安队是地方武装。他们名义上归县政府管辖，饷银却由县商会开销，水上保安队的任务是下乡剿土匪。这一带土匪很多，他们抢了人，绑了票，大都藏匿在芦荡湖泊中的船上（这地方到处是水），如遇追捕，便于脱逃。因此，地方绅商觉得很需要成立一个特殊的武装力量来对付这些成帮结伙的土匪。水上保安队装备是很好的。他们乘的船是“铁板划子”——船的三面都有半人高、三四分厚的铁板，子弹是打不透的。铁板划子就停在大淖岸边，样子很高傲。一有任务，就看见大兵们扛着两挺水机关，用箩筐抬着多半筐子弹（子弹不用箱装，却使箩抬，颇奇怪），上了船，开走了。

或七八天，或十天半月，他们得胜回来了（他们有铁板划子，又有水机关，对土匪有压倒优势，很少有伤亡）。铁板划子靠了岸，上岸列队，由深巷，上大街，直奔县政府。这队伍是四列纵队。前面是号队。这不到一营的人，却有十二支号。一上大街，就“打打打滴打大打滴大打”，齐齐整整地吹起来。后面是全队弟兄，一律荷枪实弹。号队之后，大队之前的正中，是捉来的土匪。有时三个五个，有时只有一个，都是五花大绑。这队伍是很神气的。最妙的是被绑着的土匪也一律都合着号音，步伐整齐，雄赳赳气昂昂地走着。甚至值日官喊“一、二、三、四”，他们也随着大声地喊。大队上街之前，要由地保事先通知沿街店铺，凡有鸟笼的（有的店铺是养八哥、画眉的），都要收起来，因为土匪大哥看见不高兴，这是他们忌讳的（他们到了县政府，都下在大狱里，看见笼中鸟，就无出狱希望了）。看看这样的铜号放光，刺刀雪亮，还夹着几个带有传奇色彩的土匪英雄的威武雄壮的队伍，是这条街上的民众的一件快乐事情。其快乐程度不下于看狮子、龙灯、高跷、抬阁，和僧道齐全、六十四杠的大出丧。

除了下乡办差，保安队的弟兄们没有什么事。他们除了把两挺水机关扛到大淖边突突地打两梭（把淖岸上的泥土打得簌簌地往下掉），平常是难得出操、打野外的。使人们感觉到这营把人的存在的，是这十二个号兵早晚练号。早晨八九点钟，下午四五点钟，他们就到大淖边来了。先是拔长音，然后各自吹几段，最后是合吹进行曲、三环号（他们吹三环号只是吹着玩，因为从来没有接受检阅的时候）。吹完号，就解散，想干什么干什么。有的，就轻手轻脚，走进一家的门外，咳嗽一声，随着，走了进去，门就关起来了。

这些号兵大都衣着整齐，干净爱俏。他们除了吹吹号，整天无事干，有的是闲空。他们的钱来得容易，——饷钱倒不多，但每次下乡，总有犒赏；有时与土匪遭遇，双方谈条件，也常从对方手中得到一笔钱，手面很大方，花钱不在乎。他们是保护地方绅商的军人，身后有靠山，即或出一点什么事，谁也无奈他何。因此，这些大爷就觉得不风流风流，实在对不起自己，也辜负了别人。

十二个号兵，有一个号长，姓刘，大家都叫他刘号长。这刘号长前后跟大淖几家的媳妇都很熟。

拨开巧云家的门的，就是这个号长！

号长走的时候留下十块钱。

这种事在大淖不是第一次发生。巧云的残废爹当时就知道了。他拿着这十块钱，只是长长地叹了一口气。邻居们知道了，姑娘、媳妇并未多议论，只骂了一句："这个该死的！"

巧云破了身子，她没有淌眼泪，更没有想到跳到淖里淹死。人生在世，总有这么一遭！只是为什么是这个人？真不该是这个人！怎么办？拿把菜刀杀了他？放火烧了炼阳观？不行！她还有个残废爹。她怔怔地坐在床上，心里乱糟糟的。她想起该起来烧早饭了。她还得结网，织席，还得上街。她想起小时候上人家看新娘子，新娘子穿了一双粉红的缎子花鞋。她想起她的远在天边的妈。她记不得妈的样子，只记得妈用一个筷子头蘸了胭脂给她点了一点眉心红。她拿起镜子照照，她好像第一次看清楚自己的模样。她想起十一子给她吮手指上的血，这血一定是咸的。她觉得对不起十一子，好像自己做错了什么事。她非常失悔：没有把自己给了十一子！

她的这个念头越来越强烈。这个号长来一次，她的念头就更强烈一分。

水上保安队又下乡了。

一天，巧云找到十一子，说："晚上你到大淖东边来，我有话跟你说。"

十一子到了淖边。巧云踏在一只"鸭撇子"上（放鸭子用的小船，极小，仅容一人。这是一只公船，平常就拴在淖边。大淖人谁都可以撑着它到沙洲上挑蒌蒿，割茅草，拣野鸭蛋），把篙子一点，撑向淖中央的沙洲，对十一子说："你来！"

过了一会，十一子泅水到了沙洲上。

他们在沙洲的茅草丛里一直呆到月到中天。

月亮真好啊！

六

十一子和巧云的事，师兄们都知道，只瞒着老锡匠一个人。他们偷偷地给他留着门，在门窝子里倒了水（这样推门进来没有声音）。十一子常常到天快亮的时候才回来。有一天，又是这时候才推开门。刚刚要钻被窝，听见老锡匠说：

“你不要命啦！”

这种事情怎么瞒得住人呢？终于，传到刘号长的耳朵里。其实没有人跟他嚼舌头，刘号长自己还不知道？巧云看见他都讨厌，她的全身都是冷淡的。刘号长咽不下这口气。本来，他跟巧云又没有拜过堂，完过花烛，闲花野草，断了就断了。可是一个小锡匠，夺走了他的人，这丢了当兵的脸。太岁头上动土，这还行！这种事从来没有发生过。连保安队的弟兄也都觉得面上无光，在人前矬了一截。他是只许自己在别人头上拉屎撒尿，不许别人在他脸上溅一星唾沫的。若是闭着眼过去，往后，保安队的人还混不混了？

有一天，天还没亮，刘号长带了几个弟兄，踢开巧云家的门，从被窝里拉起了小锡匠，把他捆了起来。把黄海蛟、巧云的手脚也都捆了，怕他们去叫人。

他们把小锡匠弄到泰山庙后面的坟地里，一人一根棍子，搂头盖脸地打他。

他们要小锡匠卷铺盖走人，回他的兴化，不许再留在大淖。

小锡匠不说话。

他们要小锡匠答应不再走进黄家的门，不挨巧云的身子。

小锡匠还是不说话。

他们要小锡匠告一声饶，认一个错。

小锡匠的牙咬得紧紧的。

小锡匠的硬铮把这些向来是横着膀子走路的家伙惹怒了，“你这样硬！打不死你！”——“打”，七八根棍子风一样、雨一样打在小锡匠的身上。

小锡匠被他们打死了。

锡匠们听说十一子被保安队的人绑走了，他们四处找，找到了泰山庙。

老锡匠用手一探，十一子还有一丝悠悠气。老锡匠叫人赶紧去找陈年的尿桶。他经验过这种事，打死的人，只有喝了从桶里刮出来的尿碱，才有救。

十一子的牙关咬得很紧，灌不进去。

巧云捧了一碗尿碱汤，在十一子的耳边说：“十一子，十一子，你喝了！”

十一子微微听见一点声音，他睁了睁眼。巧云把一碗尿碱汤灌进了十一子的喉咙。

不知道为什么，她自己也尝了一口。

锡匠们摘了一块门板，把十一子放在门板上，往家里抬。

他们抬着十一子，到了大淖东头，还要往西走。巧云拦住了：“不要。抬到我家里。”

老锡匠点点头。

巧云把屋里存着的鱼网和芦席都拿到街上卖了，买了七厘散，医治十一子身子里的瘀血。

东头的几家大娘、大婶杀了下蛋的老母鸡，给巧云送来了。

锡匠们凑了钱，买了人参，熬了参汤。

挑夫，锡匠，姑娘，媳妇，川流不息地来看望十一子。他们把平时在辛苦而单调的生活中不常表现的热情和好心都拿出来了。他们觉得十一子和巧云做的事都很应该，很对。大淖出了这样一对年轻人，使他们觉得骄傲。大家的心喜洋洋，热乎乎的，好像在过年。

刘号长打了人，不敢再露面。他那几个弟兄也都躲在保安队的队部里不出来。保安队的门口加了双岗。这些好汉原来都是一窝“草鸡”！

锡匠们开了会。他们向县政府递了呈子，要求保安队把姓刘的交出来。

县政府没有答复。

锡匠们上街游行。这个游行队伍是很多人从未见过的。没有旗子，没有标语，就是二十来个锡匠挑着二十来副锡匠担子，在全城的大街上慢慢地走。这是个沉默的队伍，但是非常严肃。他们表现出不可侵犯的威严和不可动摇的决心。这个带有中世纪行帮色彩的游行队伍十分动人。

游行继续了三天。

第三天，他们举行了“顶香请愿”。二十来个锡匠，在县政府照壁前坐着，每人头上用木盘顶着一炉炽旺的香。这是一个古老的风俗：民有沉冤，官不受理，被逼急了的百姓可以用香火把县大堂烧了，据说这不算犯法。

这条规矩不载于《六法全书》，现在不是大清国，县政府可以不理会这种“陋习”。但是这些锡匠是横了心的，他们当真干起来，后果是严重的。县长邀请县里的绅商商议，一致认为这件事不能再不管。于是由商会会长出面，约请了有关的人：一个承审——作为县长代表，保安队的副官，老锡匠和另外两个年长的锡匠，还有代表挑夫的黄海龙，四邻见证，——卖眼镜的宝应人，卖天竺筷的杭州人，在一家大茶馆里举行会谈，来“了”这件事。

会谈的结果是：小锡匠养伤的药钱由保安队负担（实际是商会拿钱），刘号长驱逐出境。由刘号长画押具结。老锡匠觉得这样就给锡匠和挑夫都挣了面子，可以见好就收了。只是要求在刘某人的甘结上写上一条：如果他再踏进县城一步，任凭老锡匠一个人把他收拾了！

过了两天，刘号长就由两个弟兄持枪护送，悄悄地走了。他被调到三垛去当了税警。

十一子能进一点饮食，能说话了。巧云问他：

“他们打你，你只要说不再进我家的门，就不打你了，你就不会吃这样大的苦了。你为什么不说？”

“你要我说么？”

“不要。”

“我知道你不要。”

“你值么？”

“我值。”

“十一子，你真好！我喜欢你！你快点好。”

“你亲我一下，我就好得快。”

“好，亲你！”

巧云一家有了三张嘴。两个男的不能挣钱，但要吃饭。大淖东头的人家都没有积蓄，也没有什么东西可以变卖典押。结鱼网，打芦席，都不能当时见钱。十一子的伤一时半会不会好，日子长了，怎么过呢？巧云没有经过太多考虑，把爹用过的箩筐找出来，磕磕尘土，就去挑担挣“活钱”去了。姑娘媳妇都很佩服她。起初她们怕她挑不惯，后来看她脚下很快，很匀，也就放心了。从此，巧云就和邻居的姑娘媳妇在一起，挑着紫红的荸荠、碧绿的菱角、雪白的连枝藕，风摆柳似地穿街过市，发髻的一侧插着大红花。她的眼睛还是那么亮，长睫毛忽扇忽扇的。但是眼神显得更深沉，更坚定了。她从一个姑娘变成了一个很能干的小媳妇。

十一子的伤会好么？

会。

当然会！

一九八一年二月四日，旧历大年三十

七里茶坊[1]

※

我在七里茶坊住过几天。

我很喜欢七里茶坊这个地名。这地方在张家口东南七里，当初想必是有一些茶坊的。中国的许多计里的地名，大都是行路人给取的。如三里河、二里沟、三十里铺。七里茶坊大概也是这样。远来的行人到了这里，说："快到了，还有七里，到茶坊里喝一口再走。"送客上路的，到了这里，客人就说："已经送出七里了，请回吧！"主客到茶坊又喝了一壶茶，说了些话，出门一揖，就此分别了。七里茶坊一定萦系过很多人的感情。不过现在却并无一家茶坊。我去找了找，连遗址也无人知道。"茶坊"是古语，在《清明上河图》、《东京梦华录》、《水浒传》里还能见到。现在一般都叫"茶馆"了。可见，这地名的由来已久。

这是一个中国北方的普通的市镇。有一个供销社，货架上空空的，只有几包火柴、一堆柿饼。两只乌金釉的酒坛子擦得很亮，放在旁边的酒提子却是干的。柜台上放着一盆麦麸子做的大酱。有一个理发店，两张椅子，没有理发的，理发员坐着打瞌睡。一个邮局。一个新华书店，只有几套毛选和一些小册子。路口矗着一面黑板，写着鼓动冬季积肥的快板，文后署名"文化馆宣"，说明这里还有个文化馆。快板里写道："天寒地冻百不咋[2]，心里装着全天

---

① 初刊于《收获》一九八一年第五期，初收于《汪曾祺短篇小说选》。

② "百不咋"是无所谓、没关系的意思。

下。”轰轰烈烈的大跃进已经过去，这种豪言壮语已经失去热力。前两天下过一场小雨，雨点在黑板上抽打出一条一条斜道。路很宽，是土路。两旁的住户人家，也都是土墙土顶（这地方风雪大，房顶多是平的）。连路边的树也都带着黄土的颜色。这个长城以外的土色的冬天的市镇，使人产生悲凉的感觉。

除了店铺人家，这里有几家车马大店。我就住在一家车马大店里。

我头一回住这种车马大店。这种店是一看就看出来的，街门都特别宽大，成天敞开着，为的好进出车马。进门是一个很宽大的空院子。院里停着几辆大车，车辕向上，斜立着，像几尊高射炮。靠院墙是一个长长的马槽，几匹马面墙拴在槽头吃料，不停地甩着尾巴。院里照例喂着十多只鸡。因为地上有撒落的黑豆、高粱，草里有稗子，这些母鸡都长得极肥大。有两间房，是住人的。都是大炕。想住单间，可没有。谁又会上车马大店里来住一个单间呢？“碗大炕热”，就成了这类大店招徕顾客的口碑。

我是怎么住到这种大店里来的呢？

我在一个农业科学研究所下放劳动，已经两年了。有一天生产队长找我，说要派几个人到张家口去掏公共厕所，叫我领着他们去。为什么找到我头上呢？说是以前去了两拨人，都闹了意见回来了。我是个下放干部，在工人中还有一点威信，可以管得住他们，云云。究竟为什么，我一直也不太明白。但是我欣然接受了这个任务。

我打好行李，挎包里除了洗漱用具，带了一枝大号的3B烟斗，一袋掺了一半榆树叶的烟草，两本四部丛刊本《分类集注杜工部集》，坐上单套马车，就出发了。

我带去的三个人，一个老刘、一个小王，还有一个老乔，连我四个。

我拿了介绍信去找市公共卫生局的一位“负责同志”。他住在一个粪场子里。一进门，就闻到一股奇特的酸味。我交了介绍信，这位同志问我：

“你带来的人，咋样？”

“咋样？”

“他们，啊，啊，啊……”

他“啊”了半天，还是找不到合适的词句。这位负责同志大概不大认识字。他的意思我其实很明白，他是问他们政治上可靠不可靠。他怕万一我带来的人会在公共厕所的粪池子里放一颗定时炸弹。虽然他也知道这种可能性极小，但还是问一问好。可是他词不达意，说不出这种报纸语言。最后还是用一句不很切题的老百姓话说：

“他们的人性咋样？”

“人性挺好！”

“那好。”

他很放心了，把介绍信夹到一个卷宗里，给我指定了桥东区的几个公厕。事情办完，他送我出“办公室”，顺便带我参观了一下这座粪场。一边堆着好几垛晒好的粪干，平地上还晒着许多薄饼一样的粪片。

“这都是好粪，不掺假。”

“粪还掺假？”

“掺！”

“掺什么？土？”

“哪能掺土！”

“掺什么？”

“酱渣子。”

“酱渣子？”

“酱渣子，味道、颜色跟大粪一个样，也是酸的。”

“粪是酸的？”

“发了酵。”

我于是猛吸了一口气，品味着货真价实、毫不掺假的粪干的独特的，不能代替的，余韵悠长的酸味。

据老乔告诉我，这位负责同志原来包掏公私粪便，手下用了很多人，是一个小财主。后来成了卫生局的工作人员，成了“公家人”，管理公厕。他现在经营的两个粪场，还是很来钱。这人紫棠脸，阔嘴岔，方下巴，眼睛很亮，虽然没有文化，但是看起来很精干。他虽不大长于说“字儿话”，但是当初在指挥粪工、洽谈生意时，所用语言一定是很清楚畅达，很有力量的。

掏公共厕所，实际上不是掏，而是凿。天这么冷，粪池里的粪都冻得实实的，得用冰镩凿开，破成一二尺见方大小不等的冰块，用铁锹起出来，装在单套车上，运到七里茶坊，堆积在街外的空场上。池底总有些没有冻实的稀粪，就刮出来，倒在事先铺好的干土里，像和泥似的和好。一夜工夫，就冻实了。第二天，运走。隔三四天，所里车得空，就派一辆三套大车把积存的粪冰运回所里。

看车把式装车，真有个看头。那么沉的、滑滑溜溜的冰块，照样装得整整齐齐，严严实实，拿绊绳一煞，纹丝不动。走个百八十里，不兴掉下一块。这才真叫“把式”！

“叭——”的一鞭，三套大车走了。我心里是高兴的。我们给所里做了一点事了。我不说我思想改造得如何好，对粪便产生了多深的感情，但是我知道这东西很贵。我并没有做多少，只是在地面上挖一点干土，和粪。为了照顾我，不让我下池子凿冰。老乔呢，说好了他是来玩的，只是招招架架，跑跑颠颠。活，主要是老刘和小王干的。老刘是个使冰镩的行家，小王有的是力气。

这活脏一点，倒不累，还挺自由。

我们住在骡马大店的东房，——正房是掌柜的一家人自己住的。南北相对，各有一铺能睡七八个人的炕，——挤一点，十个人也睡下了。快到春节了，没有别的客人，我们四个人占据了靠北的一张炕，很宽绰。老乔岁数大，睡炕头。小王火力壮，把门靠边。我和老刘睡当间。我那位置很好，靠近电灯，可以看书。两铺炕中间，是一口锅灶。

天一亮，年轻的掌柜的就推门进来，点火添水，为我们作饭，——推莜面窝窝。我们带来一口袋莜面，顿顿饭吃莜面，而且都是推窝窝。——莜面吃完了，三套大车会又给我们捎来的。小王跳到地下帮掌柜的拉风箱，我们仨就拥着被窝坐着，欣赏他的推窝窝手艺。——这么冷的天，一大清早就让他从内掌柜的热被窝里爬出来为我们作饭，我心里实在有些歉然。不大一会，莜面蒸上了，屋里弥漫着白蒙蒙的蒸汽，很暖和，叫人懒洋洋的。可是热腾腾的窝窝已经端到炕上了。刚出屉的莜面，真香！用蒸莜面的水，洗洗脸，我们就蘸着麦麸子做的大酱吃起来。没有油，没有醋，尤其是没有辣椒！可是你得相信我说的是真话：我一辈子很少吃过这么好吃的东西。那是什么时候呀？——一九六〇年！

我们出工比较晚。天太冷。而且得让过人家上厕所的高潮。八点多了，才赶着单套车到市里去。中午不回来。有时由我掏钱请客，去买一包“高价点心”，找个背风的角落，蹲下来，各人抓了几块嚼一气。老乔、我、小王拿一副老掉了牙的扑克牌接龙、蹩七。老刘在呼呼的风声里居然能把脑袋缩在老羊皮袄里睡一觉，还挺香！下午接着干。四点钟装车，五点多就回到七里茶坊了。

一进门，掌柜的已经拉动风箱，往灶火里添着块煤，为我们作晚饭了。

吃了晚饭，各人干各人的事。老乔看他的《啼笑因缘》。他这本《啼笑因缘》是个古本了，封面封底都没有了，书角都打了卷，当中还有不少缺页。可是他还是戴着老花镜津津有味地看，而且老看不完。小王写信，或是躺着想心事。老刘盘着腿一声不响地坐着。他这样一声不响地坐着，能够坐半天。在所里我就见过他到生产队请一天假，哪儿也不去，什么也不干，就是坐着。我发现不止一个人有这个习惯。一年到头的劳累，坐一天是很大的享受，也是他们迫切的需要。人，有时需要休息。他们不叫休息，就叫“坐一天”。他们去请假的理由，也是：“我要坐一天。”中国的农民，对于生活的要求真是太小了。我，就靠在被窝上读杜诗。杜诗读完，就压在枕头底下。这铺炕，炕沿的缝隙跑烟，把我的《杜工部集》的一册的封面薰成了褐黄色，留下一个难忘的、美好的纪念。

有时，就有一句没一句，东拉西扯地瞎聊天。吃着柿饼子，喝着蒸锅水，抽着掺了榆树叶子的烟。这烟是农民用包袱包着私卖的，颜色是灰绿的，劲头很不足，抽烟的人叫它“半口烟”。榆树叶子点着了，发出一种焦糊的，然而分明地辨得出是榆树的气味。这种气味使我多少年后还难于忘却。

小王和老刘都是“合同工”，是所里和公社订了合同，招来的。他们都是柴沟堡的人。

老刘是个老长工，老光棍。他在张家口专区几个县都打过长工，年轻时年年到坝上割莜麦。因为打了多年长工，庄稼活他样样精通。他有过老婆，跑了，因为他养不活她。从此他就不再找女人，对女人很有成见，认为女人是个累赘。他就这样背着一卷行李，——一块毡子、一床“盖窝”（即被）、一个方顶的枕头，到处漂流。看他捆行李的利索劲儿和背行李的姿势，就知道是一个常年出门在外的老长工。他真也是自由自在，也不置什么衣服，有两个钱全喝了。他不大爱说话，但有时也能说一气，在他高兴的时候，或者不高兴的时候。这二年他常发牢骚，原因之一，是喝不到酒。他老是说：“这是咋搞的？咋搞的？”——“过去，七里茶坊，啥都有：驴肉、猪头肉、炖牛蹄子、茶鸡蛋……，卖一黑夜。酒！现在！咋搞的！咋搞的！”——“‘楼上楼下，电灯电话’！做梦娶媳妇，净慕好事！多会儿？”[1]他年轻时曾给八路军送过信，带过路。“俺们那阵，有什么好吃的，都给八路军留着！早知这样，哼！……”他说的话常常出了圈，老乔就喝住他：“你瞎说点啥！没喝酒，你就醉了！你是想‘进去’住几天是怎么的？嘴上没个把门的，亏你活了这么大！”

小王也有些不平之气。他是念过高小的。他给自己编了一口顺

① 那时农村宣传“共产主义”，都说是“楼上楼下，电灯电话”。慕，是思量、向往的意思。这是很古的语言，元曲中常见。张家口地区保留了很多宋元古语。

口溜：“高小毕业生，白费六年工。想去当教员，学生管我叫老兄。想去当会计，珠算又不通！”他现在一个月挣二十九块六毛四，要交社里一部分，刨去吃饭，所剩无几。他才二十五岁，对老刘那样的自由自在的生活并不羡慕。

老乔，所里多数人称之为乔师傅。这是个走南闯北，见多识广，老于世故的工人。他是怀来人。年轻时在天津学修理汽车。抗日战争时跑到大后方，在资源委员会的运输队当了司机，跑仰光、腊戍。抗战胜利后，他回张家口来开车，经常跑坝上各县。后来岁数大了，五十多了，血压高，不想再跑长途，他和农科所的所长是亲戚，所里新调来一辆拖拉机，他就来开拖拉机，顺便修修农业机械。他工资高，没负担。农科所附近一个小镇上有一家饭馆，他是常客。什么贵菜、新鲜菜，饭馆都给他留着。他血压高，还是爱喝酒。饭馆外面有一棵大槐树，夏天一地浓荫。他到休息日，喝了酒，就睡在树荫里。树荫在东，他睡在东面；树荫在西，他睡到西面，围着大树睡一圈！这是前二年的事了。现在，他也很少喝了。因为那个饭馆的酒提潮湿的时候很少了。他在昆明住过，我也在昆明呆过七八年，因此他老愿意找我聊天，抽着榆叶烟在一起怀旧。他是个技工，掏粪不是他的事，但是他自愿报了名。冬天，没什么事，他要来玩两天。来就来吧。

这天，我们收工特别早，下了大雪，好大的雪啊！

这样的天，凡是爱喝酒的都应该喝两盅，可是上哪儿找酒去呢？

吃了莜面，看了一会书，坐了一会，想了一会心事，照例聊天。

像往常一样，总是老乔开头。因为想喝酒，他就谈起云南的酒。市酒、玫瑰重升、开远的杂果酒、杨林肥酒……

“肥酒？酒还有肥瘦？”老刘问。

“蒸酒的时候，上面吊着一大块肥肉，肥油一滴一滴地滴在酒里。这酒是碧绿的。”

“像你们怀来的青梅煮酒？”

“不像。那是烧酒，不是甜酒。”

过了一会，又说：“有点像……”

接着，又谈起昆明的吃食。这老乔的记性真好，他可以从华山南路、正义路，一直到金碧路，数出一家一家大小饭馆，又岔到护国路和甬道街，哪一家有什么名菜，说得非常详细。他说到金钱片腿、牛干巴、锅贴乌鱼、过桥米线……

“一碗鸡汤，上面一层油，看起来连热气都没有，可是超过一百度。一盘子鸡片、腰片、肉片，都是生的。往鸡汤里一推，就熟了。”

“那就能熟了？”

“熟了！”

他又谈起汽锅鸡。描写了汽锅是什么样子，锅里不放水，全凭蒸汽把鸡蒸熟了，这鸡怎么嫩，汤怎么鲜……

老刘很注意地听着，可是怎么也想象不出这汽锅是啥样子，这道菜是啥滋味。

后来他又谈到昆明的菌子：牛肝菌、青头菌、鸡㙡①，把鸡㙡夸赞了又夸赞。

“鸡㙡？有咱这儿的口蘑好吃吗？”

① 鸡㙡是一种菌，长在白蚁窝上，味极腴美。

"各是各的味儿。"

…………

老乔刮话的时候，小王一直似听不听，躺着，张眼看着房顶。忽然，他问我：

"老汪，你一个月挣多少钱？"

我下放的时候，曾经有人劝告过我，最好不要告诉农民自己的工资数目，但是我跟小王认识不止一天了，我不想骗他，便老实说了。小王没有说话，还是张眼躺着。过了好一会，他看着房顶说：

"你也是一个人，我也是一个人，为什么你就挣那么多？"

他并没有要我回答，这问题也不好回答。

沉默了一会。

老刘说："怨你爹没供你书[①]。人家老汪是大学毕业！"

老乔是个人情练达的人，他捉摸出小王为什么这两天老是发呆，为什么会提出这样的问题，说：

"小王，你收到一封什么信，拿出来我看看！"

前天三套大车来拉粪冰的时候，给小王捎来一封寄到所里的信。

事情原来是这样的：小王搞了一个对象。这对象搞得稍为有点离奇：小王有个表姐，嫁到邻村李家。李家有个姑娘，和小王年貌相当，也是高小毕业。这表姐就想给小姑子和表弟撮合撮合，写信来让小王寄张照片去。照片寄到了，李家姑娘看了，不满意。恰好李家姑娘的一个同学陈家姑娘来串门，她看了照片，对小王的表姐

① "供书"是拿钱供学生读书的意思。

说："晓得人家要俺们不要？"表姐跟陈家姑娘要了一张照片，寄给小王，小王满意。后来表姐带了陈家姑娘到农科所来，两人当面相了一相，事情就算定了。农村的婚姻，往往就是这样简单，不像城里人有逛公园、轧马路、看电影、写情书这一套。

陈家姑娘的照片我们都见过，挺好看的，大眼睛，两条大辫子。

小王收到的信是表姐寄来的，催他办事。说人家姑娘一天一天大了，等不起。那意思是说，过了春节，再拖下去，恐怕就要吹。

小王发愁的是：春节他还办不成事！柴沟堡一带办喜事倒不尚铺张，但是一床里面三新的盖窝、一套花直贡呢的棉衣、一身灯芯绒裤袄、绒衣绒裤、皮鞋、球鞋、尼龙袜子……总是要有的。陈家姑娘没有额外提什么要求，只希望要一支金星牌钢笔。这条件提得不俗，小王倒因此很喜欢。小王已经作了长期的储备，可是算来算去还差五六十块钱。

老乔看完信，说：

"就这个事吗？值得把你愁得直眉瞪眼的！叫老汪给你拿二十，我给你拿二十！"

老刘说："我给你拿上十块！现在就给！"说着从红布肚兜里就摸出一张十圆的新票子。

问题解决了，小王高兴了，活泼起来了。

于是接着瞎聊。

从云南的鸡枞聊到内蒙古的口蘑。说到口蘑，老刘可是个专家。黑片蘑、白蘑、鸡腿子、青腿子……

"过了正蓝旗，捡口蘑都是赶了个驴车去。一天能捡一车！"

不知怎么又说到独石口。老刘说他走过的地方没有比独石口再冷的了，那是个风窝。

“独石口我住过，冷！”老乔说，“那年我们在独石口吃了一洞子羊。”

“一洞子羊？”小王很有兴趣了。

“风太大了，公路边有一个涵洞，去避一会风吧。一看，涵洞里白糊糊的，都是羊。不知道是谁的羊，大概是被风赶到这里的，挤在涵洞里，全冻死了。这倒好，这是个天然冷藏库！俺们想吃，就进去拖一只，吃了整整一个冬天！”

老刘说：“肥羊肉炖口蘑，那叫香！四家子的莜面，比白面还白。坝上是个好地方。”

话题转到了坝上。老乔、老刘轮流说，我和小王听着。

老乔说：坝上地广人稀，只要收一季莜麦，吃不完。过去山东人到口外打把势卖艺，不收钱。散了场子，拿一个大海碗挨家要莜面，“给！”一给就是一海碗。说坝上没果子。怀来人赶一个小驴车，装一车山里红到坝上，下来时驴车换成了三套大马车，车上满满地装的是莜面。坝上人都豪爽，大方。吃起肉来不是论斤，而是放开肚子吃饱。他说坝上人看见坝下人吃肉，一小碗，都奇怪：“这吃个什么劲儿呢？”他说，他们要是看见江苏人、广东人炒菜：几根油菜，两三片肉，就更会奇怪了。他还说坝上女人长得很好看。他说，都说水多的地方女人好看，坝上没水，怎么女人都长得白白净净？那么大风沙，皮色都很好。他说他在崇礼县看过两姐妹，长得像傅全香。

傅全香是谁，老刘、小王可都不知道。

老刘说：坝上地大，风大，雪大，雹子也大。他说有一年沽源下了一场大雪，西门外的雪跟城墙一般高。也是沽源，有一年下了一场雹子，有一个雹子有马大。

“有马大？那掉在头上不砸死了？”小王不相信有这样大的雹子！

老刘还说，坝上人养鸡，没鸡窝。白天开了门，把鸡放出去。鸡到处吃草籽，到处下蛋。他们也不每天去捡。隔十天半月，挑了一副筐，到处捡蛋，捡满了算。他说坝上的山都是一个一个馒头样的平平的山包。山上没石头。有些山很奇怪，只长一样东西。有一个山叫韭菜山，一山都是韭菜；还有一座芍药山，夏天开了满满一山的芍药花……

老乔、老刘把坝上说得那样好，使小王和我都觉得这是个奇妙的、美丽的天地。

芍药山，满山开了芍药花，这是一种什么景象？

“咱们到韭菜山上掐两把韭菜，拿盐腌腌，明天蘸莜面吃吧。”小王说。

“见你的鬼！这会儿会有韭菜？满山大雪！——把钱收好了！”

聊天虽然有趣，终有意兴阑珊的时候。天已经很黑了，房顶上的雪一定已经堆了四五寸厚了，摊开被窝，我们该睡了。

正在这时，屋门开处，掌柜的领进三个人来。这三个人都反穿着白茬老羊皮袄，齐膝的毡疙瘩。为头是一个大高个儿，五十来岁，长方脸，戴一顶火红的狐皮帽。一个四十来岁，是个矮胖子，脸上有几颗很大的痘疤，戴一顶狗皮帽子。另一个是和小王岁数仿佛的后生，雪白的山羊头的帽子遮齐了眼睛，使他看起来像一个女孩子。——他脸色红润，眼睛太好看了！他们手里都拿着一根六道木二尺多长的短棍。虽然刚才在门外已经拍打了半天，帽子上、身上，还粘着不少雪花。

掌柜的说："给你们作饭？——带着面了吗？"

"带着哩。"

后生解开老羊皮袄，取出一口面口袋。——他把面口袋系在腰带上，怪不道他看起来身上鼓鼓囊囊的。

"推窝窝？"

高个儿把面口袋交给掌柜的：

"不吃莜面！一天吃莜面。你给俺们到老乡家换几个粑粑头[①]吃。多时不吃粑粑头，想吃个粑粑头。把火弄得旺旺的，烧点水，俺们喝一口。——没酒？"

"没。"

"没咸菜？"

"没。"

"那就甜[②]吃！"

老刘小声跟我说："是坝上来的。坝上人管窝窝头叫粑粑头。是赶牲口的，——赶牛的。你看他们拿的六道木的棍子。"随即，他和这三个坝上人搭咯起来：

"今天一早从张北动的身？"

"是。——这天气！"

"就你们仨？"

① 他们说"粑粑头"，"粑粑"作入声。

② 张家口一带不说"淡"，说"甜"。

“还有仨。”

“那仨呢？”

“在十多里外，两头牛掉进雪窟窿里了。他们仨在往上弄。俺们把其余的牛先送到食品公司屠宰场，到店里等他们。”

“这样天气，你们还往下送牛？”

“没法子。快过年了。过年，怎么也得叫坝下人吃上一口肉！”

不大一会，掌柜的搞了粑粑头和几个腌蔓菁来。他们把粑粑头放在火里烧，水开了，把烧焦的粑粑头拍打拍打，就吃喝起来。

我们的酱碗里还有一点酱，老乔就给他们送过去。

“你们那里今年年景咋样？”

“好！”高个儿回答得斩钉截铁。显然这是反话，因为痘疤脸和后生都噗嗤一声笑了。

“不是说去年你们已经过了‘黄河’了？”

“过了！那还不过！”

老乔知道他话里有话，就问：

“也是假的？”

“不假。搞了‘标准田’。”

“啥叫‘标准田’？”

“把几块地里打的粮算在一起。”

“其余的地？”

“不算产量。”

“坝上过‘黄河’？不用什么‘科学家’，我就知道，不行！”老刘用了一个很不文雅的字眼说：“过‘黄河’，过毬的个河吧！”

老乔解释："老刘说的对。坝上的土层只有五寸，下面全是石头。坝上一向是广种薄收，要求单位面积产量，是主观主义。"

痘疤脸说："就是！俺们和公社的书记说，这产量是虚的。但人家说：有了虚的，就会带来实的。"

后生说："还说这是：以虚带实。"

我还从来没有听说过"以虚带实"是这样的解释的。

高个儿沉重地叹了一口气："这年月！当官的都说谎！"

老刘接口说："当官的说谎，老百姓遭罪！"

老乔把烟口袋递给他们：

"牲畜不错？"

"不错！也经不起胡糟践。头二年，大跃进，大炼钢铁，夜战，把牛牵到地里，杀了，在地头架起了大锅，大块大块地煮烂，大伙儿，吃！那会儿吃了个痛快；这会儿，想去吧！——他们仨咋还不来？去看看。"

高个儿说着把解开的老羊皮袄又系紧了。

痘疤脸说："我们俩去。你啦[1]就甭去了。"

"去！"

他们和掌柜的借了两根木杠，把我们车上的缆绳也借去了，拉开门，就走了。

听见后生在门外大声说："雪更大了！"

老刘起来解手，把地下三根六道木的棍子归在一起，上了炕，说："他们真辛苦！"

---

① "你啦"是第二人称的尊称，相当于北京话的"您"，大概是"你老人家"的切音。

过了一会，又自言自语地说：

“咱们也很辛苦。”

老乔一面钻被窝，一面说：

“中国人都很辛苦啊！”

小王已经睡着了。

“过年，怎么也得叫坝下人吃上一口肉！”我老是想着大个儿的这句话，心里很感动，很久未能入睡。这是一句朴素、美丽的话。

半夜，朦朦胧胧地听到几个人轻手轻脚走进来，我睁开眼，问：

“牛弄上来了？”

高个儿轻轻地说：

“弄上来了。把你吵醒了！睡吧！”

他们睡在对面的炕上。

第二天，我们起得很晚。醒来时，这六个赶牛的坝上人已经走了。

一九八一年五月十一日写成

故里杂记[1]

※

李三

李三是地保，又是更夫。他住在土地祠。土地祠每坊都有一个。“坊”后来改称为保了。只有死了人，和尚放焰口，写疏文，写明死者籍贯，还沿用旧称：“南赡部洲中华民国某省某县某坊信士某某……”云云。疏文是写给阴间的公事。大概阴间还没有改过来。土地是阴间的保长。其职权范围与阳间的保长相等，不能越界理事，故称“当坊土地”。李三所管的，也只是这一坊之事。出了本坊，哪怕只差一步，不论出了什么事，死人失火，他都不问。一个坊或一个保的疆界，保长清楚，李三也清楚。

土地祠是俗称，正名是“福德神祠”。这四个字刻在庙门的砖额上，蓝地金字。这是个很小的庙。外面原有两根旗杆。西边的一根有一年教雷劈了（这雷也真怪，把旗杆劈得粉碎，劈成了一片一片一尺来长的细木条，这还有个名目，叫做“雷楔”），只剩东边的一根了。进门有一个门道，两边各有一间耳房。东边的，住着李三。西边的一间，租给了一个卖糜饭饼子的。——糜饭饼子是米粥捣成糜，发酵后在一个平锅上烙成的，一面焦黄，一面是白的，有一点酸酸的甜味。再往里，过一个两步就跨过的天井，便是神殿。

① 初刊于《北京文学》一九八二年第二期，初收于《晚饭花集》。

迎面塑着土地老爷的神像。神像不大，比一个常人还小一些。这土地老爷是单身，——不像乡下的土地庙里给他配一个土地奶奶。是一个笑眯眯的老头，一嘴的白胡子。头戴员外巾，身穿蓝色道袍。神像前是一个很狭的神案。神案上有一具铁制蜡烛架，横列一排烛钎，能插二十来根蜡烛。一个瓦香炉。神案前是一个收香钱的木柜。木柜前留着几尺可供磕头的砖地。如此而已。

李三同时又是庙祝。庙祝也没有多少事。初一、十五，把土地祠里外打扫一下，准备有人来进香。过年的时候，把两个“灯对子”找出来，挂在庙门两边。灯对子是长方形的纸灯，里面是木条钉成的框子，外糊白纸，上书大字，一边是“风调雨顺”，一边是“国泰民安”。灯对子里有横隔，可以点蜡烛。从正月初一，一直点到灯节。这半个多月，土地祠门前明晃晃的，很有点节日气氛。这半个月，进香的也多。每逢香期，到了晚上，李三就把收香钱的柜子打开，把香钱倒出来，一五一十地数一数。

偶尔有人来赌咒。两家为一件事分辩不清，——常见的是东家丢了东西，怀疑是西家偷了，两家对骂了一阵，就各备一份香烛到土地祠来赌咒。两个人同时磕了头，一个说：“土地老爷在上，若是某某偷了我的东西，就叫他现世现报！”另一个说：“土地老爷在上，我若做了此事，就叫我家死人失天火！他诬赖我，也一样！”咒已赌完，各自回家。李三就把只点了小半截的蜡烛吹灭，拔下，收好，备用。

李三最高兴的事，是有人来还愿。坊里有人家出了事，例如老人病重，或是孩子出了天花，就到土地祠来许愿。老人病好了，孩子天花出过了，就来还愿。仪式很隆重：给菩萨“挂匾”——

送一块横宽二三尺的红布匾，上写四字：“有求必应”。满炉的香，红蜡烛把铁架都插满了（这种蜡烛很小，只二寸长，叫做“小牙”）。最重要的是：供一个猪头。因此，谁家许了愿，李三就很关心，随时打听。这是很容易打听到的。老人病好，会出来扶杖而行。孩子出了天花，在衣领的后面就会缝一条二指宽三寸长的红布，上写“天花已过”。于是李三就满怀希望地等着。这猪头到了晚上，就进了李三的砂罐了。一个七斤半重的猪头，够李三消受好几天。这几天，李三的脸上随时都是红喷喷的。

地保所管的事，主要的就是死人失火。一般人家死了人，他是不管的，他管的是无后的孤寡和“路倒”。一个孤寡老人死在床上，或是哪里发现一具无名男尸，在本坊地界，李三就有事了：拿了一个捐簿，到几家殷实店铺去化钱。然后买一口薄皮棺材装殓起来；省事一点，就用芦席一卷，草绳一捆（这有个名堂，叫做“万字纹的棺材，三道紫金箍”），用一把锄头背着，送到乱葬冈去埋掉。因此本地流传一句骂人的话：“叫李三把你背出去吧！”李三很愿意本坊常发生这样的事，因为募化得来的钱怎样花销，是谁也不来查账的。李三拿埋葬费用的余数来喝酒，实在也在情在理，没有什么说不过去。这种事，谁愿承揽，就请来试试！哼，你以为这几杯酒喝到肚里容易呀！不过，为了心安理得，无愧于神鬼，他在埋了死人后，照例还为他烧一陌纸钱，磕三个头。

李三瘦小干枯，精神不足，拖拖沓沓，迷迷瞪瞪，随时总像没有睡醒，——他夜晚打更，白天办事，睡觉也是断断续续的，看见他时他也真是刚从床上爬起来一会，想不到有时他竟能跑得那样快！那是本坊有了火警的时候。这地方把失火叫成“走水”，大概是讳言火字，所以反说着了。一有人家走水，李三就拿起他的更锣，用一个锣棒使劲地敲着，没命地飞跑，嘴里还大声地嚷叫："××巷×家走水啦！××巷×家走水啦！"一坊失火，各坊的水龙都要来救，所以李三这回就跑出坊界，绕遍全城。

李三希望人家失火么？哎，话怎么能这样说呢！换一个说法：他希望火不成灾，及时救灭。火灭之后，如果这一家损失不大，他就跑去道喜："恭喜恭喜，越烧越旺！"如果这家烧得片瓦无存，他就去向幸免殃及的四邻去道喜："恭喜恭喜，土地菩萨保佑！"他还会说：火势没有蔓延，也多亏水龙来得快。言下之意也很清楚：水龙来得快，是因为他没命的飞跑。听话的人并不是傻子。他飞跑着敲锣报警，不会白跑，总是能拿到相当可观的酒钱的。

地保的另一项职务是管叫花子。这里的花子有两种，一种是专赶各庙的香期的。初一、十五，各庙都有人进香。逢到菩萨生日（这些菩萨都有一个生日，不知是怎么查考出来的），香火尤盛。这些花子就从庙门、甬道，一直到大殿，密密地跪了两排。有的装做瞎子，有的用蜡烛油画成烂腿（画得很像），"老爷太太"不住地喊叫。进香的信女们就很自觉地把铜钱丢在他们面前破瓢里，她们认为把钱给花子，是进香仪式的一部分，不如此便显得不虔诚。因此，这些花子要到的钱是不少的。这些虔诚的香客大概不知道花子的黑话。花子彼此相遇，不是问要了多少钱，而说是"唤了多少狗"！这种花子是有帮的，他们都住在船上。每年还做花子会，很多花子船都集中在一起，也很热闹。这一种在帮的花子李三惹不起，他们也不碍李三的事，井水不犯河水。李三能管的是串街的花子。串街要钱的，他也只管那种只会伸着手赖着不走的软弱疲赖角色。李三提了一根竹棍，看见了，就举起竹棍大喝一声："去去去！"有三等串街的他不管。一等是唱道情的。这是斯文一脉，穿着破旧长衫，念过两句书，又和吕洞宾、郑板桥有些瓜葛。店铺里等他唱了几句"老渔翁，一钓竿"，就会往柜台上丢一个铜板。他们是很清高的，取钱都不用手，只是用两片简板一夹，咚的一声丢在渔鼓筒里。另外两等，一是耍青龙（即耍蛇）的，一是吹筒子的。耍青龙的弄两条菜花蛇盘在脖子里，蛇信子簌簌地直探。吹筒子的吹一个外面包了火赤练蛇皮的竹筒，"布——呜！"声音很难听，样子也难看。他们之一要是往店堂一站，半天不走，这家店铺就甭打算做生意了：女人、孩子都吓得远远地绕开走了。照规矩（不知是谁定的规矩），这两等，李三是有权赶他们走的。然而他偏不赶，只是在一个背人处把他们拦住，向他们索要例规。讨价还价，照例要争执半天。双方会谈的地方，最多的是官茅房——公共厕所。

地保当然还要管缉盗。谁家失窃，首先得叫李三来。李三先看看小偷进出的路径。是撬门，是挖洞，还是爬墙。按律（哪朝的律呢）：如果案发，撬门罪最重，只下明火执仗一等。挖洞次之。爬墙又次之。然后，叫本家写一份失单。事情就完了。如果是爬墙进去偷的，他还不会忘了把小偷爬墙用的一根船篙带走。——小偷爬墙没有带梯子的，只是从河边船上抽一根竹篙，上面绑十来个稻草疙瘩，戗在墙边，踩着草疙瘩就进去了。偷完了，照例把这根竹篙靠在墙外。这根船篙不一会就会有失主到土地祠来赎。——"交二百钱，拿走！"

丢失衣物的人家，如果对李三说，有几件重要的东西，本家愿出钱赎回，过些日子，李三真能把这些赃物追回来。但是是怎样追回来的，是什么人偷的，这些事是不作兴问的。这也是规矩。

李三打更。左手拿着竹梆，吊着锣，右手锣槌。

笃，铛。定更。

笃，笃；铛——铛。二更。

笃，笃，笃；铛，铛——铛。三更。

三更以后，就不打了。

打更是为了防盗。但是人家失窃，多在四更左右，这时天最黑，人也睡得最死。李三打更，时常也装腔作势吓唬人："看见了，看见了！往哪里躲！树后头！墙旮旯！……"其实他什么也没看见。

一进腊月，李三在打更时添了一个新项目，喊："小心火烛"①：

"岁尾年关，——小心火烛！——

"火塘扑熄，——水缸上满！——

"老头子老太太，铜炉子撂远些②——！

"屋上瓦响，莫疑猫狗，起来望望——！

---

① 清末邑人谈人格有《警火》诗即咏此事，诗有小序，并录如下：

警火

送灶后里胥沿街鸣锣于黄昏时，呼"小心火烛"。岁除即叩户乞赏。

烛双辉，香一炷，敬惟司命朝天去。云车风马未归来，连宵灯火谁持护。铜钲入耳警黄昏，侧耳有语还重申："缸注水，灶徙薪"，沿街一一呼之频。唇干舌燥诚苦辛，不谋而告君何人？烹羊酌醴欢除夕，司命归来醉一得。今宵无用更鸣钲，一笑敲门索酒值。

从谈的诗中我们知道两件事。一是这种习俗原来由来已久，敲锣喊叫的正是李三这样的"里胥"。二是为什么在那样日子喊叫。原来是因为那时灶王爷上天去了，火烛没人管了。这实在是很有意思。不过，真实的原因还是岁暮风高，容易失火，与灶王的上天去汇报工作关系不大。

② "撂远些"是说不要挨床太近，以免炉中残火烧着被褥。

"岁尾年关，小心火烛……"

店铺上了板，人家关了门，外面很黑，西北风呜呜地叫着，李三一个人，腰里别着一个白纸灯笼，大街小巷，拉长了声音，有板有眼，有腔有调地喊着，听起来有点凄惨。人们想到：一年又要过去了。又想：李三也不容易，怪难为他。

没有死人，没有失火，没人还愿，没人家挨偷，李三这几天的日子委实过得有些清淡。他拿着锣、梆，很无聊地敲着三更：

"笃，笃，笃；铛，铛——铛！"

一边敲，一边走，走到了河边。一只船上有一枝很结实的船篙在船帮外面别着，他一伸手，抽了出来，夹在胳肢窝里回身便走。他还不紧不慢地敲着：

"笃，笃，笃；铛，铛——铛！"

不想船篙带不动了，篙子的后梢被一只很有劲的大手攥住了。

李三原想把船篙带到土地祠，明天等这个弄船的拿钱来赎。能弄二百钱，也能喝四两。不想这船家刚刚起来撒过尿，躺下还没有睡着。他听到有人抽篙子，爬出舱口一看，是李三！

"好，李三！你偷篙子！"

"莫喊！莫喊！"

李三不是很要脸面的人，但是一个地保偷东西，而且叫人当场捉住，总不大好看。

"你认打认罚？"

"认罚！认罚！罚多少？"

"罚二百钱！"

李三老是罚乡下人的钱。谁在街上挑粪，溅出了一点，"罚！

二百钱！”谁在不该撒尿的地方撒了尿，“罚！二百钱！”没有想到这回被别人罚了。李三挨罚，这是有史以来第一次。

榆树

侉奶奶住到这里一定已经好多年了，她种的八棵榆树已经很大了。

这地方把徐州以北说话带山东口音的人都叫做侉子。这县里有不少侉子。他们大都住在运河堤下，拉纤，推独轮车运货（运得最多的是河工所用石头），碾石头粉（石头碾细，供修大船的和麻丝桐油和在一起填塞船缝），烙锅盔（这种干厚棒硬的面饼也主要是卖给侉子吃），卖牛杂碎汤（本地人也有专门跑到运河堤上去尝尝这种异味的）……

侉奶奶想必本是一个侉子的家属，她应当有过一个丈夫，一个侉老爹。她的丈夫哪里去了呢？死了？还是“贩了桃子”——扔下她跑了？不知道。她丈夫姓什么？她姓什么？很少人知道。大家都叫她侉奶奶。大人、小孩，穷苦人、有钱的，都这样叫。倒好像她就姓侉似的。

侉奶奶怎么会住到这样一个地方来呢？（这附近住的都是本地人，没有另外一家侉子）她是哪年搬来的呢？你问附近的住户，他们都回答不出，只是说：“啊，她一直就在这里住。”好像自从盘古开天地，这里就有一个侉奶奶。

侉奶奶住在一个巷子的外面。这巷口有一座门，大概就是所谓里门。出里门，有一条砖铺的街，伸向越塘，转过螺蛳坝，奔臭河边，是所谓后街。后街边有人家。侉奶奶却又住在后街以外。巷口外，后街边，有一条很宽的阴沟，正街的阴沟水都流到这里，水色深黑，发出各种气味，蓝靛的气味、豆腐水的气味、做草纸的纸浆气味。不知道为什么，闻到这些气味，叫人感到忧郁。经常有乡下人，用一个接了长柄的洋铁罐，把阴沟水一罐一罐刮起来，倒在木桶里（这是很好的肥料），刮得沟底嘎啦嘎啦地响。跳过这条大阴沟，有一片空地。侉奶奶就住在这片空地里。

侉奶奶的家是两间草房。独门独户，四边不靠人家，孤零零的。她家的后面，是一带围墙。围墙里面，是一家香店的作坊，香店老板姓杨。香是像压饸饹似的挤出来的。挤的时候还会发出"蓬——"的一声。侉奶奶没有去看过师傅做香，不明白这声音是怎样弄出来的。但是她从早到晚就一直听着这种很深沉的声音。隔几分钟一声，"蓬——蓬——蓬——"。围墙有个门，从门口往里看，便可看到一扇一扇像铁纱窗似的晒香的棕绷子，上面整整齐齐平铺着两排黄色的线香。侉奶奶门前，一眼望去，有一个海潮庵。原来不知是住和尚还是住尼姑的，多年来没有人住，废了。再往前，便是从越塘流下来的一条河。河上有一座小桥。侉奶奶家的左右都是空地。左边长了很高的草。右边是侉奶奶种的八棵榆树。

侉奶奶靠给人家纳鞋底过日子。附近几条巷子的人家都来找她，拿了旧布（间或也有新布）、袼褙（本地叫做"骨子"）和一张纸剪的鞋底样。侉奶奶就按底样把旧布、袼褙剪好，"做"一"做"（粗缝几针），然后就坐在门口小板凳上纳。扎一锥子，纳一针，"哧啦——哧啦"。有时把锥子插在头发里"光"一"光"（读去声）。侉奶奶手劲很大，纳的针脚很紧，她纳的底子很结实，大家都愿找她纳。也不讲个价钱。给多，给少，她从不争。多少人穿过她纳的鞋底啊！

侉奶奶一清早就坐在门口纳鞋底。她不点灯。灯碗是有一个的，房顶上也挂着一束灯草。但是灯碗是干的，那束灯草都发黄了。她睡得早，天上一见星星，她就睡了。起得也早。别人家的烟筒才冒出烧早饭的炊烟，侉奶奶已经纳好半只鞋底。除了下雨下雪，她很少在屋里（她那屋里很黑），整天都坐在门外扎锥子，抽麻线。有时眼酸了，手困了，就停下来四面看看。

正街上有一家豆腐店，有一头牵磨的驴。每天上下午，豆腐店的一个孩子总牵驴到侉奶奶的榆树下打滚。驴乏了，一滚，再滚，总是翻不过去。滚了四五回，哎，翻过去了。驴打着响鼻，浑身都轻松了。侉奶奶原来直替这驴在心里攒劲；驴翻过了，侉奶奶也替它觉得轻松。

街上的，巷子里的孩子常上侉奶奶门前的空地上来玩。他们在草窝里捉蚂蚱，捉油葫芦。捉到了，就拿给侉奶奶看。“侉奶奶，你看！大不大？”侉奶奶必很认真地看一看，说：“大。真大！”孩子玩一回，又转到别处去玩了，或沿河走下去，或过桥到对岸远远的一个道士观去看放生的乌龟。孩子的妈妈有时来找孩子（或家里来了亲戚，或做得了一件新衣要他回家试试），就问侉奶奶：“看见我家毛毛了么？”侉奶奶就说：“看见咧，往东咧。”或“看见咧，过河咧。”……

侉奶奶吃得真是苦。她一年到头喝粥。三顿都是粥。平常是她到米店买了最糙最糙的米来煮。逢到粥厂放粥（这粥厂是官办的，门口还挂一块牌：××县粥厂），她就提了一个“檑子”（小水桶）去打粥。这一天，她就自己不开火仓了，喝这粥。粥厂里打来的粥比侉奶奶自己煮的要白得多。侉奶奶也吃菜。她的“菜”是她自己腌的红胡萝卜。啊呀，那叫咸，比盐还咸，咸得发苦！——不信你去尝一口看！

只有她的侄儿来的那一天，才变一变花样。

侉奶奶有一个亲人，是她的侄儿。过继给她了，也可说是她的儿子。名字只有一个字，叫个“牛”。牛在运河堤上卖力气，也拉纤，也推车，也碾石头。他隔个十天半月来看看他的过继的娘。他的家口多，不能给娘带什么，只带了三斤重的一块锅盔。娘看见牛来了，就上街，到卖熏烧的王二的摊子上切二百钱猪头肉，用半张荷叶托着。另外，还忘不了买几根大葱，半碗酱。娘俩就结结实实地吃了一顿山东饱饭。

侉奶奶的八棵榆树一年一年地长大了。香店的杨老板几次托甲长丁裁缝来探过侉奶奶的口风，问她卖不卖。榆皮，是做香的原料。——这种事由买主亲自出面，总不合适。老街旧邻的，总得有个居间的人出来说话。这样要价、还价，才有余地。丁裁缝来一趟，侉奶奶总是说：“树还小咧，叫它再长长。”

人们私下议论：侉奶奶不卖榆树，她是指着它当棺材本哪。

榆树一年一年地长。侉奶奶一年一年地活着，一年一年地纳鞋底。

侉奶奶的生活实在是平淡之至。除了看驴打滚，看孩子捉蚂蚱、捉油葫芦，还有些什么值得一提的事呢？——这些捉蚂蚱的孩子一年比一年大。侉奶奶纳他们穿的鞋底，尺码一年比一年放出来了。

值得一提的有：

有一年，杨家香店的作坊接连着了三次火，查不出起火原因。人说这是“狐火”，是狐狸用尾巴蹭出来的。于是在香店作坊的墙外盖了一个三尺高的“狐仙庙”，常常有人来烧香。着火的时候，满天通红，乌鸦乱飞乱叫，火光照着侉奶奶的八棵榆树也是通红的，像是火树一样。

有一天，不知怎么发现了海潮庵里藏着一窝土匪。地方保安队来捉他们。里面往外打枪，外面往里打枪，乒乒乓乓。最后是有人献计用火攻，——在庵外墙根堆了稻草，放火烧！土匪吃不住劲，只好把枪丢出，举着手出来就擒了。海潮庵就在侉奶奶家前面不远，两边开仗的情形，她看得清清楚楚。她很奇怪，离得这么近，她怎么就不知道庵里藏着土匪呢?

这些，使侉奶奶留下深刻印象，然而与她的生活无关。

使她的生活发生一点变化的是——

有一个乡下人赶了一头水牛进城，牛老了，他要把它卖给屠宰场去。这牛走到越塘边，说什么也不肯走了，跪着，眼睛里叭哒叭哒直往下掉泪。围了好些人看。有人报给甲长丁裁缝。这是发生在本甲之内的事，丁甲长要是不管，将为人神不喜。他出面求告了几家吃斋念佛的老太太，凑了牛价，把这头老牛买了下来，作为老太太们的放生牛。这牛谁来养呢?大家都觉得交侉奶奶养合适。丁甲长对侉奶奶说，这是一甲人信得过她，侉奶奶就答应下了。这养老牛还有一笔基金（牛总要吃点干草呀），就交给侉奶奶放印子。从此侉奶奶就多了几件事：早起把牛放出来，尽它到草地上去吃青草。青草没有了，就喂它吃干草。一早一晚，牵到河边去饮。傍晚拿了收印子钱的摺子，沿街串乡去收印子。晚上，牛就和她睡在一个屋里。牛卧着，安安静静地倒嚼，侉奶奶可觉得比往常累得多。她觉得骨头疼，半夜了，还没有睡着。

不到半年，这头牛老死了。侉奶奶把放印子的折子交还丁甲长，还是整天坐在门外纳鞋底。

牛一死，侉奶奶也像老了好多。她时常病病歪歪的，连粥都不想吃，在她的黑洞洞的草屋里躺着。有时出来坐坐，扶着门框往外走。

一天夜里下大雨。瓢泼大雨不停地下了一夜。很多人家都进了水。丁裁缝怕侉奶奶家也进了水了，她屋外的榆树都浸在水里了。他赤着脚走过去，推开侉奶奶的门一看：侉奶奶死了。

丁裁缝派人把她的侄子牛叫了来。

得给侉奶奶办后事呀。侉奶奶没有留下什么钱，牛也拿不出钱，只有卖榆树。

丁甲长找到杨老板。杨老板倒很仁义，说是先不忙谈榆树的事，这都好说，由他先垫出一笔钱来，给侉奶奶买一身老衣，一副杉木棺材，把侉奶奶埋了。

侉奶奶安葬以后，榆树生意也就谈妥了。杨老板雇了人来，咯嗤咯嗤，把八棵榆树都放倒了。新锯倒的榆树，发出很浓的香味。

杨老板把八棵榆树的树皮剥了，把树干卖给了木器店。据人了解，他卖的八棵树干的钱就比他垫出和付给牛的钱还要多。他等于白得了八张榆树皮，又捞了一笔钱。

鱼

臭水河和越塘原是连着的。不知从哪年起，螺蛳坝以下淤塞了，就隔断了。风和人一年一年把干土烂草往河槽里填，河槽变成很浅了。不过旧日的河槽依然可以看得出来。两旁的柳树还能标出原来河的宽度。这还是一条河，一条没有水的干河。

干河的北岸种了菜。南岸有几户人家。这几家都是做嫁妆的，主要是做嫁妆之中的各种盆桶，脚盆、马桶、櫺子。这些盆桶是街上嫁妆店的订货，他们并不卖门市。这几家只是本钱不大，材料不多的作坊。这几家的大人、孩子，都是做盆桶的工人。他们整天在门外柳树下锯、刨。他们使用的刨子很特别。木匠使刨子是往前推，桶匠使刨子是往后拉。因为盆桶是圆的，这么使才方便。这种刨子叫做刮刨。盆桶成型后，要用砂纸打一遍，然后上漆。上漆之前，先要用猪血打一道底子。刷了猪血，得晾干。因此老远地就看见干河南岸，绿柳荫中排列着好些通红的盆盆桶桶，看起来很热闹，画出了这几家作坊的一种忙碌的兴旺气象。

桶匠有本钱，有手艺，在越塘一带，比起那些完全靠力气吃饭的挑夫、轿夫要富足一些。和杀猪的庞家就不能相比了。

从侉奶奶家旁边向南伸出的后街到往螺蛳坝方向，拐了一个直角。庞家就在这拐角处，门朝南，正对越塘。他家的地势很高，从街面到屋基，要上七八层台阶。房屋在这一片算是最高大的。房屋盖起的时间不久，砖瓦木料都还很新。檩粗板厚，瓦密砖齐。两边各有两间卧房，正中是一个很宽敞的穿堂。坐在穿堂里，可以清清楚楚看到越塘边和淤塞的旧河交接处的一条从南到北的土路，看到越塘的水，和越塘对岸的一切，眼界很开阔。这前面的新房子是住人的。养猪的猪圈，烧水、杀猪的场屋都在后面。

庞家兄弟三个，各有分工。老大经营擘划，总管一切。老二专管各处收买生猪。他们家不买现成的肥猪，都是买半大猪回来自养。老二带一个伙计，一趟能赶二三十头猪回来。因为杀的猪多，他经常要外出。杀猪是老三的事，——当然要有两个下手伙计。每天五更头，东方才现一点鱼肚白，这一带人家就听到猪尖声嚎叫，知道庞家杀猪了。猪杀得了，放了血，在杀猪盆里用开水烫透，吹气，刮毛。杀猪盆是一种特制的长圆形的木盆，盆帮很高。二百来斤的猪躺在里面，富富有余。杀几头猪，没有一定，按时令不同。少则两头，多则三头四头，到年下人家腌肉时就杀得更多了。因此庞家有四个极大的木盆，几个伙计同时动手洗刮。

这地方不兴叫屠户，也不叫杀猪的，大概嫌这种叫法不好听，大都叫“开肉案子的”。“开”肉案子，就是掌柜老板一流，显得身份高了。庞家肉案子生意很好，因为一条东大街上只有这一家肉案子。早起人进人出，剁刀响，铜钱响，票子响。不到晌午，几片猪就卖得差不多了。这里人一天吃的肉都是上午一次买齐，很少下午来割肉的。庞家肉案到午饭后，只留一两块后臀硬肋等待某些家临时来了客人的主顾，留一个人照顾着。一天的生意已经做完，店堂闲下来了。

店堂闲下来了。别的肉案子，闲着就闲着吧。庞家的人可真会想法子。他们在肉案子的对面，设了一道栏柜，卖茶叶。茶叶和猪肉是两码事，怎么能卖到一起去呢？——可是，又为什么一定不能卖到一起去呢？东大街没有一家茶叶店，要买茶叶就得走一趟北市口。有了这样一个卖茶叶的地方，省走好多路。卖茶叶，有一个人盯着就行了。有时叫一个小伙计来支应。有时老大或老三来看一会。有时，庞家的三妯娌之一，也来店堂里坐着，包包茶叶，收收钱。这半间店堂的茶叶店生意很好。

庞家三弟兄一个是一个。老大稳重，老二干练，老三是个文武全才。他们长得比别人高出一头。老三尤其肥白高大。他下午没事，常在越塘高空场上练石担子、石锁。他还会写字，写刘石庵体的行书。这里店铺都兴装着花槅子。槅子留出一方空白，叫做“槅子心”，可以贴字画。别家都是请人写画的。庞家肉案子是庞老三自己写的字。他大概很崇拜赵子龙。别人家槅心里写的是“春眠不觉晓，处处闻啼鸟”，“夫天地者万物之逆旅，光阴者百代之过客”之类，他写的都是《三国演义》里赞赵子龙的诗。

庞家这三个妯娌：一个赛似一个的漂亮，一个赛似一个的能干。她们都非常勤快。天不亮就起来，烧水，煮猪食，喂猪。白天就坐在穿堂里做针线。都是光梳头，净洗脸，穿得整整齐齐，头上戴着金簪子，手上戴着麻花银镯。人们走到庞家门前，就觉得眼前一亮。

到粥厂放粥，她们就一人拎一个橦子去打粥。

这不免会引起人们议论：“戴着金簪子去打粥！——侉奶奶打粥，你庞家也打粥？！”大家都知道，她们打了粥来是不吃的，——喂猪！因此，越塘、螺蛳坝一带人对庞家虽很羡慕并不亲近。都觉得庞家的人太精了。庞家的人缘不算好。别人也知道，庞家人从心里看不起别人，尤其是这三个女的。

越塘边发生了从未见过的奇事。

这一年雨水特别大，臭水河的水平了岸，水都漫到后街街面上来了。地方上的居民铺户共同商议，决定挖开螺蛳坝，在淤塞的旧河槽挖一道沟，把臭水河的水引到越塘河里去。这道沟只两尺宽。臭水河的水位比越塘高得多。水在沟里流得像一枝箭。

流着，流着，一个在岸边做桶的孩子忽然惊叫起来：

“鱼！”

一条长有尺半的大鲤鱼叭的一声蹦到岸上来了。接着，一条，一条，又一条，鲤鱼！鲤鱼！鲤鱼！

不知从哪里来的那么多的鲤鱼。它们戗着急水往上窜，不断地蹦到岸上。桶店家的男人、女人、大人、小孩，都奔到沟边来捉鱼。有人搬了脚盆放在沟边，等鲤鱼往里跳。大家约定，每家的盆，放在自己家门口，鱼跳进谁家的盆算谁的。

他们正在商议，庞家的几个人搬了四个大杀猪盆，在水沟流入越塘入口处挨排放好了。人们小声嘟囔：“真是手尖眼快啊！”但也没有办法。不是说谁家的盆放在谁家门口么？庞家的盆是放在庞家的门口（当然他家门口到河槽还有一个距离），庞家杀猪盆又大，放的地方又好，鱼直往里跳。人们不满意，但是好在家家的盆里都不断跳进鱼来，人们不断地欢呼，狂叫，简直好像做着一个欢喜而又荒唐的梦，高兴压过了不平。

这两天，桶匠家家家吃鱼，喝酒。这一辈子没有这样痛快地吃过鱼。一面开怀地嚼着鱼肉，一面还觉得天地间竟有这等怪事：鱼往盆里跳，实在不可思议。

两天后，臭水河的积水流泄得差不多了，螺蛳坝重新堵上，沟里没有水了，也没有鱼了，岸上到处是鱼鳞。

庞家桶里的鱼最多。但是庞家这两天没有吃鱼。他家吃的是鱼籽、鱼脏。鱼呢？这妯娌三个都把来用盐揉了，肚皮里撑一根芦柴棍，一条一条挂在门口的檐下晾着，挂了一溜。

把鱼已经通通吃光了的桶匠走到庞家门前，一个对一个说：

“真是鱼也有眼睛，谁家兴旺，它就往谁家盆里跳啊！”

正在穿堂里做针线的妯娌三个都听见了。三嫂子抬头看了二嫂子一眼，二嫂子看了大嫂子一眼，大嫂子又向两个弟媳妇都看了一眼。她们低下头来继续做针线。她们的嘴角都挂着一种说不清的表情。是对自己的得意？是对别人的鄙夷？

一九八一年六月十八日承德避暑山庄

故乡人①

※

打鱼的

女人很少打鱼。

打鱼的有几种。

一种用两只三桅大船，乘着大西北风，张了满帆，在大湖的激浪中并排前进，船行如飞，两船之间挂了极大的拖网，一网上来，能打上千斤鱼。而且都是大鱼。一条大铜头鱼（这种鱼头部尖锐，颜色如新擦的黄铜，肉细味美，有的地方叫做黄段），一条大青鱼，往往长达七八尺。较小的，也都在五斤以上。起网的时候，如果觉得分量太沉，会把鱼放掉一些，否则有把船拽翻了的危险。这种豪迈壮观的打鱼，只能在严寒的冬天进行，一年只能打几次。鱼船的船主都是个小财主，虽然他们也随船下湖，驾船拉网，勇敢麻利处不比雇来的水性极好的伙计差到哪里去。

一种是放鱼鹰的。鱼鹰分清水、浑水两种。浑水鹰比清水鹰值钱得多。浑水鹰能在浑水里睁眼，清水鹰不能。湍急的浑水里才有大鱼，名贵的鱼。清水里只有普通的鱼，不肥大，味道也差。站在高高的运河堤上，看人放鹰捉鱼，真是一件快事。一般是两个人，一个撑船，一个管鹰。一船鱼鹰，多的可到二十只。这些鱼鹰歇在

① 初刊于《雨花》一九八一年第十期，初收于《晚饭花集》。

木架上，一个一个都好像很兴奋，不停地鼓嗉子，扇翅膀，有点迫不及待的样子。管鹰的把篙子一摆，二十只鱼鹰扑通扑通一齐钻进水里，不大一会，接二连三地上来了。嘴里都叼着一条一尺多长的鳜鱼，鱼尾不停地搏动。没有一只落空。有时两只鱼鹰合抬着一条大鱼。喝！这条大鳜鱼！烧出来以后，哪里去找这样大的鱼盘来盛它呢？

一种是扳罾的。

一种是撒网的。……

还有一种打鱼的：两个人，都穿了牛皮缝制的连鞋子、裤子带上衣的罩衣，颜色白黄白黄的，站在齐腰的水里。一个张着一面八尺来宽的兜网；另一个按着一个下宽上窄的梯形的竹架，从一个距离之外，对面走来，一边一步一步地走，一边把竹架在水底一戳一戳地戳着，把鱼赶进网里。这样的打鱼的，只有在静止的浅水里，或者在虽然流动但水不深，流不急的河里，如护城河这样的地方，才能见到。这种打鱼的，每天打不了多少，而且没有很大的，很好的鱼。大都是不到半斤的鲤鱼拐子、鲫瓜子、鲶鱼。连不到二寸的“罗汉狗子”，薄得无肉的“猫杀子”，他们也都要。他们时常会打到乌龟。

在小学校后面的苇塘里，臭水河，常常可以看到两个这样的打鱼的。一男一女。他们是两口子。男的张网，女的赶鱼。奇怪的是，他们打了一天的鱼，却听不到他们说一句话。他们的脸上既看不出高兴，也看不出失望、忧愁，总是那样平平淡淡的，平淡得近于木然。除了举网时听到欻的一声，和梯形的竹架间或搅动出一点水声，听不到一点声音。就是举网和搅水的声音，也很轻。

有几天不看见这两个穿着黄白黄白的牛皮罩衣的打鱼的了。又过了几天，他们又来了。按着梯形竹架赶鱼的换了一个人，一个十五六岁的小姑娘。辫根缠了白头绳。一看就知道，是打鱼人的女儿。她妈死了，得的是伤寒。她来顶替妈的职务了。她穿着妈穿过的皮罩衣，太大了，腰里窝着一块，更加显得臃肿。她也像妈一样，按着梯形竹架，一戳一戳地戳着，一步一步地往前走。

她一定觉得：这身湿了水的牛皮罩衣很重，秋天的水已经很凉，父亲的话越来越少了。

金大力

金大力想必是有个大名的，但大家都叫他金大力，当面也这样叫。为什么叫他金大力，已经无从查考。他姓金，块头倒是很大。他家放剩饭的淘箩，年下腌制的风鱼咸肉，都挂得很高，别人够不着，他一伸手就能取下来，不用使竹竿叉棍去挑，也不用垫一张凳子。身大力不亏。但是他是不是有很大的力气，没法证明。关于他的大力，没有什么传说的故事，他没有表演过一次，也没有人和他较量过。他这人是不会当众表演，更不会和任何人较量的。因此，大力只是想当然耳。是不是和戏里的金大力有什么关系呢？也说不定。也许有。他很老实，也没有什么本事，这一点倒和戏里的金大力有点像。戏里的金大力只是个傻大个儿，哪次打架都有他，有黄天霸就有他，但哪回他也没有打得很出色。人们在提起金大力时，并不和戏台上那个戴着红缨帽或盘着一条大辫子，拿着一根可笑的武器，——一根红漆的木棍的那个金大力的形象联系起来。这个金大力和那个金大力不大相干。这个金大力只是一个块头很大的，家里开着一爿茶水炉子，本人是个瓦匠头儿的老实人。

他怎么会当了瓦匠头儿呢？

按说，瓦匠里当头儿的，得要年高望重，手艺好，有两手绝活，能压众，有口才，会讲话，能应付场面，还得有个好人缘儿。前面几条，金大力都不沾。金大力是个很不够格的瓦匠，他的手艺比一个刚刚学徒的小工强不了多少，什么活也拿不起来。一般老师傅会做的活，不用说相地定基，估工算料，砌墙时挂线，布瓦时堆瓦脊两边翘起的山尖，用一把瓦刀舀起半桶青灰在瓦脊正中塑出花开四面的浮雕……这些他统统不会，他连砌墙都砌不直！当了一辈子瓦匠，砌墙会砌出一个鼓肚子，真也是少有。他是一个瓦匠头，只能干一些小工活，和灰送料，传砖递瓦。这人很拙于言词，一天说不了几句话，老是闷声不响，他不会说几句恭喜发财，大吉大利的应酬门面话讨主人家喜欢；也不会说几句夸赞奉承，道劳致谢的漂亮话叫同行高兴；更不会长篇大套地训教小工以显示一个头儿的身份。他说的只是几句实实在在的大实话。说话很慢，声音很低，跟他那副大骨架很不相符。只有一条，他倒是具备的：他有一个好人缘儿。不知道为什么，他的人缘儿会那么好。

这一带人家，凡有较大的泥工瓦活，都愿意找他。一般的零活，比如检个漏，修补一下被雨水冲坍的山墙，这些，直接雇两个瓦匠来就行了，不必通过金大力。若是新建房屋，或翻盖旧房，就会把金大力叫来。金大力听明白了是一个多大的工程，就告辞出来。他算不来所需工料、完工日期，就去找有经验的同行商议。第二天，带了一个木匠头儿，一个瓦匠老师傅，拿着工料单子，向主人家据实复告。主人家点了头，他就去约人、备料。到窑上订砖、订瓦，到石灰行去订石灰、麻刀、纸脚。他一辈子经手了数不清的砖瓦石灰，可是没有得过一手钱的好处。

这里兴建动工有许多风俗。先得“破土”。由金大力用铁锹挖起一小块土，铲得四方四正，用红纸包好，供在神像前面。——这一方土要到完工时才撤去。然后，主人家要请一桌酒。这桌酒有两点特别处，一是席面所用器皿都十分粗糙，红漆筷子，蓝花粗瓷大碗；二是，菜除了猪肉、豆腐外，必有一道泥鳅。这好像有一点是和泥瓦匠开玩笑，但瓦匠都不见怪，因为这是规矩。这桌酒，主人是不陪的，只是出来道一声“诸位多辛苦”，然后就委托金大力：“金师傅，你陪陪吧！”金大力就代替了主人，举起酒杯，喝下一口淡酒。这时木匠已经把房架立好，到了择定吉日的五更头，上了梁，——梁柱上贴了一副大红对子：“登柱喜逢黄道日，上梁正遇紫微星”，两边各立了一面筛子，筛子里斜贴了大红斗方，斗方的四角写着“吉星高照”，金大力点起一挂鞭，泥瓦工程就开始了。

每天，金大力都是头一个来，比别人要早半小时。来了，把孩子们搬下来搭桥、搭鸡窝玩的砖头捡回砖堆上去，把碍手碍脚的棍棍棒棒归置归置，清除“脚手”板子上昨天滴下的灰泥，把“脚手”往上提一提，捆“脚手”的麻绳紧一紧，扫扫地，然后，挑了两担水来，用铁锹抓钩和青灰，——石灰里兑了锅烟；和黄泥。灰泥和好，伙计们也就来上工了。他是个瓦匠，上工时照例也在腰带里掖一把瓦刀，手里提着一个抿子。可是他的瓦刀抿子几乎随时都是干的。他一天使的家伙就是铁锹抓钩，他老是在和灰、和泥。他只能干这种小工活，也就甘心干小工活。他从来不想去露一手，去逞能卖嘴，指手画脚，到了半前晌和半后晌，伙计们照例要下来歇一会，金大力看看太阳，提起两把极大的紫砂壶就走。在壶里撮了两大把茶叶梗子，到他自己家的茶水炉上，灌了两壶水，把茶水筛在大碗里，就抬头叫嚷：“哎，下来喝茶来！”傍晚收工时，他总是最后一个走。他要各处看看，看看今天的进度、质量（他的手艺不高，这些都还是会看的），也看看有没有留下火星（木匠熬胶要点火，瓦匠里有抽烟的）。然后，解下腰带，从头到脚，抽打一遍。走到主人家窗下，扬声告别：“明儿见啦！晚上你们照看着点！”——“好来，我们会照看。明儿见，金师傅！”

金大力是个瓦匠头儿，可是拿的工钱很低，比一个小工多不多少。同行师傅们过意不去，几次提出要给金头儿涨涨工钱。金大力说：“不。干什么活，拿什么钱。再说，我家里还开着一爿茶水炉子，我不比你们指身为业。这我就知足。”

金家茶炉子生意很好。一早、晌午、傍黑，来打开水的人很多，提着木榿子的，提着洋铁壶、暖壶、茶壶的，川流不息。这一带店铺人家一般不烧开水，要用开水，多到茶炉子上去买，这比自己家烧方便。茶水炉子，是一个砖砌的长方形的台子，四角安四个很深很大的铁罐，当中有一个火口。这玩意，有的地方叫做“老虎灶”。烧的是稻糠。稻糠着得快，火力也猛。但这东西不经烧，要不断地往里续。烧火的是金大力的老婆。这是个很结实也很利索的女人。只见她用一个小铁簸箕，一簸箕一簸箕地往火口里倒糠。火光轰轰地一阵一阵往上冒，照得她满脸通红。半箩稻糠烧完，四个铁罐里的水就哗哗地开了，她就等着人来买水，一舀子一舀子往各种容器里倒。到罐里水快见底时，再烧。一天也不见她闲着。（稻糠的灰堆在墙角，是很好的肥料，卖给乡下人垩田，一个月能卖不少钱。）

茶炉子用水很多。金家茶炉的一半地方是三口大水缸。因为缸很深，一半埋在地里。一口缸容水八担，金家一天至少要用二十四担水。这二十四担水都是金大力挑的。有活时，他早晚挑；没活时（瓦匠不能每天有活）白天挑。因为经常挑水，总要撒泼出一些，金家茶炉一边的地总是湿漉漉的，铺地的砖发深黑色（另一边的砖地是浅黑色）。你要是路过金家茶炉子，常常可以看见金大力坐在一根搭在两只水桶的扁担上休息，好像随时就会站起身来去挑一担水。

金大力不变样，多少年都是那个样子。高大结实，沉默寡言。

不，他也老了。他的头发已经有了几根白的了，虽然还不大显，墨里藏针。

钓鱼的医生

这个医生几乎每天钓鱼。

他家挨着一条河。出门走几步，就到了河边。这条河不宽。会打水撇子（有的地方叫打水飘，有的地方叫打水片）的孩子，检一片薄薄的破瓦，一扬手忒忒忒忒，打出二十多个，瓦片贴水飘过河面，还能蹦到对面的岸上。这条河下游淤塞了，水几乎是不流动的。河里没有船。也很少有孩子到这里来游水，因为河里淹死过人，都说有水鬼。这条河没有什么用处。因为水不流，也没有人挑来吃。只有南岸的种菜园的每天挑了浇菜。再就是有人家把鸭子赶到河里来放。河南岸都是大柳树。有的欹侧着，柳叶都拖到了水里。河里鱼不少，是个钓鱼的好地方。

你大概没有见过这样的钓鱼的。

他搬了一把小竹椅，坐着。随身带着一个白泥小炭炉子，一口小锅，提盒里葱姜作料俱全，还有一瓶酒。他钓鱼很有经验。钓竿很短，鱼线也不长，而且不用漂子，就这样把钓线甩在水里，看到线头动了，提起来就是一条。都是三四寸长的鲫鱼。——这条河里的鱼以白条子和鲫鱼为多。白条子他是不钓的，他这种钓法，是钓鲫鱼的。钓上来一条，刮刮鳞洗净了，就手就放到锅里。不大一会，鱼就熟了。他就一边吃鱼，一边喝酒，一边甩钩再钓。这种出水就烹制的鱼味美无比，叫做“起水鲜”。到听见女儿在门口喊：“爸——！”知道是有人来看病了，就把火盖上，把鱼竿插在岸边湿泥里，起身往家里走。不一会，就有一只钢蓝色的蜻蜓落在他的鱼竿上了。

这位老兄姓王，字淡人。中国以淡人为字的好像特别多，而且多半姓王。他们大都是阴历九月生的，大名里一定还带一个菊字。古人的一句“人淡如菊”的诗，造就了多少人的名字。

王淡人的家很好认。门口倒没有特别的标志。大门总是开着的，望里一看，就看到通道里挂了好几块大匾。匾上写的是“功同良相”、“济世救人”、“仁心仁术”、“术绍岐黄”、“杏林春暖”、“橘井流芳”、“妙手回春”、“起我沉疴”……医生家的匾都是这一套。这是亲友或病家送给王淡人的祖父和父亲的。匾都有年头了，匾上的金字都已经发暗。到王淡人的时候，就不大兴送匾了。送给王淡人的只有一块，匾很新，漆地乌亮，匾字发光，是去年才送的。这块匾与医术无关，或关系不大，匾上写的是“急公好义”，字是颜体。

进了过道，是一个小院子。院里种着鸡冠、秋葵、凤仙一类既不花钱，又不费事的草花。有一架扁豆。还有一畦瓢菜。这地方不吃瓢菜，也没有人种。这一畦瓢菜是王淡人从外地找了种子，特为种来和扁豆配对的。王淡人的医室里挂着一副郑板桥写的（木板刻印的）对子：“一庭春雨瓢儿菜，满架秋风扁豆花。”他很喜欢这副对子。这点淡泊的风雅，和一个不求闻达的寒士是非常配称的。其实呢？何必一定是瓢儿菜，种什么别的菜也不是一样吗？王淡人花费心思去找了瓢菜的菜种来种，也可看出其天真处。自从他种了瓢菜，他的一些穷朋友在来喝酒的时候，除了吃王淡人自己钓的鱼，就还能尝到这种清苦清苦的菜蔬了。

过了小院，是三间正房，当中是堂屋，一边是卧房，一边是他的医室。

他的医室和别的医生的不一样，像一个小药铺。架子上摆着许多青花小磁坛，坛口塞了棉纸卷紧的塞子，坛肚子上贴着浅黄蜡笺的签子，写着“九一丹”、“珍珠散”、“冰片散”……到处还有一些大大小小的乳钵，药碾子、药臼、嘴刀、剪子、镊子、钳子、钎子、往耳朵和喉咙里吹药用的铜鼓……他这个医生是“男妇内外大小方脉”，就是说内科、外科、妇科、儿科，什么病都看。王家三代都是如此。外科用的药，大都是“散”——药面子。“神仙难识丸散”，多有经验的医生和药铺的店伙也鉴定不出散的真假成色，都是一些粉红的或雪白的粉末。虽然每一家药铺都挂着一块小匾“修合存心”，但是王淡人还是不相信。外科散药里有许多贵重药：麝香、珍珠、冰片……哪家的药铺能用足？因此，他自己炮制。他的老婆、儿女，都是他的助手，经常看到他们抱着一个乳钵，握着乳锤，一圈一圈慢慢地磨研（散要研得极细，都是加了水“乳”的）。另外，找他看病的多一半是乡下来的，即使是看内科，他们也不愿上药铺去抓药，希望先生开了方子就给配一付，因此，他还得预备一些常用的内科药。

城里外科医生不多，——不知道为什么，大家对外科医生都不大看得起，觉得都有点“江湖”，不如内科清高，因此，王淡人看外科的时间比较多。一年也看不了几起痈疽重症，多半是生疮长疖子，而且大都是七八岁狗都嫌的半大小子。常常看见一个大人带着生癞痢头的瘦小子，或一个长痄腮的胖小子走进王淡人家的大门；不多一会，就又看见领着出来了。生癞痢的涂了一头青黛，把一个秃光光的脑袋涂成了蓝的；生痄腮的腮帮上画着一个乌黑的大圆饼子，——是用掺了冰片研出的陈墨画的。

这些生疮长疖子的小病症，是不好意思多收钱的，——那时还没有挂号收费这一说。而且本地规矩，熟人看病，很少当下交款，都得要等“三节算账”，——端午、中秋、过年。忘倒不会忘的，多少可就“各凭良心”了。有的也许为了高雅，其实为了省钱，不送现钱，却送来一些华而不实的礼物：枇杷、扇子、月饼、莲蓬、天竺果子、腊梅花。乡下来人看病，一般倒是当时付酬，但常常不是现钞，或是二十个鸡蛋，或一升芝麻，或一只鸡，或半布袋鹌鹑！遇有实在困难，什么也拿不出来的，就由病人的儿女趴下来磕一个头。王淡人看看病人身上盖着的破被，鼻子一酸，就不但诊费免收，连药钱也白送了。王淡人家吃饭不致断顿，——吃扁豆、瓢菜、小鱼、糙米——和炸鹌鹑！穿衣可就很紧了。淡人夫妇，十多年没添置过衣裳。只有儿子女儿一年一年长高，不得不给他们换换季。有人说：王淡人很傻。

王淡人是有点傻。去年、今年，就办了两件傻事。

去年闹大水。这个县的地势，四边高，当中低，像一个水盂，别名就叫做盂城。城西的运河河底，比城里的南北大街的街面还要高。站在运河堤上，可以俯瞰城中鳞次栉比的瓦屋的屋顶；城里小孩放的风筝，在河堤游人的脚底下飘着。因此，这地方常闹水灾。水灾好像有周期，十年大闹一次。去年闹了一次大水。王淡人在河边钓鱼，傍晚听见蛤蟆爬在柳树顶上叫，叫得他心惊肉跳，他知道这是不祥之兆。蛤蟆有一种特殊的灵感，水涨多高，它就在多高处叫。十年前大水灾就是这样。果然，连天暴雨，一夜西风，运河决了口，浊黄色的洪水倒灌下来，平地水深丈二，大街上成了大河。大河里流着箱子、柜子、死牛、死人。这一年死于大水的，有上万人。大水十多天未退，有很多人困在房顶、树顶和孤岛一样的高岗子上挨饿；还有许多人生病：上吐下泻，痢疾伤寒。王淡人就用了一根结结实实的撑船用的长竹篙拄着，在齐胸的大水里来往奔波，为人治病。他会水，在水特深的地方，就横执着这根竹篙，泅水过去。他听说泰山庙北边有一个被大水围着的孤村子，一村子人都病倒了。但是泰山庙那里正是洪水的出口，水流很急，不能容舟，过不去！他和四个水性极好的专在救生船上救人的水手商量，弄了一只船，在他的腰上系了四根铁链，每一根又分在一个水手的腰里，这样，即使是船翻了，他们之中也可能有一个人把他救起来。船开了，看着的人的眼睛里都蒙了一层眼泪。眼看这只船在惊涛骇浪里颠簸出没，终于靠到了那个孤村，大家发出了雷鸣一样的欢呼。这真是玩儿命的事!

水退之后，那个村里的人合送了他一块匾，就是那块“急公好义”。

拿一条命换一块匾，这是一件傻事。

另一件傻事是给汪炳治搭背，今年。

汪炳是和他小时候一块掏蛐蛐，放风筝的朋友。这人原先很阔。这一街的老人到现在还常常谈起他娶亲的时候，新娘子花鞋上缀的八颗珍珠，每一颗都有指头顶子那样大！这家伙，吃喝嫖赌抽大烟，把家业败得精光，连一片瓦都没有，最后只好在几家亲戚家寄食。这一家住三个月，那一家住两个月。就这样，他还抽鸦片！他给人家熬大烟，报酬是烟灰和一点膏子。他一天夜里觉得背上疼痛，浑身发烧，早上歪歪倒倒地来找王淡人。

王淡人一看，这是个有名有姓的外症：搭背。说：“你不用走了！”

王淡人把汪炳留在家里住，管吃、管喝，还管他抽鸦片，——他把王淡人留着配药的一块云土抽去了一半。王淡人祖上传下来的麝香、冰片也为他用去了三分之一。一个多月以后，汪炳的搭背收口生肌，好了。

有人问王淡人：“你干吗为他治病？”王淡人倒对这话有点不解，说：“我不给他治，他会死的呀。”

汪炳没有一个钱。白吃，白喝，白治病。病好后，他只能写了很多鸣谢的帖子，贴在满城的街上，为王淡人传名。帖子上的言词倒真是淋漓尽致，充满感情。

王淡人的老婆是很贤惠的，对王淡人所做的事没有说过一个不字。但是她忍不住要问问淡人：“你给汪炳用掉的麝香、冰片，值多少钱？”王淡人笑一笑，说：“没有多少钱。——我还有。”他老婆也只好笑一笑，摇摇头。

王淡人就是这样，给人看病，看“男女内外大小方脉”，做傻事，每天钓鱼。一庭春雨，满架秋风。

你好，王淡人先生！

一九八一年八月十九日

小芳[1]

※

小芳在我们家当过一个时期保姆，看我的孙女卉卉。从卉卉三个月一直看她到两岁零八个月进幼儿园日托。

她是安徽无为人。无为木田镇程家湾。无为是个穷县，地少人多。地势低，种水稻油菜。平常年月，打的粮食勉强够吃。地方常闹水灾。往往油菜正在开花，满地金黄，一场大水，全都完了。因此无为人出外谋生的很多。年轻女孩子多出来当保姆。北京人所说的“安徽小保姆”，多一半是无为人。她们大都沾点亲。即或是不沾亲带故，一说起是无为哪里哪里的，很快就熟了。亲不亲，故乡人。她们互通声气，互相照应，常有来往。有时十个八个，约齐了同一天休息（保姆一般两星期休息一次），结伴去逛北海，逛颐和园；逛大栅栏，逛百货大楼。她们很快就学会了说北京话，但在一起时都还是说无为话，叽叽呱呱，非常热闹。小芳到北京，是来找她的妹妹的。妹妹小华头年先到的北京。

小芳离家仓促，也没有和妹妹打个电报。妹妹接到她托别人写来的信，知道她要来，但不知道是哪一天，不知道车次、时间，没法去接她。小芳拿着妹妹的地址，一点办法没有。问人，人不知道。北京那么大，上哪儿找去？小芳在北京站住了一夜。后来是一个解放军战士把她带到妹妹所在那家的胡同。小华正出来倒垃圾，

---

① 初刊于《中国作家》一九九一年第五期，初收于《中国当代作家选集丛书·汪曾祺》。

一看姐姐的样子，抱着姐姐就哭了。小华的“主家”人很好，说：“叫你姐姐先洗洗，吃点东西。”

小芳先在一家呆了三个月，伺候一个瘫痪的老太太。老太太倒是很喜欢她。有一次小芳把碱面当成白糖放进牛奶里，老太太也并未生气。小芳不愿意伺候病人，经过辗转介绍，就由她妹妹带到了我们家，一呆就呆了下来。这么长的时间，关系一直很好。

小芳长得相当好看，高个儿，长腿，眉眼都不粗俗。她曾经在木田的照相馆照过一张像，照相馆放大了，陈列在橱窗里。她父亲看见了，大为生气：“我的女儿怎么可以放在这里让大家看！”经过严重的交涉，照相馆终于同意把照片取了下来。

小芳很聪明，她的耳音特别的好，记性也好，不论什么歌、戏，她听一两遍就能唱下来，而且唱得很准，不走调。这真是难得的天赋。她会唱庐剧。庐剧是无为一带流行的地方戏。我问过小华：“你姐姐是怎么学会庐剧的？”——“村里的广播喇叭每天在报告新闻之后，总要放几段庐剧唱片，她听听，就会了。”木田镇有个庐剧团，小芳去考过。团长看她身材、长相、嗓音都好，可惜没有文化——小芳一共只念过四年书，也不识谱，但想进了团可以补习，就录取了她。小芳还在庐剧团唱过几出戏。她父亲知道了，坚决不同意，硬逼着小芳回了家。木田的庐剧团后来改成了县剧团，小芳的父亲有点后悔，因为到了县剧团就可以由农村户口转为城市户口，吃商品粮。小芳如果进了县剧团，她一生的命运就会有很大的不同，她是很可能唱红了的。庐剧的曲调曲折婉转，如泣如诉。她在老太太家时，有时一个人小声地唱，老太太家里人问她：“小芳，你哭啦？”——“我没哭，我在唱。”

小芳在我们家干的活不算重。做饭，洗大件的衣裳，这些都不要她管。她的任务就是看卉卉。小芳看卉卉很精心。卉卉的妈读研究生，住校，一个星期才回来一次，卉卉就全交给小芳了。城市育儿的一套，小芳都掌握了。按时给卉卉喝牛奶，吃水果，洗澡，换衣裳。每天上午，抱卉卉到楼下去玩。卉卉小时候长得很好玩，很结实，胖乎乎的，头发很浓，皮肤白嫩，两只大眼睛，谁见了都喜欢，都想抱抱。小芳于是很骄傲，小芳老是褒贬别人家的孩子："难看死了！"好像天底下就是她的卉卉最好。卉卉稍大一点，就带她到附近一个工地去玩沙土，摘喇叭花、狗尾巴草。每天还一定带卉卉到隔壁一个小学的操场上去拉一泡屎。拉完了，抱起卉卉就跑，怕被学校老师看见。上了楼，一进门："喝水！洗手！"卉卉洗手，洗她的小手绢，小芳就给卉卉做饭：蒸鸡蛋羹、青菜剁碎了加肝泥或肉末煮麦片、西红柿面条。小芳还爱给卉卉包饺子，一点点大的小饺子。

下午，卉卉睡一个很长的午觉，小芳就在一边整理卉卉的衣裳，缀缀线头松动的扣子，在绽开的衣缝上缝两针，一面轻轻地哼着庐剧。到后来为自己的歌声所催眠，她也困了，就靠在枕头上睡着了。

晚上，抱着卉卉看电视。小芳爱看电视连续剧、电影、地方戏。卉卉看动画片，看广告。卉卉看到电视里有什么新鲜东西，童装、玩具、巧克力，就说："我还没有这个呢！"她认为凡是她还没有的东西，她都应该有。有一次电视里有一盘大苹果，她要吃。小芳跟她解释："这拿不出来"，卉卉于是大哭。

卉卉有很多衣裳——她小姑、我的二女儿，就爱给她买衣裳，很多玩具。小芳有时给她收拾衣服、玩具，会发出感慨："卉卉的命好——我的命不好。"

小芳教卉卉唱了很多歌：

大海呀大海，
是我生长的地方……

没有花香，没有树高，
我是一棵无人知道的小草……

小芳唱这些歌，都带有一点忧郁的味道。

她还教卉卉念了不少歌谣。这些歌谣大概是她小时候念过的，不过她把无为字音都改成了北京字音。

老奶奶，真古怪，
躺在牙床不起来。
儿子给她买点儿肉，
媳妇给她打点儿酒，
摸不着鞋，摸不着裤，
套——狗——头！

老头子，
上山抓猴子，
猴子一蹦，老头没用！

我有时跟卉卉起哄，就说：“猴子没蹦，老头有用！”卉卉大叫：“老头没用！”我只好承认：“好好好，老头没用！”

我的大女儿有一次带了她的女儿芃芃来，她一般都是两个星期来一次。天热，孩子要洗澡，卉卉和芃芃一起洗。澡盆里放了水，让她们自己在水里先玩一会。芃芃把卉卉咬了三口，卉卉大哭。咬得很重，三个通红的牙印。芃芃小，小芳不好说她什么，我的大女儿在一边，小芳也不好说她什么，就对卉卉的妈大发脾气：“就是你！你干嘛不好好看着她！”卉卉的妈只好苦笑。她在心里很感激小芳，卉卉被咬成这样，小芳心疼。

有一次，小芳在厨房里洗衣裳，卉卉一个人在屋里玩。她不知怎么把门划上了，自己不会开，出不来，就在屋里大哭。小芳进不去，在门外也大哭，一面说：“卉卉！卉卉！别怕！别怕！”后来是一个搞建筑的邻居，拿了斧子凿子，在门上凿了一个洞。小芳把手从洞里伸进去，卉卉一把拽住不放。门开了，卉卉扑在小芳怀里。小芳身上的肉还在跳。门上的这个圆洞，现在还在。

卉卉跟阿姨很亲，有时很懂事。小芳有经痛病，每个月总要有两天躺着，卉卉就一个人在小床里玩洋娃娃，玩积木，不要阿姨抱，也不吵着要下楼。小华每个月要给小芳送益母草膏、当归丸。卉卉都记住了。小华一来，卉卉就问她：“你是给小芳阿姨送益母草膏来了吗？”她的洋娃娃病了，她就说：“吃一点益母草膏吧！吃一点当归丸吧！”但卉卉有时乱发脾气，无理取闹。她叫小芳：“站到窗户台上去！”

小芳看看窗户台：“窗户台这么窄，我站不上去呀！”

“站到床栏杆上去！”

“这怎么站呀！”

“坐到暖气上去！”

“烫！”

“到厨房呆着去！”

小芳于是委委屈屈地到厨房里去站着。

过了一会，卉卉又非常亲热地喊：“阿姨！小芳阿姨！”小芳于是高高兴兴地回到她们俩所住的屋里。

一个两岁的孩子为什么会有这种古怪的恶作剧的念头呢？这在幼儿心理学上怎么解释？

小芳送卉卉上幼儿园。她拿脚顶着教室的门，不让老师关，她要看卉卉。卉卉全不理会，头也不回，噌噌噌噌，走近她自己的小板凳，坐下了。小芳一个人回来。她的心里空了一块。

小芳的命是不好。她才六个月，就由奶奶做主，许给了她的姨表哥李德树。她从小就不喜欢李德树，越大越不喜欢。李德树相貌委琐。他生过瘌痢，头顶上有一块很大的秃疤，亮光光的，小芳看见他就讨厌。李德树的家境原来比小芳家要好些，但是他好赌，程家湾、木田的赌场只要开了，总会有他。赌得只剩下三间土房。他不务正业，田里的草长得老高。这人是个二流子，常常做出丢脸的事。

小芳十五岁的时候就常一个人到山上去哭。天黑了，她妈妈在山下叫她，她不答应。她告诉我们，她那时什么也不怕，狼也不怕。她自杀过一次，喝农药，被发现了，送到木田医院里救活了。中国农村妇女自杀，过去多是投河、上吊，自从有了农药，喝农药的多，这比较省事。乡镇医院对急救农药中毒大都很有经验了。她后来在枕头下面藏了两小瓶敌敌畏，小华知道。小华和姐姐睡一床，随时监视着她。有一次，小芳到村外大河去投水，她妹妹拼命地追上了她，抱着她的腿。小芳揪住妹妹头发，往石头上碰，叫她撒手。小华的头被磕破了，满脸是血，就是不撒手："姐！我不能让你去死！你嫁过去，好赖也是活着，死了就什么也没有了！"

小芳到底还是和李德树结婚了。领结婚证那天，小芳自己都没去，是她父亲代办的。表兄妹是不能结婚的，近亲结婚是法律不允许的。这个道理，小芳的奶奶当然不知道，她认为这是亲上做亲。小芳的父亲也不知道。小芳自己是到了我们家之后，我的老伴告诉她，她才知道的。办理结婚登记手续的村干部应该知道，何况本人并未到场，怎么可以就把结婚证发给他们呢？

李德树跟邻居借了几件家具，把三间土房布置一下，就算办了事。小芳和李德树并未同房。李德树知道她身上揣着敌敌畏，也不敢对她怎么样。

小芳一天也过不下去，就天天回家哭。哭得父亲心也软了。小华后来对我们说："究竟是亲骨肉呀。"父亲说："那你走吧。不要从家里走。李德树要来要人。"小芳乘李德树出去赌钱，收拾了一点东西，从木田坐汽车到合肥，又从合肥坐火车到了北京。她实际上是逃出来的。

小芳在我们家呆了一些时，家乡有人来，告诉小芳，李德树被抓起来了。他和另外四个痞子合伙偷了人家一头牛，杀了吃了，人家告到公安局，公安局把他抓进去了。小芳很高兴，她希望他永远不要放出来。这怎么可能呢？偷牛，判不了无期。

李德树到北京来了！他要小芳跟他回去。他先找到小华，小华打了个电话给小芳。李德树有我们家的地址，他找到了，不敢上来，就在楼下转。小芳下了楼，对他说："你来干什么？我不能跟你回去！"楼下有几个小保姆，知道小芳的事，就围住李德树，把他骂了一顿："你还想娶小芳！瞧你那德行！""你快走吧！一会公安局就来人抓你！"李德树竟然叫她们轰走了。

过些日子，小芳的父亲来信，叫小芳快回来，李德树扬言，要烧他们家的房子，杀她的弟弟，她妈带着她弟弟躲进了山里。小芳于是下决心回去一趟。小芳这回有了主见了，她在北京就给木田法院写了一封信，请求离婚，并寄去离婚诉讼所需费用。

小芳在合肥要下火车，车进站时，她发现李德树在站上等着她。小芳穿了一件玫瑰红人造革的短大衣，半高跟皮鞋，戴起墨镜，大摇大摆从李德树面前走过，李德树竟没认出来！

小芳坐上往木田的汽车一直回到家里。

李德树伙同几个朋友，就是和他一同偷牛的几个痞子，半夜里把小芳抢了出来。小芳两手抱着一棵树，大声喊叫："卉卉！卉卉！"——喊卉卉干什么？卉卉能救你么？

李德树让他的嫂子看着小芳。嫂子很同情小芳。小芳对嫂子说："我想到木田去洗个澡。"嫂子说："去吧。"小芳到了木田，跑到法院去吵了一顿："你们收了我的钱，为什么不给我办离婚？"法院不理她。小芳就从木田到合肥坐火车到北京来了。

我们有个亲戚在安徽，和省妇联的一个负责干部很熟。我们把小芳的情况给那亲戚写了一封信，那位亲戚和妇联的同志反映了一下，恰好这位同志要到无为视察工作，向木田法院问及小芳的问题。法院只好受理小芳的案子，判离，但要小芳付给李德树九百块钱。

小芳的父亲拿出一点钱，小芳拿出她的全部积蓄，小华又帮她借了一点钱，陆续偿给了李德树，小芳自由了。

李德树拿了九百块钱，很快就输光了。

小芳离开我们家后，到一家个体户的糖果糕点厂去做糖果，在丰台。糕点厂有个小胡，是小芳的同乡，每天蹬平板三轮到市里给各家送货。小芳有一天去看妹妹，带了小胡一起去。小华心里想：你怎么把一个男的带到我这里来了！是不是他们好了？看姐姐的眼睛，就是的，悄悄地问："你们是不是好了？"姐姐笑了。小华拿眼看了看小胡，说："太矮了！"小芳说："矮一点有什么关系，要那么高干什么！"据小华说："我姐喜欢他有文化。小胡读过初中。她自己没有文化，特别喜欢有文化的人。"

还得小胡回去托人到小芳家说媒。私订终身是不兴的。小胡先走两天，小芳接着也回了家。

到了家，她妈对她说："你明天去看看三舅妈，你好久没看见她了，她想你。"小芳想，也是，就提了一包糕点厂的点心去了。

去了，才知道，哪是三舅妈想她呀，是叫她去让人相亲。程家湾出了个万元户。这人是靠倒卖衣裳发财的。从福建石狮贩了衣服，拆掉原来的商标，换上假名牌。一百元买进，三百元卖出。这位倒爷对小芳很中意，说小芳嫁给他，小芳家的生活他包了，还可供她弟弟上学。小芳说："他就是亿万富翁，我也不嫁给他！"她妈说："小胡家穷，只有三间土房。"小芳说："穷就穷点，只要人好！"

小芳和小胡结了婚，一年后生了个女儿，取名也叫卉卉。

我们的卉卉有很多穿过的衣裳，留着也没有用，卉卉的妈就给小芳寄去，寄了不止一次。小芳让她的卉卉穿了寄去的衣裳照了一张相寄了来。小芳的卉卉像小芳。

家里过不下去，小芳两口子还得上北京来，那家糖果糕点厂还愿意要他们。

小芳带了小胡上我们家来。小胡是矮了一点。其实也不算太矮，只是因为小芳高，显得他矮了。小胡的样子很清秀，人很文静，像个知识分子。小芳可是又黑又瘦，瘦得颧骨都凸出来了，神情很憔悴。卉卉已经上幼儿园大班，不怎么记得小芳了，问小芳："你就是带过我的那个阿姨吗？"小芳一把把她抱了起来，卉卉就粘在小芳身上不下来。

不到一年，小芳又回去了，她想她的女儿。

过不久，小胡也回去了，家里的责任田得有人种。

小芳小产了两次。医生警告她："你不能再生了，再生就有危险！"小芳从小身体就不好。小芳说："我一定要给他们家留一条根！"小芳终于生了一个儿子。小华说："这孩子是他们家的一条龙！"

小芳一直很想卉卉。她来信要卉卉的照片，卉卉的妈不断给她寄去。她要卉卉的录音，卉卉的妈给她录了一盘卉卉唱歌讲故事的磁带。卉卉的妈叫卉卉跟小芳说几句话。卉卉扭扭捏捏地说："说什么呀？"——"随便！随便说几句！"卉卉想了想，说：

"小芳阿姨，你好吗？我很想你，我记得你很多事。"

听小华说，小芳现在生活很苦，有时连盐都没有。没盐了，小胡就拿了网，打一二斤鱼，到木田卖了，买点盐。

我问小华：“小芳现在就是一心只想把两个孩子拉扯大了？”

小华说：“就是。”

小芳现在还唱庐剧吗?

可能还会唱，在她哄孩子睡觉的时候。

一九九一年五月二十八日

《聊斋》新义[1]

※

瑞云

瑞云越长越好看了。初一十五，她到灵隐寺烧香，总有一些人盯着她傻看。她长得很白，姑娘媳妇偷偷向她的跟妈打听："她搽的是什么粉？"——"她不搽粉，天生的白嫩。"平常日子，街坊邻居也不大容易见到她，只听见她在小楼上跟师傅学吹箫，拍曲子，念诗。

瑞云过了十四，进十五了。按照院里的规矩，该接客了。养母蔡妈妈上楼来找瑞云。

"姑娘，你大了。是花，都得开。该找一个人梳拢了。"

瑞云在行院中长大，哪有不明白的。她脸上微红了一阵，倒没有怎么太扭捏，爽爽快快地说：

"妈妈说的是。但求妈妈依我一件：钱，由妈妈定；人，要由我自己选。"

"你要选一个什么样的？"

"要一个有情的。"

"有钱的、有势的，好找。有情的，没有。"

---

① 《瑞云》、《蛐蛐》初刊于《人民文学》一九八八年第三期，初收于《中国当代作家选集丛书·汪曾祺》。《捕快张三》初刊于《小说家》一九八九年第六期，初收于北师大版《汪曾祺全集》第二卷。

“这是我一辈子头一回。哪怕跟这个人过一夜，也就心满意足了。以后，就顾不了许多了。”

蔡妈妈看看这棵摇钱树，寻思了一会，说：

“好。钱由我定，人由你选。不过得有个期限：一年。一年之内，由你。过了一年，由我！今天是三月十四。”

于是瑞云开门见客。

蔡妈妈定例：上楼小坐，十五两；见面贽礼不限。

王孙公子、达官贵人、富商巨贾，纷纷登门求见。瑞云一一接待。贽礼厚的，陪着下一局棋，或当场画一个小条幅、一把扇面。贽礼薄的，敬一杯香茶而已。这些狎客对瑞云各有品评。有的说是清水芙蓉，有的说是未放梨蕊，有的说是一块羊脂玉。一传十，十传百，瑞云身价渐高，成了杭州红极一时的名妓。

余杭贺生，素负才名。家道中落，二十未娶。偶然到西湖闲步，见一画舫，飘然而来。中有美人，低头吹箫。岸上游人，纷纷指点：“瑞云！瑞云！”贺生不觉注目。画舫已经远去，贺生还在痴立。回到寓所，茶饭无心。想了一夜，备了一份薄薄的贽礼，往瑞云院中求见。

原来以为瑞云阅人已多，一定不把他这寒酸当一回事。不想一见之后，瑞云款待得很殷勤。亲自涤器烹茶，问长问短。问余杭有什么山水，问他家里都有什么人，问他二十岁了为什么还不娶妻……语声柔细，眉目含情。有时默坐，若有所思。贺生觉得坐得太久了，应该知趣，起身将欲告辞。瑞云拉住他的手，说：“我送你一首诗。”诗曰：

何事求浆者，
蓝桥叩晓关。
有心寻玉杵，
端只在人间。

贺生得诗狂喜，还想再说点什么，小丫头来报：“客到！”贺生只好仓促别去。

贺生回寓，把诗展读了无数遍。才夹到一本书里，过一会，又抽出来看看。瑞云分明属意于我，可是玉杵向哪里去寻？

过一二日，实在忍不住，备了一份贽礼，又去看瑞云。听见他的声音，瑞云揭开门帘，把他让进去，说：

“我以为你不来了。”

“想不来，还是来了！”

瑞云很高兴。虽然只见了两面，已经好像很熟了。山南海北，琴棋书画，无所不谈。瑞云从来没有和人说过那么多的话，贺生也很少说话说得这样聪明。不知不觉，炉内香灰堆积，帘外落花渐多。瑞云把座位移近贺生，悄悄地说：

“你能不能想一点办法，在我这里住一夜？”

贺生说：“看你两回，于愿已足。肌肤之亲，何敢梦想！”

他知道瑞云和蔡妈妈有成约：人由自选，价由母定。

瑞云说：“娶我，我知道你没这个能力。我只是想把女儿身子交给你。以后你再也不来了，山南海北，我老想着你，这也不行么？”

贺生摇头。

两个再没有话了，眼对眼看着。

楼下蔡妈妈大声喊：

“瑞云！”

瑞云站起来，执着贺生的两只手，一双眼泪滴在贺生手背上。

贺生回去，辗转反侧。想要回去变卖家产，以博一宵之欢；又想到更尽分别，各自东西，两下牵挂，更何以堪。想到这里，热念都消。咬咬牙，再不到瑞云院里去。

蔡妈妈催着瑞云择婿。接连几个月，没有中意的。眼看花朝已过，离三月十四没有几天了。

这天，来了一个秀才，坐了一会，站起身来，用一个指头在瑞云额头上按了一按，说：“可惜，可惜！”说完就走了。瑞云送客回来，发现额头有一个黑黑的指印。越洗越真。

而且这块黑斑逐渐扩大，几天的工夫，左眼的上下眼皮都黑了。

瑞云不能再见客。蔡妈妈拔了她的簪环首饰，剥了上下衣裙，把她推下楼来，和妈子丫头一块干粗活。瑞云娇养惯了，身子又弱，怎么受得了这个！

贺生听说瑞云遭了奇祸，特地去看看。瑞云蓬着头，正在院里拔草。贺生远远喊了一声：“瑞云！”瑞云听出是贺生的声音，急忙躲到一边，脸对着墙壁。贺生连喊了几声，瑞云就是不回头。贺生一头去找到蔡妈妈，说是愿意把瑞云赎出来。瑞云已经是这样，蔡妈妈没有多要身价银子。贺生回余杭，变卖了几亩田产，向蔡妈妈交付了身价。一乘花轿把瑞云抬走了。

到了余杭，拜堂成礼。入了洞房后，瑞云乘贺生关房门的工夫，自己揭了盖头，一口气，噗，噗，把两枝花烛吹灭了。贺生知道瑞云的心思，并不嗔怪。轻轻走拢，挨着瑞云在床沿坐下。

瑞云问："你为什么娶我？"

"以前，我想娶你，不能。现在能把你娶回来了，不好么？"

"我脸上有一块黑。"

"我知道。"

"难看么？"

"难看。"

"你说了实话。"

"看看就会看惯的。"

"你是可怜我么？"

"我疼你。"

"伸开你的手。"

瑞云把手放在贺生的手里。贺生想起那天在院里瑞云和他执手相看，就轻轻抚摸瑞云的手。

瑞云说："你说的是真话。"接着叹了一口气，"我已经不是我了。"

贺生轻轻咬了一下瑞云的手指："你还是你。"

"总不那么齐全了！"

"你不是说过，愿意把身子给我吗？"

"你现在还要吗？"

"要！"

两口儿日子过得很甜。不过瑞云每晚临睡，总把所有灯烛吹灭了。好在贺生已经逐渐对她的全身读得很熟，没灯胜似有灯。

花开花落，春去秋来。一窗细雨，半床明月。少年夫妻，如鱼如水。

贺生真的对瑞云脸上那块黑看惯了。他不觉得有什么难看。似乎瑞云脸上本来就有，应该有。

瑞云还是一直觉得歉然。她有时晨妆照镜，会回头对贺生说：

“我对不起你！”

“不许说这样的话！”

贺生因事到苏州，在虎丘吃茶。隔座是一个秀才，自称姓和，彼此攀谈起来。秀才听出贺生是浙江口音，便问：

“你们杭州，有个名妓瑞云，她现在怎么样了？”

“已经嫁人了。”

“嫁了一个什么样的人？”

“一个和我差不多的人。”

“真能类似阁下，可谓得人！——不过，会有人娶她么？”

“为什么没有？”

“她脸上——”

“有一块黑。是一个什么人用指头在她额头一按，留下的。这个人真不知道安的是什么心肠！——你怎么知道的？”

“实不相瞒，你说的这个人，就是在下。”

“你为什么要做这种事？”

“昔在杭州，也曾一觐芳仪，甚惜其以绝世之姿而流落不偶，故以小术晦其光而保其璞，留待一个有情人。”

“你能点上，也能去掉么？”

“怎么不能？”

“我也不瞒你，娶瑞云的，便是小生。”

“好！你别具一双眼睛，能超出世俗媸妍，是个有情人！我这就同你到余杭，还君一个十全佳妇。”

到了余杭，秀才叫贺生用铜盆打一盆水，伸出中指，在水面写写画画，说：“洗一洗就会好的。好了，须亲自出来一谢医人。”

贺生笑说：“那当然！”贺生捧盆入内室，瑞云掬水洗面，面上黑斑随手消失。晶莹洁白，一如当年。瑞云照照镜子，不敢相信。反复照视，大叫一声：“这是我！这是我！”

夫妻二人，出来道谢。一看，秀才没有了。

这天晚上，瑞云高烧红烛，剔亮银灯。

贺生不像瑞云一样欢喜。明晃晃的灯烛，粉扑扑的嫩脸，他觉得不惯。他若有所失。

瑞云觉得他的爱抚不像平日那样温存，那样真挚。她坐起来，轻轻地问：

“你怎么了？”

一九八七年八月一日北京

蛐蛐

宣德年间，宫里兴起了斗蛐蛐。蛐蛐都是从民间征来的。这玩意陕西本不出。有那么一位华阴县令，想拍拍上官的马屁，进了一只。试斗了一次，不错，贡到宫里。打这儿起，传下旨意，责令华阴县年年往宫里送。县令把这项差事交给里正。里正哪里去弄到蛐蛐？只有花钱买。地方上有一些不务正业的混混，弄到好蛐蛐，养在金丝笼里，价钱抬得很高。有的里正，和衙役勾结在一起，借了这个名目，挨家挨户，按人口摊派。上面要一只蛐蛐，常常害得几户人家倾家荡产。蛐蛐难找，里正难当。

有个叫成名的，是个童生，多年也没有考上秀才。为人很迂，不会讲话。衙役瞧他老实，就把他报充了里正。成名托人情，送蒲包，磕头，作揖，不得脱身。县里接送往来官员，办酒席，敛程仪，要民夫，要马草，都朝里正说话。不到一年的工夫，成名的几亩薄产都赔进去了。一出暑伏，按每年惯例，该征蛐蛐了。成名不敢挨户摊派，自己又实在变卖不出这笔钱。每天烦闷忧愁，唉声叹气，跟老伴说："我想死的心都有。"老伴说："死，管用吗？买不起，自己捉！说不定能把这项差事应付过去。"成名说："是个办法。"于是提了竹筒，拿着蛐蛐罩，破墙根底下，烂砖头堆里，草丛里，石头缝里，到处翻，找。清早出门，半夜回家。鞋磨破了，肐膝盖磨穿了，手上、脸上，叫葛针拉出好些血道道，无济于事。即使捕得三两只，又小又弱，不够分量，不上品。县令限期追比，交不上蛐蛐，二十板子。十多天下来，成名挨了百十板，两条腿脓血淋漓，没有一块好肉了。走都不能走，哪能再捉蛐蛐呢？躺在床上，翻来覆去：除了自尽，别无他法。

迷迷糊糊做了一个梦。梦见一座庙，庙后小山下怪石乱卧，荆棘丛生，有一只"青麻头"伏着。旁边有一只癞蛤蟆，将蹦未蹦。醒来想想：这是什么地方？猛然省悟：这不是村东头的大佛阁么？他小时候逃学，曾到那一带玩过。这梦有准么？那里真会有一只好蛐蛐？管它的！去碰碰运气。于是挣扎起来，拄着拐杖，往村东去。到了大佛阁后，一带都是古坟，顺着古坟走，蹲着伏着一块一块怪石，就跟梦里所见的一样。是这儿？——像！于是在蒿莱草莽之间，轻手轻脚，侧耳细听，凝神细看，听力目力都用尽了，然而听不到蛐蛐叫，看不见蛐蛐影子。忽然，蹦出一只癞蛤蟆。成名一愣，赶紧追！癞蛤蟆钻进了草丛。顺着方向，拨开草丛：一只蛐蛐在荆棘根旁伏着。快扑！蛐蛐跳进了石穴。用尖草撩它，不出来；用随身带着的竹筒里的水灌，这才出来。好模样！蛐蛐蹦，成名追。罩住了！细看看：个头大，尾巴长，青脖子，金翅膀。大叫一声："这可好了！"一阵欢喜，腿上棒伤也似轻松了一些。提着蛐蛐笼，快步回家。举家庆贺，老伴破例给成名打了二两酒。家里有蛐蛐罐，垫上点过了箩的细土，把宝贝养在里面。蛐蛐爱吃什么？栗子、菱角、螃蟹肉。买！净等着到了期限，好见官交差。这可好了：不会再挨板子，剩下的房产田地也能保住了。蛐蛐在罐里叫哩，嚯嚯嚯嚯……

成名有个儿子，小名叫黑子，九岁了，非常淘气。上树掏鸟窝蛋，下河捉水蛇，飞砖打恶狗，爱捅马蜂窝。性子倔，爱打架。比他大几岁的孩子也都怕他，因为他打起架来拼命，拳打脚踢带牙咬。三天两头，有街坊邻居来告"妈妈状"。成名夫妻，就这么一个儿子，只能老给街坊们赔不是，不忍心重棒打他。成名得了这只救命蛐蛐，再三告诫黑子："不许揭开蛐蛐罐，不许看，千万千万！"

不说还好，说了，黑子还非看看不可。他瞅着父亲不在家，偷偷揭开蛐蛐罐。腾！——蛐蛐蹦出罐外，黑子伸手一扑，用力过猛，蛐蛐大腿折了，肚子破了——死了。黑子知道闯了大祸，哭着告诉妈妈。妈妈一听，脸色煞白："你个孽障！你甭想活了！你爹回来，看他怎么跟你算账！"黑子哭着走了。成名回来，老伴把事情一说，成名掉在冰窟窿里了。半天，说："他在哪儿？"找。到处找遍了，没有。做妈的忽然心里一震：莫非是跳了井了？扶着井栏一看，有个孩子。请街坊帮忙，把黑子捞上来，已经死了。这时候顾不上生气，只觉得悲痛。夫妻二人，傻了一样。傻坐着，你看看我，我看看你，找不到一句话。这天他们家烟筒没冒烟，哪里还有心思吃饭呢。天黑了，把儿子抱起来，准备用一张草席卷卷埋了。摸摸胸口，还有点温和；探探鼻子，还有气。先放到床上再说吧。半夜里，黑子醒过来了，睁开了眼。夫妻二人稍得安慰。只是眼神发呆。睁眼片刻，又合上眼，昏昏沉沉地睡了。

蛐蛐死了，儿子这样。成名瞪着眼睛到天亮。

天亮了，忽然听到门外蛐蛐叫，成名跳起来，远远一看，是一只蛐蛐。心里高兴，捉它！蛐蛐叫了一声：嚁，跳走了，跳得很快。追。用手掌一捂，好像什么也没有，空的。手才举起，又分明在，跳得老远。急忙追，折过墙角，不见了。四面看看，蛐蛐伏在墙上。细一看，个头不大，黑红黑红的。成名看它小，瞧不上眼。墙上的小蛐蛐，忽然落在他的袖口上。看看：小虽小，形状特别，像一只土狗子，梅花翅，方脑袋，好像不赖。将就吧。右手轻轻捏住蛐蛐，放在左手掌里，两手相合，带回家里。心想拿它交差，又怕县令看不中，心里没底，就想试着斗一斗，看看行不行。村里有个小伙子，是个玩家，走狗斗鸡，提笼架鸟，样样在行。他养着一只蛐蛐，自名"蟹壳青"，每天找一些少年子弟斗，百战百胜。他把这只"蟹壳青"居为奇货，索价很高，也没人买得起。有人传出来，说成名得了一只蛐蛐，这小伙子就到成家拜访，要看看蛐蛐。一看，捂着嘴笑了：这也叫蛐蛐！于是打开自己的蛐蛐罐，把蛐蛐赶进“过笼”里，放进斗盆。成名一看，这只蛐蛐大得像一只油葫芦，就含糊了，不敢把自己的拿出来。小伙子存心看个笑话，再三说：“玩玩嘛，咱又不赌输赢。”成名一想，反正养这么只孬玩意也没啥用，逗个乐！于是把黑蛐蛐也放进斗盆。小蛐蛐趴着不动，蔫哩巴唧，小伙子又大笑。使猪鬃撩拨它的须须，还是不动。小伙子又大笑。撩它，再撩它！黑蛐蛐忽然暴怒，后腿一挺，直窜过来。俩蛐蛐这就斗开了，冲、撞、腾、击，劈里卜碌直响。忽见小蛐蛐跳起来，伸开须须，翘起尾巴，张开大牙，一下子钳住大蛐蛐的脖子。大蛐蛐脖子破了，直流水。小伙子赶紧把自己的蛐蛐装进过笼，说：“这小家伙真玩命呀！”小蛐蛐摆动着须须，“嚁嚁，嚁嚁”，扬扬得意。成名也没想到。他和小伙子正在端详这只黑红黑红的小蛐蛐，他们家的一只大公鸡斜着眼睛过来，上去就是一嘴。成名大叫了一声：“啊呀！”幸好，公鸡没啄着，蛐蛐蹦出了一尺多远。公鸡一啄不中，撒腿紧追。眨眼之间，蛐蛐已经在鸡爪子底下了。成名急得不知怎么好，只是跺脚，再一看，公鸡伸长了脖子乱甩。唔？走近了一看，只见蛐蛐叮在鸡冠上，死死咬住不放。公鸡羽毛扎撒，双脚挣蹦。成名惊喜，把蛐蛐捏起来，放进笼里。

第二天，上堂交差。县太爷一看：这么个小东西，大怒：“这，你不是糊弄我吗！”成名细说这只蛐蛐怎么怎么好。县令不信，叫衙役弄几只蛐蛐来试试。果然，都不是对手。又叫抱一只公鸡来，一斗，公鸡也败了。县令吩咐，专人送到巡抚衙门。巡抚大为高兴，打了一只金笼子，又命师爷连夜写了一通奏折，详详细细表叙了黑蛐蛐的能耐，把蛐蛐献进宫中。宫里的有名有姓的蛐蛐多了，都是各省进贡来的。什么“蝴蝶”、“螳螂”、“油利挞”、“青丝额”……黑蛐蛐跟这些“名将”斗了一圈，没有一只，能经得三个回合，全都不死带伤望风而逃。皇上龙颜大悦，下御诏，赐给巡抚名马衣缎。巡抚饮水思源，到了考核的时候，给华阴县评了一个“卓异”，就是说该县令的政绩非比寻常。县令也是个有良心的，想起他的前程都是打成名那儿来的，于是免了成名里正的差役；又嘱咐县学的教谕，让成名进了学，成了秀才，有了功名，不再是童生了；还赏了成名几十两银子，让他把赔累进去的薄产赎回来。成名夫妻，说不尽的欢喜。

只是他们的儿子一直是昏昏沉沉地躺着，不言不语，不吃不喝，不死不活，这可怎么了呢?

树叶黄了，树叶落了，秋深了。

一天夜里，成名夫妻做了一个同样的梦，梦见了他们的儿子黑子。黑子说：

“我是黑子。就是那只黑蛐蛐。蛐蛐是我。我变的。

“我拍死了‘青麻头’，闯了祸。我就想：不如我变一只蛐蛐吧。我就变成了一只蛐蛐。

“我爱打架。

“我打架总要打赢。谁我也不怕。

“我一定要打赢。打赢了，爹就可以不当里正，不挨板子。我九岁了，懂事了。

“我跟别的蛐蛐打，我想：我一定要打赢，为了我爹，我妈。

我拼命。蛐蛐也怕蛐蛐拼命。它们就都怕。

“我打败了所有的蛐蛐！我很厉害！

“我想变回来。变不回来了。

“那也好。我活了一秋。我赢了。

“明天就是霜降，我的时候到了。

“我走了。你们不要想我。——没用。”

第二天一早，黑子死了。

一个消息从宫里传到省里，省里传到县里：那只黑蛐蛐死了。

一九八七年九月二十日　爱荷华

捕快张三

捕快张三，结婚半年。他好一杯酒，于色上寻常。他经常出外办差，三天五日不回家。媳妇正在年轻，空房难守，就和一个油头光棍勾搭上了。明来暗去，非止一日。街坊邻里，颇有察觉。水井边，大树下，时常有老太太、小媳妇咬耳朵，挤眼睛，点头，戳手，悄悄议论，嚼老婆舌头。闲言碎语，张三也听到了一句半句。心里存着，不露声色。一回，他出外办差，提前回来了一天。天还没有亮，便往家走。没拐进胡同，远远看见一个人影，从自己家门出来。张三紧赶两步，没赶上。张三拍门进屋，媳妇梳头未毕、挽了纂，正在掠鬓，脸上淡淡的。

“回来了？”

“回来了！”

“提早了一天。”

“差事完了。”

“吃什么？”

“先不吃。——我问你，我不在家，你都干什么了？”

“开门，撤火，喂鸡，择菜，坐锅，煮饭，做针线活，和街坊闲磕牙，说会子话，关门，放狗，挡鸡窝……”

“家里没人来过？”

“隔壁李二嫂来替过鞋样子，对门张二婶借过笸箩……”

“没问你这个！我回来的时候，在胡同口仿佛瞧见一个人打咱们家出去，那是谁？”

“你见了鬼了！——吃什么？”

“给我下一碗热汤面，煮两个咸鸡子，烫四两酒。”

媳妇下厨房整治早饭，张三在屋里到处搜寻，看看有什么破绽。翻开被窝，没有什么。一掀枕头，滚出了一枚韭菜叶赤金戒指。张三攥在手里。

媳妇用托盘托了早饭进来。张三说：

“放下。给你看一样东西。”

张三一张手，媳妇浑身就凉了：这个粗心大意的东西！没有什么说的了，扑通一声，跪倒在地：

“我错了。你打吧。”

“打？你给我去死！”

张三从房梁上抽下一根麻绳，交在媳妇手里。

“要我死？”

“去死！”

“那我死得漂漂亮亮的。”

“行！”

“我得打扮打扮，插花戴朵，擦粉抹胭脂，穿上我娘家带来的绣花裙子袄。”

“行！”

“得会子。”

“行！”

媳妇到里屋去打扮，张三在外屋剥开咸鸡子，慢慢喝着酒。四两酒下去了小三两，鸡子吃了一个半，还不见媳妇出来。心想：真麻烦；又一想：也别说，最后一回了，是得好好“刀尺”“刀尺”。他忽然成了一个哲学家，举着酒杯，自言自语：“你说这人活一辈子，是为了什么呢？”

一会儿，媳妇出来了：喝！眼如秋水，面若桃花，点翠插头，半珠押鬓，银红裙袄粉缎花鞋。到了外屋，眼泪汪汪，向张三拜了三拜。

“你真的要我死呀？”

“别废话，去死！”

“那我就去死啦！”

媳妇进了里屋，听得见她搬了一张杌凳，站上去，拴了绳扣，就要挂上了。张三把最后一杯酒一饮而尽，趴叉一声，摔碎了酒杯，大声叫道：

“咍[①]！回来！一顶绿帽子，未必就当真把人压死了！”

① 咍音hāi，读孩第一声。

这天晚上，张三和他媳妇，琴瑟和谐。夫妻两个，恩恩爱爱，过了一辈子。

按：这个故事见于《聊斋》卷九《佟客》后附“异史氏曰”的议论中。故事与《佟客》实无关系。“异史氏”的议论是说古来臣子不能为君父而死，本来是很坚决的，只因为“一转念”误之。议论后引出这故事，实在毫不相干。故事很一般，但在那样的时代，张三能掀掉“绿头巾”的压力，实在是很豁达，非常难得的。蒲松龄述此故事时语气不免调侃，但字里行间，流露同情，于此可窥见聊斋对贞节的看法。聊斋对妇女常持欣赏眼光，多曲谅，少苛求，这一点，是与曹雪芹相近的。

一九八九年七月二十八日